절망의 구

KB191253

절망의 구

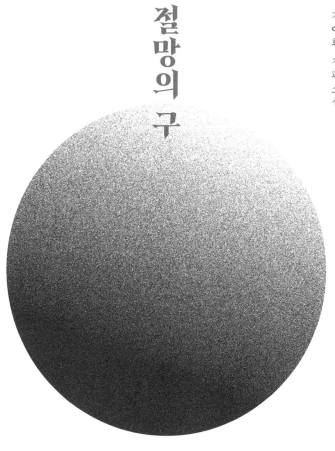

김이환 장편소설

차례

1
검은 구

그 일의 시작은 그저 희한했을 뿐이다. 담배를 사러 밖에 나갔더니 세상이 멸망해 있다면 당신은 기분이 어떻겠는가?

*

"……을 조심하게 젊은이."

남자는 뒤를 돌아보았다. 지나가던 할아버지가 남자의 어깨에 부딪히자 건넨 말이었다. 무엇을 조심하라는 것인지 남자는 제대로 듣지 못했다. 할아버지는 이미 골목 너머로 사라진 후였다. 앞을 잘 살피면서 걸으라는 충고였을까? 생각에 잠겨 있던 남자가 맞은편에서 오던 할아버지를 피하지 못했을 뿐일까.

서른두 살의, 티셔츠와 반바지 차림에 슬리퍼를 신은, 더운 여름 일요일 밤 동네를 산책하는, 그리고 막 입에서 길게 담배 연기를 내뿜은 남자가 있다. 그의 머릿속은 몇 시간 전 일어난 일 때문에 복잡했다.

편의점으로 잠시 담배를 사러 나간 사이 부모에게서 온 전화를 받지 못한 것이 사건의 시작이었다. 남자는 집에 돌아오자마자 바로 전화를 되걸었지만 부모는 받지 않았다. 그가 화장실에 간 사이 다시 전화가 왔고, 남자는 화장실에서 나와 전화를 되걸었으나, 이번에는 통화 중이었다. 다시 전화가 오겠지 하는 생각에 텔레비전을 켜고 일요일 밤의 예능 프로그램을 지켜보았다.

40분 후, 아버지가 화가 머리끝까지 나서 전화를 걸었다. 도대체 뭐 하는데 전화도 받지 않느냐, 걸면 통화 중이고 다시 걸지도 않고 어찌 된 것이냐, 집에서 전화가 왔으면 확인 전화를 걸어야 하는 것 아니냐며 대뜸 소리부터 질렀다. 남자는 자신이 별다른 잘못이 없음을 항변하지 못했다. 아버지는 급한 일이 있어서 도움을 청하려고 했는데 남자가 전화를 받지 않았고, 그래서 결국 다른 사람을 통해 해결했다고 퉁명스럽게 말하더니 그대로 전화를 끊었다.

남자는 기분이 언짢아졌다. 부모가 주말마다 거는 평범한 전화로만 생각했다. 별일 없었냐, 건강은 어떠냐, 어서 결혼

해라 같은 말을 할 줄 알았지 중요한 전화일 줄은 몰랐다. 남자는 다시 집에 전화할까 고민하다가 그만두었다.

그는 담배 한 갑과 라이터를 들고 티셔츠와 반바지 차림으로 집을 나와 골목을 천천히 걷기 시작했다. 주말에 오는 전화는 대부분 별 볼일 없었다. 최악은 회사에서 오는 것이고, 가장 지루한 것은 부모에게서 오는 전화, 운이 좋아야 친한 친구의 안부 전화 정도였다. 그는 씁쓸한 기분으로 담배에 불을 붙였다.

그때 러닝셔츠에 반바지 차림으로 골목에서 담배를 피우고 있던 동네 아저씨와 눈이 마주쳤다. 남자가 계속 걸어서 길모퉁이를 돌았을 때는, 티셔츠와 트레이닝복 차림으로 담배를 피우는 다른 아저씨와 마주쳤다. 모두 집 안의 비흡연자 가족에게서 잠시 도망 나온 흡연자들이었다. 남자는 누구의 눈치도 보지 않고 담배를 피울 수 있어서 다행이라는 생각이 들었다.

그는 자신의 삶에 만족했다. 부모가 건강하고, 직장이 있으며, 집도 있고 차도 있는, 그럭저럭 괜찮은 삶이었다. 골목에 줄지어 있는 다른 많은 집과 비교해도 나쁘지 않은 삶일 것이다. 그런 생각을 하니 남자는 기분이 나아졌다.

웃기는 일이다, 남자는 생각했다. 사람의 기분이란 쉽게 나빠지고 쉽게 좋아진다. 그리고 다시 쉽게 엉망이 되고 말이다. 기분 좋은 주말, 사랑하는 가족에게서 온 전화에도 행복은 깨질 수 있다. 어느 날 담뱃값이 2천 원 오른다면 행복은 깨지는 것이다. 더 큰일이 일어나면, 직장에서 갑자기 해고되거나, 교통사고가 나거나, 불치병에 걸리거나, 기타 삶의 안락함을 무너뜨리는 일이 일어나면 그는 불행해질 것이다.

갑자기 걸려 온 전화에도 깨어지는 행복이라면 더 큰 불행 앞에서도 당연히 그럴 것이다. 다시 행복해지려면 불행을 헤쳐 갈 의욕이 차오를 때까지 기다리는 방법뿐이었다. 그동안 몇 갑의 담배가 더 필요할지 모를 일이었다.

날은 몹시 더웠다. 몸속에서 열기가 솟기 시작해, 남자는 걸음을 멈추고 골목 어귀의 계단에 걸터앉아 쉬었다.

"……을 조심하게 젊은이."

남자는 할아버지의 말을 흉내 내보았다. 그 '무엇'이 뭐였을까? 그저 길을 조심하라는 경고였을까? 대수롭지 않은 일인데 자꾸 떠올랐다. 남자는 생각에 골몰하면서 담배를 피웠고, 네 개의 담배꽁초를 바닥에 버렸다.

어느덧 집에 돌아가 잠을 청할 시간이었다. 그도, 그의 부모도, 길에서 부딪친 할아버지도, 그가 싫어하는 사람도, 좋아하는 사람도 모두 월요일을 준비하며 잠자리에 들 시각이었다. 남자도 그 틈에 끼자고 마음먹었다. 그리고 그 전에 부모에게 전화를 한번 해보기로 마음먹었다. 지금쯤 아버지도 화가 풀렸을 것이다. 풀리지 않았다면 할 수 없고. 그는 일어나 집으로 향했다.

하지만 할아버지와 마주쳤던 장소에 돌아오자 다시 경고의 말이 떠올랐다. 할아버지가 말한 '무엇'이 뭔지는 여전히 짐작 가지 않았다. 할아버지는 머리를 깔끔하게 빗고, 셔츠를 바지 안으로 집어넣고, 혁대를 매고, 깨끗한 운동화를 신은 단정한 모습이었다. 외출할 때면 늘 말끔하게 차려입는 그런 어른들을 남자도 몇 알고 있었다. 한평생을 단정하게 살아왔을 그들의 생활은 어떨지 남자는 궁금해졌다.

할아버지는 이 늦은 밤 말쑥하게 차려입고 어디로 가던 길이었을까? 지금은 어디에 있을까? 도대체 뭘 경고한 거지? 뭔가 큰 것을 조심하라는 뜻 같았는데, 골목에 구덩이라도 패여 있나? 그는 주변을 살피며 걸었지만, 길에는 구덩이 같은 건 없었다.

그를 기다리는 위험은 전혀 다른 것이었다.

*

그 일의 시작은 그저 희한했을 뿐이다. 담배를 사러 밖에 나갔더니 세상이 멸망해 있다면 당신은 기분이 어떻겠는가?

*

골목 풍경이 여느 때와 달랐다. 남자는 걸음을 멈췄다. 처음에는 가로등이 꺼져서 깜깜한 줄 알았다. 그러나 가로등은 켜져 있었다. 시커먼 물체가 길 위에 서서 골목을 막고 있어서, 그것의 검은 표면이 주변의 어둠과 어우러져, 길이 어둠에 파묻힌 듯 보였다.

정체불명의 그것은 남자가 살아오면서 처음 보는 물체였다. 높이는 2미터쯤 되고, 완전히 둥글고, 표면은 검은데 광택은 없어서, 꼭 허공에 검은 구멍이 나 있는 것처럼 보였다. 그것은 몇 미터 앞에 있었다.

"저게 뭐야?"

남자가 가지고 있던 의문이 옆에서 목소리로 들렸다. 옆집 아저씨가 그의 옆에 서서 물체를 바라보고 있었다. 아저씨는 쓰레기봉투를 든 채로 엉거주춤 서 있었는데, 음식물 쓰레기를 골목에 내놓으려고 나온 것 같았다. 그런데 검고 둥근 물체가 골목을 막고 있었다. 아저씨가 물었다.

"어두워서 안 보이네, 저게 뭐예요?"

남자도 그것이 무엇인지 몰랐다. 아저씨는 슬리퍼를 끌고 그것에 다가갔다. 손에 들린 음식물 쓰레기봉투가 걸음에 따라 흔들렸다.

"가구야, 뭐야? 방금까지 없었는데 누가 이런 데다 갖다 놨나?"

그때 남자는 물체가 조금씩 커진다고 생각했다. 아니다, 커지는 것이 아니라 천천히 다가오고 있었다. 가까워질수록 그것이 검고 둥그런 그림자가 아닌 실체를 가진 어떤 물건이라는 것을 알 수 있었다.

그런데 무엇인지는 알 수 없었다.

남자는 뒷걸음질 쳤다. 지금까지 한 번도 본 적 없는 물체와 마주하고 있는 위험한 상황임을 직감했다. 아저씨는 다가오는 그것을 향해 손을 뻗었다.

"이게 뭐야, 풍선인가?"

그것의 시커먼 표면에 닿은 아저씨의 손이 그대로 속으로 끌려 들어갔다. 다음에는 손목이, 순식간에 팔꿈치까지 안으로 사라졌다.

"어? 어?"

무슨 일이 일어나는지 아저씨가 깨닫지 못할 만큼 빠른 순간에 벌어진 일이었다. 어깨까지 안으로 빨려들자 아저씨의 얼굴에 공포가 떠올랐다. 끌려가지 않으려고 발로 땅을 구르며 버텼지만 역부족이었다. 슬리퍼를 신은 발이 땅에 질질 끌리고, 아저씨는 비명을 질렀다.

"아악, 아아아아아아아악, 아아아아아아아아아아악."

어깨를 지나 머리가 속으로 들어갔다. 그리고 입이 사라지자 비명도 사라졌다. 곧 몸통이 사라지고 다른 쪽 팔도 끌려 들어가자, 손에 들고 있던 쓰레기봉투는 바닥으로 떨어졌다. 다리가 공중에서 버둥거리다가 결국 안으로 흡수되는 광경이 남자가 본 아저씨의 마지막 모습이었다.

그것은 남자를 향해 다가왔다. 겁에 질린 그는 허둥지둥, 하지만 여전히 그것에서 눈을 떼지 못한 채 뒷걸음질 쳤다. 그것은 계속 남자를 따라왔다.

환한 가로등 밑을 지나갈 때 남자는 물체를 확실히 보았다. 지름이 2미터가량인 검은 구球였다. 커다란 볼링공 같기도 하고, 검은 애드벌룬 같기도 한, 혹은 금속 구슬 같은 그것이, 거대한 크기와는 다르게 아무 소리 내지 않고 부드럽게 길 위에서 움직였다. 속도가 느려서 남자를 따라잡지 못했지만, 방금 아저씨를 빨아들였으니 다음은 남자를 삼키겠다는 것처럼 끈질기게, 그에게 다가왔다.

남자는 뛰기 시작했다. 공포가 그를 덮쳤다. 사람 살려요, 남자는 큰길로 나와 소리쳤다. 살려줘요, 사람이 사라졌어요, 사람 살려. 하지만 밖으로 나오는 사람은 아무도 없었다. 남자는 이해할 수 없는 광경을 보았고, 사람이 없어졌고, 완전히 겁에 질렸건만 관심을 기울이는 사람이 아무도 없었다.

그는 가까운 슈퍼마켓으로 들어갔다. 의자에 앉아 텔레비전을 보며 잡담하던 할머니 두 명이 그를 올려다보았다.

"뭐 필요해서 그래요?"

"밖에, 저기, 이상한 게, 있어요."

"응?"

"사람이 사라졌어요. 저기에, 이상한 게, 사람을 빨아들여서, 경찰에 신고해야 합니다, 빨리요!"

"교통사고라도 났어요?"

"그게 아니라, 사람이 사라졌어요."

할머니들은 서로의 얼굴을 멀뚱히 보았다. 남자를 따라 가게를 나오는 그들의 걸음은 등 뒤 텔레비전의 연속극이 더 궁금하다는 듯 한없이 느렸다.

"뭘 봤다는 거야?"

남자가 골목을 가리키면서, 저 시커먼 물체가 사람을 끌고 갔다고 말했다. 그러나 그곳에는 아무것도 없었다. 아무리 열심히 설명해도 할머니들은 미심쩍은 표정으로 남자를 볼 뿐이었다. 그들은 다시 느린 걸음으로 가게로 돌아갔다.

혼란스러운 일이었다. 남자는 이상한 물체가 아저씨를 삼킨 골목에 서서 주위를 돌아보았다. 그가 뭘 본 걸까? 도대체 뭔데 사람을 안으로 흡수했을까? 내가 귀신을 본 걸까? 하지만 사람을 잡아먹는 귀신이라니, 그런 건 옛날이야기에나 나오지 않나? 아니면 정체 모를 괴물인가? 하지만 서울 한복판에 무슨 괴물? 사람을 흡수하는 괴물이 있다는 소리조차 들어본 적이 없었다. 그렇다면 헛것을 봤을까? 그가 갑자기 미치기라도 했단 말인가?

아니야, 남자는 고개를 흔들었다. 그는 평범한 사람들보다 훨씬 건강했고 건강을 유지하기 위해 늘 열심히 운동했다. 최근에 몸이 아팠던 것도 아니다. 헛것을 보다니 있을 수 없는 일이었다.

나는 분명히 봤어, 그는 스스로에게 말했다. 검고 커다란 구를, 그것의 느린 움직임을, 안으로 빨려 들어가던 동네 아저씨를, 분명히 봤어. 헛것을 보지 않았다면 그것은 어디 있는가? 그를 따라왔다면 길 어디엔가 있어야 하지 않나?

남자는 이상한 물체를 찾아 골목 위아래를 훑어봤으나 아무것도 없었다. 이마에서 흐르는 땀을 씻으려 손을 들어 올렸다가, 남자는 자신이 담뱃갑을 구겨질 만큼 꽉 쥐고 있었음을 깨달았다.

착잡한 기분이었다. 어쩌다가 이런 일이 일어났나, 차라리 헛것을 본 것이었으면 하는 심정이었다. 아무 일도 일어나지 않았다면, 집으로 돌아가 불을 끄고 침대에 누울 수 있다면, 그렇게 평온한 일요일 밤을 맞았으면 하는 마음뿐이었다. 남자는 손에 든 담뱃갑을 주머니에 넣었다.

순간 아아아아아악, 비명이 들렸다. 가까운 곳에서 들렸고,

이번에는 여자의 비명이었다. 검은 구 안으로 빨려 들어가던 아저씨와 비슷했다. 죽음을 목전에 둔 사람이 완전히 공포에 질려서 내는, 온몸의 힘을 모아 필사적으로 지르는 끔찍한 비명이라고 남자가 생각한 순간, 골목 담벼락에서 그것이 튀어나왔다. 그것은 골목을 가로질러 맞은편 담장으로 다가가 담장을 통과해 다른 집으로 사라졌다.

남자는 집을 향해 달렸다. 확실했다. 방금 어떤 여자가 검은 구 안으로 끌려 들어갔으며 이제 그것은 다음 희생물을 찾아 동네를 돌아다니고 있었다.

집으로 돌아온 남자는 골목에서 그랬던 것처럼 허둥지둥 목적 없이 집 안에서 맴돌았다. 경찰에 신고할 생각으로 핸드폰을 집었지만 막상 몇 번을 눌러야 하는지 생각나지 않았다. 112나 119, 그 간단한 번호가 기억나지 않았다. 핸드폰을 든 채 멍하니 서 있던 그는 그것이 집으로 들어오면 어쩌나 하는 생각이 들었고, 문과 창문을 모두 잠근 다음 방으로 들어가 문을 닫았다. 그리고 갑자기 다시 거실로 나왔다.

그것이 담벼락을 통과해 나와 다른 벽 속으로 사라진 것을 보지 않았던가? 어떤 방법을 쓰는지 모르지만 분명 사물을 통과하며 움직이고 있으니 문을 잠가도 안전하지 않다. 집도 안전하지 않다면 어찌해야 할까? 남자는 도망가자고 결론 내렸다. 그 이상한 물체에서 가능한 한 멀리 떨어지는 것이다.

그는 스포츠 백을 들고 잡히는 대로 물건을 넣었다. 정말 필요한 지갑이나 핸드폰도 넣었지만, 아무 필요 없는 모자나 명함이나 성냥도 집어넣었다. 가방에 왜 넣는지 이유도 모르면서 계속 보이는 대로 물건을 넣었다. 그는 반쯤 얼이 빠져 있었다. 화장실로 들어가 칫솔과 비누와 면도기까지 챙기다가, 갑자기 소변이 마려워 좌변기로 다가갔다. 한동안 화장실에 못 갈지도 모른다. 차를 타고 멀리 가야 할 것 아닌가, 그런 생각을 하며 지퍼를 내렸다. 소변을 보는 동안 등 뒤에서 그 물체가 나타나 덮칠지 모른다는 걱정에 남자는 두리번거렸다. 오줌을 누는 10여 초가 그토록 긴 시간인 줄 미처 몰랐다.

집을 나와 골목에 주차한 자동차로 가는 동안, 남자는 어두운 그늘과 뭐가 튀어나올지 모르는 벽을 피해서 허둥대며 걸었다. 그의 걸음걸이는 우스꽝스러웠다. 차에 도착한 남자는 떨리는 손으로 문을 열고 서둘러 운전석에 올라탔다. 그리고 막 시동을 걸려는 때였다.

지금 착각하는 것은 아닐까?

그는 생각했다. 한 명이 사라졌고, 다른 사람의 비명도 들었다. 두 사람이 죽었으니 지금쯤 동네가 시끄러워야 하는 것 아닌가? 하지만 사방은 조용했다. 그는 제대로 신지도 못하고 발을 대충 집어넣은 신발을 내려다보았다. 뒷좌석에는 방금 던져놓은 가방과 옷이 흩어져 있었다. 아직 문을 닫지 않아 흘러나오는 딩동딩동 경고음이 차 안에 울렸다. 그는 자신에게 질문했다. 정말 위험한 상황이 맞을까? 내가 헛것을 보고 착각하는 것은 아닌가?

남자가 생각에 잠겨 있을 때, 차 뒤쪽의 집에서 한 아주머니가 뛰어나왔다. 검고 둥근 그것이 아주머니를 따라오고 있었다. 아주머니는 허둥대며 걷다가 넘어졌고, 그 순간 그것의 표면에 발이 닿았으며, 닿은 부분부터 안으로 빨려 들어갔다. 아주머니는 찢어지는 비명을 질렀다. 그제야 남자는 생각에서 깨어나 뒤를 돌아보았다. 뒷좌석 유리창 너머로, 아주머니가 그것 안으로 빨려 들어가는 광경을 목격했다.

다리와 몸통이 차례대로 그것 속으로 사라지고 마침내 머리가 들어갈 때, 아주머니는 남자를 향해 고개를 돌렸다. 얼굴은 공포와 고통으로 완전히 일그러져 있었다. 머리가 그것 안으로 들어간 다음에도 아직 밖에 남은 팔은 매달릴 것을 찾아 바닥을 헤집다가, 결국 구 안으로 끌려 들어갔다.

아주머니를 완전히 삼킨 그것은 방향을 바꿔 남자를 향해 다가왔다. 남자는 그제야 문을 닫고 시동을 걸었고, 그동안에도 그것은 천천히 다가왔다. 가까워질수록 금속처럼 매끄럽고 완전히 검은색인 그것의 표면이 명확하게 보였다.

그는 차 키를 꽂고 비틀었는데 손이 떨려서 시동이 잘 걸리지 않았다. 그것은 느리지만 한결같은 속도로 다가왔다. 자동차에 닿자 마치 그림자처럼 차체를 통과했으며 트렁크를 지나 뒷좌석에 몸체를 드러냈다.

그제야 남자는 차에 시동을 거는 데 성공했다.

끼이익, 차가 급하게 출발하는 요란한 소리가 골목에 울려 퍼졌다. 차는 검은 그것을 뒤에 남겨놓고 앞으로 움직였다. 다른 때라면 골목에서는 절대로 내지 않을 빠른 속도로 질주했다. 그동안에도 그것은 느리지만 꾸준히 그를 따라왔다. 막 모퉁이를 돌았을 때, 갑자기 할아버지가 나타나 차를 막는 바람에 그는 차를 멈췄다.

남자는 검은 구가 얼마나 가까이 있는지 확인하기 위해 백미러를 보았지만, 차가 코너를 돈 다음이라 그가 빠져나온 골목은 보이지 않았다.

할아버지가 운전석에 얼굴을 들이밀고 물었다.

"방금 여자 비명이 들렸는데 뭐야?"

남자가 상황을 설명하지 못하고 숨만 헐떡이자 할아버지는 다그쳤다.

"말을 해, 왜 말을 못 해? 여자가 차에 치인 거 아니야?"

"차가 아니라 이상한 물체가 사람을……."

"네가 사람 친 거 아니냐고, 말해보라니까. 이 새끼가 사람을 치어놓고 어딜 도망가려고?"

할아버지는 여자의 비명과 자동차 소음을 듣고 교통사고로 착각한 것이다. 그는 지금 동네에 검고 둥근 괴물체가 돌아다니며 사람을 삼키고 있다는 말을 어떻게 해야 할지 알 수 없었다. 그리고 가게에서 할머니들이, 그가 도움을 청할 때 시큰둥한 표정이었던 그 할머니들이 나왔다. 할머니들은 무슨 일이냐고 그들에게 물었다. 할아버지는 교통사고가 났으니 경찰에 신고하라고 할머니를 다그쳤다.

마침내 남자가 소리쳤다.

"지금 도망치지 않으면 다 죽어! 검은 구가 사람을 죽이고 있어, 당신들도 도망가지 않으면 다 죽어!"

할아버지와 할머니는 어리둥절한 표정이 되었다가, 남자가 가리킨 골목 쪽으로 시선을 돌렸다. 남자는 다시 시동을 걸었다. 모퉁이 너머로 검은 그림자가 나타나더니 그들에게 천천히 다가왔다. 빠르지는 않지만 꾸준한 속도였다.

할머니가 중얼거렸다.

"저것이 시방 뭣이여? 뭐여?"

남자는 차를 출발시켰다. 가장 먼저 검은 구를 향해 손을 뻗은 할아버지가 안으로 끌려 들어가면서 비명을 질렀고, 눈앞의 광경에 놀란 할머니들도 비명을 지르기 시작했다. 남자는 골목을 빠져나와 도로로 나왔다. 그리고 속도를 높였다.

2
자동차

남자는 잠에서 깼다. 그동안에도 손에 꼭 쥐고 있던 핸드폰을 들여다보니 오후 12시 12분이었다. 도착한 전화나 문자메시지는 없었다. 운전석에 앉아서 잔 탓에 뻐근해진 등과 목을 펴며 남자는 기지개를 켰고, 눈을 감았다가, 다시 눈을 번쩍 떴다.

검은 구가 어디서 튀어나와 그를 삼킬지 모르는데 잠이 들다니 바보 같은 행동이었다. 지난밤 그는 밤새도록 불안감에 떨며 시내를 방황하다가 새벽에야 차를 세우고 깜박 잠이 들었다. 그곳은 회사 근처였다.

잠에서 덜 깬 채 눈을 비비던 남자의 시선이 지나가는 젊은 여자에게 머물렀다. 여자는 흘끗 남자를 돌아보다가 다시 천천히 길을 걸었다. 남자는 한숨을 쉬었다. 여자의 태도가 설명하는 평온함 때문이었다. 그녀는 점심시간을 맞아 식사하러 나온 것 같았다. 절대로 정체불명의 검은 구가 사람을 집어삼키는 무서운 상황에 겁먹은 사람 같진 않았다.

세상은 여전히 평안했다. 그로서는 이해할 수 없는 일이었다. 지난밤 그는 계속 겁에 질려 있었다. 밤새도록 디엠비 방송만 지켜보았고, 검은 구가 나타나 사람을 삼킨다는 속보를 기다렸으나 그런 뉴스는 나오지 않았다. 라디오를 켜도 그런 뉴스는 없었다. 핸드폰으로 친구들에게 전화를 걸었지만 아무도 받지 않고 그에게 되걸지도 않았다. 아는 사람 모두에게 전화를 걸었지만 받거나 되걸기는커녕 문자메시지도 오지 않아서, 그는 한동안 검은 구가 서울의 통신 시설을 모두 마비시켰다는 망상에까지 사로잡혔다.

잠시 후 어머니의 전화를 받고서야 그렇지 않음을 알았다. 어머니는 아버지가 소리를 지른 것 때문에 밤늦게 전화했냐고 물었다. 어머니는 요즘 아버지가 신경이 날카로우니 이해해라, 원래 화를 잘 내는 사람이지 않느냐고 말했고, 그는 어물어물 네, 네, 알았어요, 라고만 대답했다.

그리고 마지막에야, 남자는 혹시 주변에서 이상한 물체를 보지 않았느냐고 물었다.

"이상한 거라니?"

어머니가 되물었고, 그는 아무 일도 아니라고 대답하고 통화를 끝냈다. 그 후로도 별다른 소식은 들을 수 없었다. 세상은 늘 돌아가던 방식으로 돌아가고 남자 혼자만 자동차 안에서 불안에 떨 뿐이었다.

*

오후가 되자 날이 뜨거워졌다. 더운 바람이 불기 시작해 창문을 모두 닫고 에어컨을 켰다가, 문득 운전석 거울 속의 자신과 눈이 마주쳤다. 그는 물끄러미 얼굴을 바라보았다.

남자는 자신의 얼굴을 좋아하는 편이었다. 처음 만나는 사람은 그에게 남자답게 잘생겼다고 말하곤 했다. 호감을 주는 용모를 가지고 태어나서 다행이라고 생각했다. 그래서 표정도 밝게 지으려 애썼다. 하지만 지금 그는 겁에 질리고, 밤새 잠을 못 자서 눈 밑은 퀭하고, 반쯤 넋이 나간 것 같았다. 어떻게 하룻밤 사이에 얼굴이 이렇게 되지?

"죽을 뻔했으니까."

그는 자기 자신에게 대답했다. 검은 구를 피해 도망치는 동안 느낀 공포가 남자의 표정까지 바꿔놓은 것이다. 검은 구 안으로 흡수되던 사람들의 끔찍한 비명이 다시 들리는 듯했다. 첫 번째로 구가 삼킨 아저씨, 두 번째로 그가 들은 여자의 비명, 세 번째 아주머니, 동네를 떠날 때 본 할아버지까지.

"다들 죽었을 거야."

벌써 몇 명의 사람이 죽었는데 어떻게 서울이 여전히 평화롭단 말인가? 게다가 왜 아무도 연락하지 않지? 남자는 핸드폰을 움켜쥐었다.

여전히 전화가 오지 않고, 이상하게도 회사에서 전혀 연락이 없었다. 정오가 넘도록 직원이 출근을 안 했는데 전화가 없다니 있을 수 없는 일이었다. 지금쯤 그가 왜 늦는지 직원들이 서로 이야기하고 회사에서는 그를 찾아야 하지 않나?

내비게이션에서는 주말 텔레비전 프로그램의 재방송이 흘러나왔다. 아나운서는 서울 근교 음식점에서 파는 특이한 요리와, 지방의 소도시에서 열리는 마을 축제, 그리고 요즘 인기 있는 애완동물을 연이어 소개했다. 별다른 뉴스는 없었다.

혹시 문제가 해결된 것일까. 남자는 생각했다.

그는 동네를 순찰하던 경찰이 검은 구를 발견하고 총을 쏘는 모습을 상상해 보았다. 총을 맞은 검은 구가 폭발하고, 그렇게 위험은 없어진 것이다. 아니면 나타났을 때와 마찬가지로 그냥 갑자기 사라졌을지도 모른다. 그가 검은 구를 처음 봤던 어두운 골목의 그림자 사이로 사라졌을지도 몰랐다.

만약 검은 구의 위험이 없어졌고 세상이 어제와 마찬가지로 평안히 돌아가고 있다면, 그 역시 일상 속으로 돌아가야 할까?

남자는 주머니에서 담배를 꺼냈다. 담뱃갑에는 마지막 한 개비만 남아 있어서, 그는 새로운 담배를 꺼내려고 가방을 뒤졌으나 담배는 없었다. 사둔 담배를 모두 집에 두고 온 것을 깨닫고 남자는 어이가 없어서 웃었다. 별 필요 없는 것까지 다 챙기고는 가장 필요한 담배를 잊다니. 그는 가방 속의 물건을 내려다보았다. 마구 쑤셔 넣은 칫솔과 팬티가 가방 안에서 뒤엉켜 있는 모습을 보고 있으니 정신이 다 사나웠다.

남자는 담배를 사러 갈 결심을 하고 차에서 내려 세상으로 나왔다. 세상은 정말 안전한가? 편의점으로 향하면서, 그는 주변을 살폈다. 전자제품 대리점의 쇼윈도에 전시된 최신형 텔레비전에서는 그가 내비게이션으로 본 것과 같은 방송이 흘러나왔다. 그 옆 육개장집에서는 아주머니가 대걸레로 바닥을 닦고 있었다. 신호등은 빨간색에서 초록색으로 바뀌고 다시 빨간색으로 바뀌었다. 편의점 직원도 별다르지 않게 그에게 돈을 받고 담배와 거스름돈을 내주었다.

편의점을 나온 남자는 담배에 불을 붙이고 연기를 빨아들인 뒤 목구멍으로 넘기지 않고 입안에 머금고만 있다가, 써서 더 이상 참을 수 없을 때쯤에야 연기를 내뿜었다. 머릿속이 복잡할 때면 하는 행동이었다.

이제 어디로 갈까, 남자는 생각했다.

집으로 돌아갈까? 회사로 들어갈까? 혹은 더 기다릴까? 생각이 복잡했다. 사무실로 들어간다면 뭐라고 변명할까? 합리적인 이유를 대지 못해 바보로 보이고 싶지는 않았다. 그가 입사한 지 얼마 안 됐을 때 한 여자 직원이 무단으로 결근했는데, 다음 날 출근한 그녀는 몸이 안 좋아서 그랬다고 설명했다. 그 후로 두 달 동안 별별 소문이 회사에 떠돌았다. 애인이랑 놀러 갔다 오고서는 아팠다고 한 것이다. 산부인과에서 수술 받고 오느라 그랬다, 빚이 많아서 다른 일을 몇 개 더 하고 있어서 그랬다 등등 온갖 불쾌한 억측이 흘러 다녔다.

회사란 그런 곳이었다. 그가 오늘 제대로 해명하지 못하면 여직원과 같은 일을 당할 것이다. 남자는 직장에서 인정받는 직원이었고, 이상한 소문이 몇 달 동안 주변을 맴돌게 하고 싶지는 않았다. 남자가 변명을 생각하고 있을 때, 손에 쥔 핸드폰으로 문자메시지가 도착했다. 회사에서 온 것이었다.

올 것이 오는구나, 남자는 생각했다. 어디 있는지 연락해라, 빨리 사무실로 들어와라 같은 내용일 줄 알았다. 그런데 아니었다. 액정을 내려다본 남자는 걸음을 멈췄다.

살아 있다면 연락 바람

"살아 있다면?"
살아 있느냐고? 물론 살아 있다. 내가 죽을 일이라도 있었나? 맞다. 그는 밤새 검은 구를 피해 다니며 불안에 떨었다. 지금 이 문자가 그 일을 의미하나? 하지만 회사에서 그걸 어떻게 알지? 남자는 전화를 걸어 무슨 일이냐고 연락해야 할지 어쩔지 고민하며 차를 향해 걸었다. 그리고 방금 지나왔던 전자제품 대리점 앞에 사람들이 모여 있는 광경을 보았다.

사람들이 텔레비전을 손가락으로 가리키며 웅성거리고 있었다. 대리점의 모든 텔레비전에 표시된 "뉴스 속보"라는 자막을 봤을 때는 믿고 싶지 않았다. 설마 검은 구에 대한 속보는 아니겠지, 남자는 생각했다. 그저 정치 이슈이거나, 북한에서 뭐라고 발표했거나, 그런 뉴스이기를 바랐다.

"저게 뭐야?"

텔레비전에 가장 가까이 있던 아저씨가 주변을 돌아보며 물었지만 누구도 대답하지 않았다. 대답할 수 있는 문제도 아니었다. 텔레비전에서는 검은 구가 도로 한가운데를 천천히 움직이는 영상이 흘러나오고 있었다.

"비켜봐요."

사람들이 그를 밀치고 텔레비전으로 다가가는 바람에 남자는 텔레비전 앞에서 밀려났다. 사람들의 뒤통수 사이로 힐끗 본 영상에서는 차 한 대도 없이 텅 빈 도로에서 검은 구가 천천히 움직이고 있었다. 그가 지난밤 본 검은 구는 꿈이나 환상이 아니라 현실이었다. 커다란 검은 금속 공 같은 것이 도

28

로를 천천히 가로지르는 광경은 뭐라 표현할 수 없이 기괴했다. 영상 아래로 "서울 중심가에 밤새 괴물체 출현"이라는 자막이 흘러갔다. 검은 구가 밤새 움직여 저기까지 간 건가? 그렇다면 서울 어디도 안전하지 않은 걸까?

사람들이 호들갑스럽게 떠들기 시작했다.

"어머나 저게 뭐야, 괴물이야? 뭐야?"

"귀신인가 봐, 귀신."

"유에프오인가 봐요."

한 아이가 자신의 지식이 확실하다는 듯 날카롭게 소리쳤지만 아무도 신경 쓰지 않았다. 새마을 모자를 쓴 할아버지가 갈라진 목소리로 외쳤다.

"북한에서 내려보냈나 봐!"

영상이 아나운서의 얼굴로 바뀌었다. 텔레비전 음성이 길에도 들리기 시작했는데, 대리점에서 길을 향해 소리를 크게 틀었던 것이다. 몇몇 사람들이 대리점 안으로 들어가 뉴스를 보기 시작하면서 텔레비전 앞이 비었고, 남자에게 화면이 제대로 보였다.

아나운서가 말했다.

"다시 알려드립니다. 서울 중심가에서 괴물체가 발견되어 일대가 경찰에 의해 통제되고 있습니다. 이 괴물체는 위험하며 사람을, 그런데, 예, 예? 방금 입수된 장면에 따르면, 아니,

아, 이 영상에는 매우 충격적인 장면이 포함되어 있으니 주의를, 그리고 한 시간 전 ○○에서 촬영된 화면입니다. 정체불명의 괴물체가 사람을 흡수? 네? 흡수하는, 흡수를 하는 순간을 담고 있습니다. 정확한 정보는……."

아나운서의 횡설수설을 듣는 사람들은 어리둥절한 표정이었다. 그리고 한 시간 전에 촬영됐다는 그 영상이 화면에 나타났다. 차가 오가는 도로 가운데에 검은 구가 있었다. 지나가던 차가 검은 구와 닿을 듯 가깝게 스쳐 가는 것을 보고 남자는 자신도 모르게 움찔 몸을 떨었다. 곧이어 경찰차가 나타나 검은 구의 앞을 막았고, 차에서 내린 경찰은 구를 향해 권총을 쏘았다. 총을 쏠 때마다 경찰 주변의 사람들은 귀를 막고 비명을 질렀다. 꽤 여러 방의 총알이 검은 구에 닿았건만 아무 영향을 미치지 못했다. 카메라가 멀리서 촬영하고 있어서 검은 구에 닿은 총알이 통과하는지, 튕겨 나가는지, 혹은 흡수되는지를 확인하기 어려웠다. 검은 구는 변함없는 속도로 경찰에게 다가가 그대로 경찰차를 통과하여 경찰에게 닿았다. 마지막까지 도망치지 않고 검은 구에게 총을 쏘던 경찰은 구 표면에 닿자 그대로 속으로 빨려 들어갔다.

구는 다음 사람을 찾아 움직였다. 주변의 차와 사람들이 일제히 구를 피해 도망쳤다. 카메라를 든 사람도 도망치기 시작했는지 영상도 그것으로 끝이었다.

대리점 주변의 모든 사람이 공포와 불안에 차서 탄식을 내뱉었다. 남자 혼자 아무 말 없이 가만히 있었다. 그는 지난밤 이미 같은 광경을 봤다. 현실이야, 꿈이 아니었어, 현실이야, 남자는 같은 생각을 반복했다. 심장이 타는 느낌과 숨이 가쁜 느낌이 동시에 들었다.

뉴스 아나운서는 사람을 흡수하는 정체불명의 검은색 구가 서울 중심가를 배회하고 있으며, 구에 흡수된 희생자가 수십 명이 넘을 것으로 추정되고, 현재는 경찰이 도로와 구의 주변을 통제하고 있다고 말했다. 그리고 검은 구가 처음 목격되어 신고가 들어온 장소가 남자가 사는 동네임을 알렸다. 그는 생각했다. 혹시 내가 최초의 목격자일까?

"마귀가 나타났어! 서울에 마귀가 나타났다!"

웬 할머니가 길을 달려가면서 울부짖었다. 그 소리에 놀라기라도 한 듯, 텔레비전 앞에 붙어 있던 사람들이 빠른 속도로 흩어졌다. 남자는 핸드폰을 내려다보다 텔레비전을 돌아보는 일을 반복했다. 회사 사람들 역시 그와 같은 뉴스를 보고 있을 것이다. 구가 최초로 발견된 곳이 그의 집 근처임을 알고, 그를 아끼는 팀장이, 아니면 친한 동료가, 그에게 유난히 친절하던 여자 직원이 그의 행방을 궁금해하고 있을 것이다. 하지만 급한 것은 회사가 아니다. 그에게는 부모가 있었다.

남자는 급히 자동차로 돌아갔다. 주변의 사람들이 부산스럽게 뛰어가거나, 거칠게 차를 몰고 떠나거나, 멍한 얼굴로 텔레비전의 뉴스만 바라보았다. 세상은 그가 담배를 사러 편의점으로 가던 몇 분 전과 완전히 달랐다. 그는 차에 도착하자 바로 시동을 걸고 부모에게 전화를 걸고 내비게이션을 켰다. 검은 구가 내비게이션 화면에 등장하는 순간, 그러지 않으려고 노력했음에도 그는 흠칫 놀랐다.

어머니가 바로 전화를 받았다. 어머니는 계속 그에게 전화를 걸었는데 통화 중이거나 전화가 아예 연결되지 않았다고 말했다. 시내에 전화가 폭주해서 연결이 어려운 것 같았다. 앞으로도 계속 그럴 수 있으니 지금의 통화가 중요했다. 어머니가 말했다.

"너 무사하니?"

"네."

"어휴, 다행이다. 전화가 어찌나 안 되는지 조마조마해서 심장이 터지는 줄 알았어. 텔레비전에서 이상한 게 나온다, 너도 봤니? 너 사는 동네에서 이상한 게 나와서 난리야. 지금 집에 있어?"

"회사에 있어요."

"위험하니까 집으로는 절대 가지 마라."

당연한 말 아닌가? 가라고 해도 갈 생각이 없었다. 남자는 부모 집 쪽은 어떠냐고 물었고, 어머니는 모르겠다고 대답했다.

"문 잠그고 있으면 안전할 거 같아서 지금 창문까지 다 잠그고 아버지랑 텔레비전만 보고 있어."

"안 돼요!"

남자는 자신도 모르게 거칠게 소리쳤다.

"문 잠그는 것만으로 안 돼요. 그 검은 건 벽을 통과해요."

"벽을 통과해? 누가 그래?"

"내가 직접 봤어요."

옆에서 아버지가 "통과한다고 그래?"라고 묻자 어머니가 "정수가 그렇게 말하는데."라고 대답하는 것이 들렸다. 어머니는 한숨과 탄식을 번갈아 내뱉었다.

"아이고 어쩜 좋으냐, 어쩜 좋아. 너무 무섭다. 어쩌면 좋아."

"어머니는 검은 구가 오지 않나 창밖으로 망을 보시고 아버지는 여차하면 집을 나올 수 있게 짐을 싸세요. 차도 빼놓고요. 내가 바로 그쪽으로 갈 테니까 필요한 물건만 빨리 챙겨놓으세요."

"네 회사랑 우리 집이랑 멀잖니. 그사이 무슨 일이 생기면 어쩌니?"

"최대한 빨리 갈게요."

갑자기 전화기에서 굉장한 소음이 들리면서 어머니의 목소리가 사라졌다. 남자는 다급해져서 계속 여보세요, 여보세요,

외쳐 불렀다. 1분이 넘는 시간 동안 애를 태우고 나서야 어머니의 목소리가 돌아왔다.

"집 뒤로 탱크가 지나갔어."

탱크가 굴러가는 소리가 온 집 안을 울리고 핸드폰 너머까지 들렸던 것이다. 남자는 놀라서 되물었다.

"탱크요?"

"그래, 전쟁이 났나 봐. 난리가 났나 보다, 어쩜 좋으냐."

"검은 구한테 쏘려고 그러나 봐요."

남자는 어머니를 달래려 애썼으나 결국 진정시키지 못했다. 아버지가 어머니에게 호들갑 그만 떨라며 면박을 주고는 전화기를 빼앗았고, 남자는 아버지와 통화했다. 두 사람은 전화를 끊지 않고 계속 통화하기로 했다. 남자는 핸드폰에 무선 이어폰을 연결한 다음 차를 출발시키려다 그제야 자동차 앞 유리창을 보았고, 기가 탁 막히고 말았다. 주차위반 스티커가 붙어 있었던 것이다. 이런 상황에서까지 딱지를 끊다니 어떤 멍청한 새끼야, 남자의 입에서 욕설이 튀어나왔다. 그는 차에서 내려 거칠게 스티커를 떼어내고 바닥에 내동댕이쳤다. 도로와 인도로 사람과 차가 몰려나오기 시작하고 있어서 곧 길이 막힐 것 같았다. 그는 서둘러 차에 시동을 걸고 도로로 빠져나왔다.

자동차를 몰고 가던 그에게 문득 아나운서의 말이 떠올랐다. 그의 동네 경찰서에 검은 구를 목격했다는 신고가 최초로 들어왔다는 말이었다. 검은 구를 처음 본 것은 그였지만 그는 신고하지 않았다. 남자는 112나 119에 전화하려다가 그러지 못했다. 동네를 빠져나올 때는 경황이 없어서 신고를 못 했다. 하지만 지난밤 내내 차에서 두려움에 떠는 동안에는 왜 신고할 생각을 못 했을까? 가족과 친구에게 모두 전화했으면서 왜 경찰서에는 전화하지 않았을까? 그랬다면 인명 피해가 조금이라도 줄지 않았을까?

'내가 왜 그랬지?'

그는 자신에게 물었지만 대답을 알 수 없었다.

3
회사

K에게는 그저 평범한 월요일 오전이었다. 여느 때보다 한 가해서 점심에 뭘 먹을지 고민할 여유까지 있었다. 그러나 점심시간 직전에, 서울 시내에서 이상한 일이 벌어지고 있다는 소문이 사람들 사이에 퍼지더니 텔레비전에서 뉴스 속보가 터져 나왔다.

"사람을 흡수하는 검은 물체?"

K는 텔레비전을 보면서도, 그리고 곧 그의 직장이 있는 건물 주변에 나타난 검은 구를 직접 목격하고도 믿을 수가 없었다. 번잡한 대로에서 자동차들이 검은 구를 피해 차를 몰다가 사고를 일으키는 모습, 경찰이 검은 구를 향해 총을 쐈지만 아무 효과 없는 모습, 그리고 경찰 한 명이 검은 구 안으로 흡수되는 광경 역시 사무실 창문을 통해서 지켜봤지만, 도저히

믿기지 않았다.

회사 사람들은 대부분 그 광경을 목격하자마자 바로 회사 건물을 나가 어딘가로 도망쳤다. 건물 밖으로 달려가는 사람들을 보면서 그제야 K는 사태가 얼마나 심각한지 깨달았다.

그때 같이 도망칠 것을 그랬어, 그는 생각했다. 회사 허락 없이 건물을 떠나려니 마음에 걸렸던 K는 그 후로도 사무실을 지키다가, 경찰이 건물 밖으로 나오지 말라며 통제를 시작하는 바람에 집에 가고 싶어도 갈 수 없었다.

사람들은 집에 보내달라고 경찰에게 항의했으나 소용없었다. 사람들이 길에서 우왕좌왕하면 검은 구가 예상치 못한 방향으로 움직여 큰 혼란이 벌어진다는 것이 경찰의 설명이었다. 경찰의 주장은 옳았다. 검은 구는 오로지 사람만 따라간다는 것이 몇 시간 전 확인됐기 때문이었다.

시간이 지나면서 사람들은 검은 구에 대한 정보를 알아내기 시작했다. 지름이 2미터가량 되고, 겉으로 보기엔 표면이 단단한 금속처럼 보였다. 사람이 걷는 속도보다 약간 빠른 시속 4킬로미터의 속도로 움직였으며 속도가 빨라지거나 느려지지 않았다. 또한 물리적으로 불가능한 일들, 이를테면 벽을 통과하는 것 같은, 과학으로는 설명할 수 없는 상황도 관측되었다.

그리고 가장 중요한 것은 구가 사람만 쫓는다는 점이었다.

아나운서는, 마치 초식동물을 쫓는 육식동물처럼 검은 구는 오로지 사람만 따라가며, 그것도 구에서 가장 가까운 사람만 따라간다고 설명했다. 만약 다른 사람이 더 가까워지면 구는 그 사람을 향해 방향을 바꿨다.

이 사실이 알려지자, 누군가가 검은 구를 유인하면 한 장소에 붙잡을 수 있지 않느냐는 아이디어를 냈다. 마치 새끼를 지키기 위해 여우를 둥지에서 멀리 유인하는 어미 종달새처럼, 검은 구 앞에서 천천히 도망치면서 검은 구를 유인하자는 것이다. 경찰은 아이디어를 실행에 옮겼다. 천천히 움직이는 경찰차와 그 뒤를 쫓는 검은 구가 몇 시간째 K가 있는 건물 주변을 빙빙 돌고 있었다.

회사 사람들은 창문으로 밖을 내다보며 불평했다.

"경찰이면 저걸 없앨 생각을 해야지 우리보고 계속 기다리라고만 하면 어쩌라는 거야."

"어차피 우리도 피할 수 있는 것 아니야? 검은 구는 느리잖아. 사람이 걸어가는 속도보다 약간 빠르다고 뉴스에서 그러던데, 우리도 빨리 뛰어가기만 하면 검은 구를 피해 도망칠 수 있잖아. 그런데 왜 여기 갇혀 있어야 해?"

"마라톤 선수라면 절대로 잡히지 않겠다. 몇 시간이고 뛰기만 하면 되잖아."

누군가 농담했지만, 웃는 사람은 아무도 없었다.

"먼저 도망간 사람들은 진짜 좋겠다. 우리는 점심도 못 먹고 여기서 이게 뭐냐?"

누군가의 말에 사람들은 고개를 끄덕이며 동의했다. K 역시 같은 생각이었다. 경찰이 아직 건물을 통제하지 않았을 때 빠져나간 사람은 지금쯤 안전한 곳으로 피신했을 것이다. 그때 같이 나갔다면 좋았을 텐데, 왜 나는 그러지 않았을까, 왜 나는 재빠르게 행동하지 않았지. K는 후회했다.

몇몇은 경찰의 통제 후에도 건물을 빠져나간 것 같았다. 몇 시간 전부터 보이지 않는 사람이 몇 있었다. 분명 폴리스라인을 뚫고 빠져나간 것 같았지만 어디로 나갔는지는 몰랐다.

"나갔으면 안에 남은 사람들에게 방법을 가르쳐줄 것이지, 전화 한 통 없고 너무하네. 자기 혼자 살겠다는 건가?"

사람들은 불평했다.

시간은 흘러 벌써 해가 지고 있었다. 사람들은 저녁도 못 먹고 건물에서 버티게 되는 것이다. K는 오전에 점심 메뉴를 고민했던 순간이 머리에 떠올랐고, 어이가 없어서 웃음이 다 나올 지경이었다. 이런 일이 있을 줄 아침에는 누가 짐작이라도 했을까? 그때 누군가 말했다.

"이게 무슨 소리예요?"

고장 난 세탁기가 덜덜거리는 것 같은 소리가 사방에서 울렸다. 직원 몇이 무서웠는지 다짜고짜 비명부터 질렀다. K는 큰 물체가 도로를 달리면서 울리는 소리라는 것을 알아차렸다. 사무실 복도로 나가 창문으로 도로를 내다보았다.

"탱크다, 탱크가 왔어."

누군가 외쳤다. 탱크가 아니라 자주포인데, 라고 K는 생각했다. 하지만 탱크라는 단어가 사람들 사이로 빠르게 번져나가면서 모두들 복도 창문 쪽으로 우르르 몰려왔다.

"탱크로 포탄을 쏠 건가 봐. 진작 그렇게 할 것이지."

누군가 말했다. 모두 같은 생각을 하고 있었다. 권총이 소용없으니 더 강력한 무기를 쓸 차례였다. 인터넷에서도 더 강한 무기를, 하다못해 수류탄이라도 써보라는 의견이 빗발치고 있었다. 드디어 정부가 실행에 옮긴 것이다.

사람들은 자주포가 검은 구에 다가가는 모습을 초조하게 지켜보았다. 검은 구의 움직임을 보고 있으니 K는 숨이 막히는 것 같았다. 그것은 완벽히 검고 둥근 데다 그림자도 없어서, 커다란 구처럼 보이다가 검은 구멍처럼 보이길 반복했다. 계속 보고 있으면 정말 눈이 어떻게 될 것만 같았다. K는 잠시라도 좋으니 사람이 없는 곳에서, 긴장도, 걱정도, 이해 못할 물체도 없는 곳에서 바람 좀 쐬었으면 하는 심정이었다.

자주포가 구에 접근하고, 경찰차가 속도를 내 검은 구에서 벗어나자, 검은 구는 자주포를 향해 움직이기 시작했다. 검은 구가 경찰차 안의 경찰에서 자주포 안의 군인으로 목표를 바꿨다고 생각하니 K는 몸에 소름이 돋았다. 자주포 안의 장교인지 사병인지 모를 군인의 안전 또한 걱정이었다. 하지만 다른 사람들은 어서 탱크가 포탄을 검은 구한테 날리기만 바랄 뿐이었다. 검은 구가 자주포에 가까이 다가갔지만 자주포가 움직이지 않자, 사람들이 웅성거렸다.

"왜 안 쏴?"

"제발 폭탄으로 터트려라, 나 집에 좀 가자."

"지금 너무 가까운데. 쐈다간 탱크도 같이 터질 것 같아요."

"왜 안 쏘고 가만히 있지?"

순간, 사람들의 말에 대답이라도 하듯 자주포의 포신에서 탄이 튀어나왔다. 탄이 구에 부딪히면서 어마어마한 폭발이 이어졌다. 건물의 유리창이 일제히 웅, 소리를 내면서 진동했고, 사람들은 소리를 지르면서 눈을 감고 몸을 숙였다.

가장 먼저 눈을 뜬 사람은 K였다. 그는 아스팔트 위에 피어오르는 연기와 여전히 같은 속도로 자주포에 다가가고 있는 검은 구를 보았다.

"효과가 없나······."

K가 중얼거렸다. 흠집 하나 없는 검은 구는 여전히 느리지만 끊임없는 움직임으로 자주포를 향해 다가갔다. 그것이 자주포의 장갑을 통과해 안으로 들어갔다가 그대로 통과해 나왔을 때, K는 안에 있던 군인의 비명이 들리는 것 같아 눈을

질끈 감았다.

조종사가 사라진 자주포는 방향을 잃고 도로를 방황하더니 도로변의 건물을 들이받았다. 건물 벽이 무너지고 자주포가 전복되는 광경을 그가 멍하니 지켜보는 동안, 주변 사람들이 천천히 뒤로 물러나기 시작했다. 다시 검은 구로 시선을 돌렸을 때, K는 구가 그를 향해 공중으로 솟아오르는 것을 보고 어리둥절해졌다.

검은 구가 하늘을 나는 줄은 몰랐다. 저 커다란 물체가 어떻게 공중으로 솟아오른단 말인가? 사람들이 비명을 지르며 도망가는 동안, K 역시 도망쳐야 한다고 생각하면서도 막상 다리가 움직이지를 않았다. 어느새 검은 구는 창밖에 있었고, 그제야 그는 도망치기 시작했다. 11층에 도달한 검은 구는 유리를 통과해 K를 향해 다가왔다.

가까이에서 봐도 완벽히 검고 완벽히 둥글었다. K는 검은 구를 피해 사무실 안으로 들어갔지만 검은 구는 벽을 통과해 사무실 안으로 들어왔다. 그제야 K는 잘못 도망 왔다는 것을 알았다. 사무실에는 더 이상 도망칠 곳이 없었다.

허둥지둥 창문으로 다가가 유리를 열고 밖으로 어깨를 내밀었다. 일하다가 시간이 나면 가끔 하늘을 보거나 지나가는 차와 사람을 구경하던 창문이었다. 이곳에 이렇게 매달리게 되는 날이 올 줄은 꿈에도 몰랐어, K는 생각했다.

창밖으로 상반신을 완전히 내밀고 엉덩이를 창틀에 걸치는 동안에도 검은 구는 계속 다가왔다. 그는 건물 밖을 둘러보며 도망갈 길을 찾았다. 하지만 건물 외벽에는 매달릴 만한 물체도 없고 위층으로 올라가거나 아래층으로 내려갈 방법도 없었다.

건물 주변에 휘몰아치는 거칠고 뜨거운 여름 바람을 맞으며 K는 자책했다. 왜 나는 빨리 도망가지 않았지, 남들이 도망칠 때 정신 차리고 같이 도망쳤으면 이렇게 창문에 매달리는 일은 없었잖아. 차츰 어두워지는 도시 곳곳에는 가로등과 네온사인이 켜지고 있었다. 내가 죽을 지경이 됐는데도 세상은 여전히 돌아가는구나, K는 눈물이 날 것 같았다. 이제 검은 구는 그의 몸에 닿을 듯 가까이 있었다. K는 창문에서 뛰어내리기로 마음먹고, 창틀을 잡았던 손을 놓고 몸을 공중으로 내밀었다.

11층에서 아스팔트로 떨어지는 짧은 순간 동안 그는, 혹시 바닥에 부딪히더라도 기적적으로 살 수 있을지 몰라, 라고 생각했다. 가끔 그런 사람이 있잖아, 몇십 층에서 떨어졌는데도 가로수에 걸리거나 건물 간판에 걸려서 죽지 않고 살아난 사람들 말이야, 나에게 그런 행운이 있을지도 몰라, 라고 희망을 가져보았다.

하지만 그런 일은 일어나지 않았다.

4
도로

남자는 한 회사원이 검은 구를 피해 고층 빌딩에서 뛰어내리는 모습을 뉴스를 통해 지켜보았다. 회사원이 땅에 닿는 순간 남자는 눈을 질끈 감았다. 그런 광경을 뉴스에서 볼 줄은 몰랐다. 그러나 이것이 지금 서울에서 일어나는 일이었다.

처음 검은 구가 서울 중심가에 나타났을 때, 정부는 시민들에게 되도록 시 외곽으로 피하라고 뉴스로 전했다. 사람들이 너도나도 짐을 싸서 차를 몰고 혹은 대중교통으로 움직였다가 곧 길이 막혀 옴짝달싹 못 하게 됐다. 그때쯤 정부는 경찰이 검은 구를 통제하고 있으니 집에서 머물며 다음 소식을 기다리라고 말을 바꿨다. 도대체 도움이 안 된다니까, 사람들은 화를 냈다. 이미 길에 갇혀 오도 가도 못하는데 말이다. 남자는 빨리 움직였다고 생각했는데도 한번 길이 막히자 다른 사람들과 같은 처지가 되었다. 벌써 몇 시간째 움직이지 않는 차에 앉아만 있었고, 나중에는 주변의 다른 차처럼 아예 차 시동을 껐다.

뉴스 아나운서는 포탄으로 검은 구를 저지하는 데는 실패했으나, 경찰이 다시 구를 유인해 같은 장소를 맴돌고 있으니 안전하다고 말했다. 정말 안전한 건가, 남자는 생각했다. 검은 구가 공중으로 솟아오른 순간의 공포가 잊히지를 않았다. 구가 땅 위만 돌아다니는 줄 알았기 때문에, 부모를 만나면 높은 건물로 올라가 검은 구를 피할 계획이었다. 하지만 하늘을 난다면 높은 건물은 물론이고 비행기도 위험했다.

게다가 포탄 같은 강력한 무기도 듣지 않는다니 숨이 막힐 것 같았다. 다음에는 원자폭탄이라도 써야 한단 말인가? 그래도 검은 구를 없애지 못하면 어쩌나? 사람들은 영원히 검은 구를 피해 다니며 가슴 졸이고 살아야 하는가?

그를 기다리는 부모를 생각하면 더 답답하고 초조했다. 그의 아버지와 어머니는 필요한 짐을 싸놓고 언제라도 몰고 나갈 수 있도록 주차장에서 차도 빼놓았다. 남자가 도시에 도착하면 만날 장소까지 정했다. 하지만 도로가 막히고 남자가 언제 도착할지 모르게 되자 부모님은 결국 차에서 내려 집으로 돌아갔다.

남자는 아버지와 어머니에게 둘 중 한 명은 검은 구가 나타나지 않는지 주의해야 하고 절대로 둘 다 잠들거나 하면 안 된다고 누누이 당부했다. 남자는 차를 버리고 집까지 걸어갈 생각까지 했다. 차가 막히는 시간이 길어지자 실제로 그렇게 하는 사람도 있었다. 그러나 여름의 직사광선을 피할 지붕과 시원한 에어컨이 있는 차를 벗어날 결심을 하기는 쉽지 않았다. 걸어서 가려면 적어도 열다섯 시간은 걸어야 하는데 그것 또한 보통 일이 아니었다.

차 안에서 한숨을 쉬는 동안 세상이 천천히 어두워지면서 밤이 되었다. 가로등, 네온사인, 헤드라이트가 고속도로의 조명이 되었다. 힘든 기다림이었다. 그동안에도 친구들의 연락이 없어서 남자는 기분이 이상했다. 회사 직원들이 '김 대리님은 오른손에 핸드폰을 든 모습밖에 생각나지 않는다'고 놀린 적이 있을 만큼 그는 연락을 많이 받는 편이었다. 하지만 어제부터는 단 한 통도 전화가 없었다. 정말 가깝다고 생각한 몇몇 친구조차 연락하지 않아서, 그들의 우정이 진짜 우정이기는 했는지 남자는 의심스러웠다.

그는 주변에 사람이 많고 늘 관심의 대상이었다. 그도 그것을 즐겼다. 학교에서건 회사에서건 여자들은 다른 남자보다 그에게 더 관심을 기울였다. 친구끼리 모임이 있을 때면 사람들은 그가 오는지 은근히 신경을 썼고, 그가 도착하면 유난히 반가워했다. 학교 선배나 군대 선임이나 회사 상관이나 다들 그를 첫인상만으로도 좋아했다. 거래처도 그가 특별히 일을 더 잘하는 것도 아닌데 그와 거래하길 선호했다.

이유는 몰랐다. 아마 쾌활한 성격에 운동도 잘하고 농담도 잘하고 술도 잘 마셔서 그러리라 그는 짐작했다. 아니면 정말로 남자답게 잘생겨서 그럴지도 몰랐다. 주변 사람들은 그에게 너는 반드시 성공할 거라고 자주 말하곤 했다. 실제로 그는 또래 친구 중에 연봉도 제일 많고 회사에서도 평판이 좋았다. 하지만 그건 어제까지의 일이었다.

다들 자기를 챙기느라 바빠 남 생각할 틈이 없겠지, 남자는 옆 좌석에 올려놓은 핸드폰을 바라보며 생각했다.

친구나 회사의 연락도 연락이지만, 가장 그의 마음에 걸렸던 건 헤어진 여자 친구에게서 연락이 없는 점이었다. 헤어진 후로 연락을 안 하고 지냈지만, 남자는 몇 시간 전에 용기를 내서 전화를 걸었다. 핸드폰에서도 지웠던 번호지만 기억에는 남아 있던 그 번호로 전화를 걸었다. 여자가 받지 않자, 집에 있지 말고 서울을 떠나 안전한 곳으로 피하라는 내용의 문자를 몇 통 보냈다. 그러나 여전히 답장이 없었기 때문에 남자는 괜히 부아가 치밀었다.

그냥 걱정돼서 보낸 연락에까지 대꾸하지 않을 필요가 있나? 내가 그렇게 진저리 쳐지나? 에라이 씨발, 지가 안전하든 말든 내가 알 게 뭐람.

"어차피 다른 새끼가 잘 챙기고 있겠지."

남자는 중얼거렸다.

*

그가 서울을 나와 경기도에 도착했을 때, 남자는 도로변의 상가를 보고 놀랐다. 가게들이 불을 환히 켜놓고 영업 중이었다. 고속도로에는 서울을 빠져나가는 차가 줄지어 있는데, 가게는 평소와 다름없이 일을 하다니 황당했다. 가게 주인들은 검은 구가 무섭지도 않은가?

남자는 자동차에서 나와 주변을 둘러보았고, 가까운 호두과자 가게에서 손님이 주인에게 묻는 소리를 들었다.

"아주머니는 피난 안 가요? 다들 못 도망가서 난리인데 여기서 장사해도 돼요?"

아주머니는 대답했다.

"서울이나 위험하지 여기는 안전해요."

다른 지역 사람들도 호두과자 가게 주인처럼 태평할까, 남자는 궁금했다. 적어도 한국을 벗어난 사람은 아마 안심하고 있을 것이다. 텔레비전에서 비행기를 타고 떠나려는 사람들이 몰려들면서 공항이 마비 상태가 됐다는 뉴스도 내보냈다. 남자는 나라에 어려운 일이 닥치자 바로 비행기표를 사서 떠날 수 있을 만큼 경제력이 있는 그들이 부러웠다.

　다시 차가 막히기 시작했을 때, 이렇게 된 거 빨리 저녁을 해결하자는 생각에 가까운 편의점으로 들어갔다. 물건들이 가지런히 쌓여 있는 모습을 보니 괜히 마음이 놓였다. 빨리 차로 돌아가려고 서둘러 물건을 골랐다. 생수를 몇 통 집은 다음 삼각김밥과 컵라면과 햇반을 고르고 담배를 몇 갑 샀다. 점원이 물건값을 계산하는 동안 지갑을 열어보니 생각보다 현금이 많지 않았다. 앞으로 얼마나 더 필요할지 모르는 일이어서 남자는 현금인출기로 다가가 10여만 원을 꺼냈다. 기계 바로 옆에는 비누가 진열되어 있었는데, 그걸 보니 자신이 어제부터 차 안에 갇혀 세수도 제대로 못 한 채라는 것을 알았다. 편하게 샤워하고 잠을 잘 수 있다면 얼마나 좋을까, 남자는 생각했다.

　점원은 일이 서투른지 남자가 카운터로 돌아온 후에도 여전히 계산을 끝내지 못했다. 자동차로 빨리 돌아가고 싶었던 남자는 조바심이 나서 말했다.

　"계산이 너무 오래 걸리는데 내가 그냥 한 3만 원 주면 안 됩니까?"

　"그래도 바코드는 다 찍어야 하는데……."

　점원은 융통성 없이 말했고, 남자는 짜증이 났지만 그냥 참았다. 간신히 계산을 마친 점원이 비닐봉투를 꺼내 물건을 담

기 시작했는데 그 동작 역시 한없이 느렸다. 남자가 점원을
도와 물건을 봉투에 담자 점원이 머뭇거리더니 물었다.

"새로운 소식은 못 들으셨어요?"

"소식이요?"

"텔레비전이나 라디오에서 나오는 거 말고 다른 뉴스요."

"글쎄요, 나는 하루 종일 차에만 있었어요."

"그러세요."

편의점을 나오는 남자에게 점원이 안녕히 가세요, 라고 말
했으나 남자는 그 인사가 어찌나 멍청하게 들리던지 돌아보
지도 않았다. 편의점에서 시원한 에어컨 바람을 쐬다가 더운
밖으로 나오니 온몸에서 땀이 솟았다. 남자는 얼른 자동차로
돌아가야겠다고 생각하며 담배를 뜯어 한 개비를 입에 물고
걸음을 서둘렀다.

그가 도로에 도착했을 때 짐을 짊어진 수많은 사람의 행렬
이 도로에 이어지고 있었다. 마치 피난민 같은 모습의 사람들
이 자동차 사이로 걸어서 도로를 지나갔다. 안 그래도 어리둥
절한 상황이었는데, 사람들이 그에게 다급하게 다가오기까지
하자 남자는 정말 당황했다.

"근처에 문이 열린 편의점 있습니까?"

그들은 남자가 손에 들고 있는 비닐봉지를 가리키며 물었
다. 그가 방금 나온 편의점을 가리키자 사람들이 일제히 그곳

으로 몰려갔다. 남자는 수십 명의 사람들이 편의점으로 들어가 잡히는 대로 물건을 가방에 쑤셔 넣는 모습을 멍하니 지켜보았다. 다들 미친 사람들처럼 물건을 손과 팔과 품 안에 넣었고, 점원이 말려도 말을 듣지 않았다. 사람들은 카운터에 지폐 몇 장을 던지고 가게를 도망치듯 빠져나왔다. 돈을 내지 않고 나오는 사람도 있었다. 남자는 당황해서 중얼거렸다.

"도대체……."

그가 차에서 나와 편의점에서 물건을 사는 짧은 시간 동안 무슨 일이 벌어진 것일까? 남자가 편의점에 들어갈 때만 해도 열려 있던 주변의 가게들이 어느새 셔터가 내려가 있었다. 도로를 걸어가는 사람의 수는 점점 늘어났고, 차에 탔던 사람들도 인파에 놀라 차 밖으로 나오기 시작했다. 남자는 도로 가운데에 사람들이 유난히 많이 모여 웅성거리고 있는 장소를 보았다. 호기심이 생긴 그는 어렵게 사람들 틈을 파고들었다.

사람들이 노트북을 둘러싸고 모니터를 바라보고 있었다. 자동차 트렁크 위에 놓인 노트북을 뚫어지게 바라보다가 갑자기 겁에 질려서는 황급히 자리를 떠나곤 했다. 남자도 노트북을 주시했다.

모니터에서는 동영상이 재생되었는데, 한동안 지켜본 후에야 무슨 내용인지 알 수 있었다. 핸드폰으로 검은 구를 촬영한 영상이었다. 영상 속 배경이 어두운 저녁인 것으로 보아

아마도 몇 시간 전에 촬영된 듯했다.

"저게 정말 진짜예요?"

누군가 모니터를 가리키며 떨리는 목소리로 말하자 노트북의 주인이 대답했다.

"인터넷에 다 올라와 있다니까요."

뚱뚱한 체격에 두꺼운 안경을 쓰고 등에는 커다란 가방을 멘 젊은이였다. 뚱뚱한 남자는 덩치만큼이나 큰 목소리로 주변이 다 울리도록 외쳤다.

"모두 인터넷으로 정보를 확인하세요. 뉴스는 소식을 제대로 못 전해요. 방송국도 다 방송을 중지했답니다. 인터넷밖에 믿을 것이 없어요."

"저게 새끼를 치면서 늘어난단 말이야?"

누군가 말했다. 동영상 속의 검은 구는 앞서가는 경찰차를 따라 느리게 움직이고 있었다. 그건 남자가 뉴스에서 반복해서 본 모습이었고 새로울 건 없었다. 그런데 갑자기 구가 동작을 멈췄다. 구가 정지해 있는 모습은 처음 봤기 때문에 남자가 신기해하고 있을 때, 구의 표면에서 약하게 빛이 나는 것 같았다. 빠르게 진동하는 것 같기도 했지만 영상이 어두워 확실하지 않았다. 그리고 다음 순간, 마치 세포 분열을 하듯 검은 구에서 다른 구가 빠져나오는 것을 보고 남자는 놀라 헉, 숨을 들이켰다.

52

검은 구가 둘로 늘어난 것이다. 멈춰 있던 원래의 검은 구는 경찰차를 따라갔고, 새로 생겨난 검은 구는 반대 방향으로 움직이기 시작했다. 동영상은 그것으로 끝이었다. 동영상은 다시 처음으로 돌아가서, 구가 멈추고 둘로 늘어나는 과정을 반복해서 재생했다.

"저거 진짜예요?"

남자는 누군가 던졌던 질문을, 그리고 대답까지 들었던 그 질문을 노트북의 주인에게 했다.

"진짜라니까요. 저게 둘로 늘어났고요, 둘이 된 다음부터는 경찰이랑 군인도 통제하기 어려워한대요. 사람들이 겁에 질려서 서울에서 빠져나오고 있어요. 여러분도 빨리 남쪽으로 피하세요. 그리고 인터넷밖에 믿을 것이 없으니까 모두 인터넷을 확인하세요."

노트북의 주인은 열심히 설명했다. 그의 티셔츠는 땀에 젖어 있었다. 충격을 받은 남자는 한동안 서서 생각에 잠겼다. 구가 늘어났다니? 하나라면 경찰차가 유인하는 방법으로 묶어둘 수 있고 그동안 다른 사람들은 안전할 것이다. 하지만 둘로 늘어났다니? 그러면 앞으로도 계속 늘어나는 것인가? 이제 어떻게 해야 검은 구를 피할 수 있나?

그제야 남자는 도로를 걸어가는 사람들이 왜 이상하게 행동하는지 이해했다. 그들 모두 남자와 같은 상태였다. 동영상을 보고 공포에 질린 것이다. 구가 파괴되지 않으며, 공중으로 날아가고, 수가 늘어나는 것을 보고 완전히 겁을 먹은 것이다. 남자는 이제 어찌해야 할지 마음을 다잡을 수가 없어서 한동안 멍하니 서 있었다.

누군가 그의 비닐봉지를 가리키며 말했다.

"이봐요, 형씨, 근처에 열린 가게가 있어요?"

"저쪽에 편의점이……."

"그쪽은 갔다 왔는데 아무것도 안 남았던데."

아무것도 안 남았다는 말에, 남자는 가게로 몰려든 사람들이 물건을 모두 쓸어가고 다시 다른 가게를 찾아 나서는 모습을 상상하고 더 겁에 질렸다.

"형씨, 부탁 좀 합시다. 물하고 먹을 게 없어서 그래요. 가게는 전부 닫혔으니 어디서 구해야 할지 모르겠어요. 지금 갖고 있는 것 저한테 좀 파시죠? 돈은 달라는 대로 드릴게요."

"저, 그게, 저도 곤란해요. 양이 얼마 안 돼서. 그리고 먹을 게 아니고요, 다 그냥 휴지랑 배터리 같은 겁니다."

남자는 봉투를 뒤로 감추며 둘러댔지만, 벌써 그는 남자를 향해 다가오고 있었다.

"나랑 집사람이랑 아이 둘이랑 점심부터 아무것도 못 먹었어요. 그 정도 양이면 형씨에게 충분할 것 같은데 좀 나눠주세요. 다들 어려운데 서로 돕고 삽시다, 네?"

그의 부탁은 협박조의 외침으로 변했다. 남자는 미안하다, 지금은 못 주겠다, 둘러대며 그에게서 등을 돌렸다. 도로의 피난 행렬 사이로 얼른 숨어들었다. 곧 자신의 차가 보이자 남자는 마음이 놓였다.

도로는 오가는 사람이 어찌나 많은지 그는 행인을 간신히 밀치고 차로 들어가 문을 닫았다. 밖에서 부산스럽게 오가는 사람들의 소음이 들렸지만 차 안은 조용했다. 불을 모두 끄고, 차 유리를 어둡게 코팅한 것이 다행이라고 생각하며, 운전석에 등을 기댔다. 그리고 품에 감추듯 안아서 온 비닐봉지를 옆에 내려놓았다.

"운이 좋았어."

그는 중얼거렸다. 검은 구를 최초로 목격했고, 재빨리 동네를 도망쳐 나와 목숨을 건졌다. 다른 사람보다 먼저 차를 타고 서울을 빠져나왔다. 남들보다 먼저 편의점으로 가서 음식을 구했고, 하루 정도는 굶지 않아도 될 것이다. 지금까지 그는 운이 좋아서 남들보다 빨리 움직였고 그 때문에 살아남았다. 하지만 더 이상은 아니었다. 사람들이 벌써 서울을 빠져나가고 있으니, 그가 지금 당장 출발해도 행렬의 중간에 낄 뿐이었다.

"빨리 움직이자."

그는 차를 두고 가기로 마음먹었다. 지금도 그의 부모는 그가 집에 오기만 기다리고 있을 것이다. 밤을 새워 걸어야 할 테지만 상관없었다. 부모를 만나서 같이 움직이는 것이 가장 현명하다고 판단했다.

편의점에서 사 온 빵과 삼각김밥을 먹고 물을 마셨다. 패스트푸드를 좋아하지 않지만 지금은 그런 걸 가릴 때가 아니었다. 남은 음식은 가방에 집어넣었는데, 남자는 햇반과 라면을 괜히 샀다는 생각에 안타까웠다. 조리할 필요가 없는 음식, 이를테면 통조림을 샀으면 더 좋았을 것이다. 무거운 생수병을 짊어지고 가야 할지도 망설여졌다. 물은 구하기 어려울까? 수도 역시 사람이 관리하니 조만간 끊기려나? 그러면 전기는 어떻게 될까? 인터넷은?

남자는 부모의 집 방향을 확인하기 위해 마지막으로 내비게이션을 켰다. 디엠비 뉴스는 여전히 같은 장면만 보여주고 있었다. 인터넷이 되는 전자제품이 있으면 좋으련만, 남자에게 있는 것은 엠피스리 플레이어뿐이었다.

남자는 그것까지 가방에 넣고 어깨에 메어보았다. 생각보다는 가벼웠다. 단화를 벗고, 조깅할 때 신으려고 자동차에 둔 러닝화를 꺼내 신었다. 먼 거리를 걸어가려면 러닝화가 훨씬 편할 것이다. 귀중품을 찾아 차를 뒤지다가 앞좌석 서랍에서 등산용 칼을 발견했을 때, 가져가야 할지 말지 남자는 잠시 망설였다. 그리고 방금 본 광경을, 편의점을 향해 몰려가던 사람들을 돌이켰다. 가게가 사람들에게 약탈당하는 상황을 무력하게 지켜만 보던 점원도 기억났다. 남자는 칼을 바지 뒷주머니에 넣었다.

마지막으로 핸드폰을 주머니에 넣고 자동차에서 나와 문을 잠갔다. 후덥지근한 여름밤 공기를 들이마시자 벌써 에어컨 공기가 그리웠다. 남자는 차가 안전하기만 빌었다. 부모를 졸라 받아낸 돈에 그가 저축한 돈을 합쳐 다소 무리해서 장만한 차였다. 남자는 걸어가면서 가끔 차를 돌아보았다.

남자는 집으로 걸어가겠다고 부모에게 알리기 위해 핸드폰으로 전화를 걸었다. 부모와 그는 최소 한 시간에 한 번은 연락하기로 약속했고, 그가 마지막으로 부모와 통화하고 편의점에 갔다 온 후 한 시간 가까이 흘러 있었다. 남자는 응답을 기다렸으나 부모는 그의 전화를 받지 않았다. 남자는 다시 전화를 걸었다. 부모는 받지 않았다.

다시 전화를 걸었으나 그의 부모는 여전히 전화를 받지 않았다.

5
가족

"이 길로 계속 가도 괜찮을까?"

A는 남편에게 말했다. 그녀와 그녀의 남편, 그리고 아들 세 가족은 달도 뜨지 않은 어두운 산속에서 차를 몰고 있었다. 검은 나뭇가지들이 자동차의 유리창과 차 지붕에 끊임없이 스쳤다.

"이쪽으로 가지 말자니까. 길에 사람도 없고 불도 없는 게 이상해. 무서워."

"걱정하지 말라고 몇 번을 말해? 군대가 통제 안 하는 길은 여기뿐이야. 이 길로 가야지. 우물쭈물하다가는 우리만 당해."

남편은 운전대를 붙잡은 채로 앞만 보았다. 어두운 밤에 도로도 아닌 길로 차를 몰고 가도 좋은지, 그것도 지금처럼 세상이 뒤숭숭할 때 그래도 되는지 그녀는 걱정이었다. A는 뒷좌석에 있는 아들에게 물었다.

"인터넷에는 소식 없니?"

"아직 없어."

아들은 인터넷으로 새로운 소식을 알아보겠다며 뒷좌석에 누운 채로 핸드폰 액정만 보고 있었다. 그녀는 한숨을 쉬었다.

"아이고, 이게 무슨 난리야. 기가 막혀서 참."

"지방으로 내려가면 안전하니까 걱정하지 마. 본가로 가면 쌀도 있으니까 굶을 염려도 없고 경찰서도 가까운 데 있어서 안전해."

남편이 말했다.

처음 그녀가 서울에 나타난 괴물체가 사람을 흡수한다는 뉴스 속보를 봤을 때는 사실로 믿어지지 않았다. 검은 구가 서울 도심을 유유히 움직이다가 마주치는 사람을 흡수하는 모습은 현실이 아니라 영화 속 장면 같았다.

그러나 뉴스를 본 남편이 가게 문을 닫고 집으로 돌아오고 아들도 학교에서 돌아오자, 그녀도 사태가 심각하다고 느꼈다. 저녁이 되고 도시에 사이렌이 울리면서 시민들은 정부의 통제에 따르라는 방송이 들렸을 때는 심장이 덜컥 내려앉는 기분이었다.

그들이 정부의 통제를 어기고 집을 떠나온 이유는 구가 둘로 늘어나는 영상 때문이었다. 컴퓨터로 인터넷에 접속한 아들이 구의 수가 늘어나는 동영상이 발견됐다면서 보여주었다. 하나였던 검은 구가 둘로 늘어나는 동영상을 본 남편은 당장 도시를 떠나자고 말했다. A는 다른 사람들처럼 조용히 집에 있자고 했지만, 남편은 우물쭈물대다가는 도망 못 가고 발이 묶이고 만다고 주장했다. 서울에서 멀리 떨어진 지방으로 내려가야 안전하다는 거였다.

아들도 역시, 서울 사람들이 도시를 떠나느라 길이고 공항이고 전부 막혀서 난리라는 글을 인터넷에서 봤다며 찬성했다. 결국 그녀도 집을 떠나기로 마음먹었다.

그때쯤 이미 경찰이 시내 교통을 통제하고 있었기 때문에 그들은 20분이면 갈 길을 빙빙 돌아 세 시간 넘게 걸려서 움직였다. 어디로 가느냐고 자동차를 막으며 묻는 경찰에게 가족들은 별별 변명을 다 만들어내서 둘러댔다. 아들이 아파서 병원에 갔다 오느라고 이렇게 됐어요. 마트에서 물건 사서 오다가 늦게까지 집에 못 돌아갔습니다. 친척집에 급한 일이 있어서 그래요.

간신히 시내는 벗어났지만 고속도로에 들어가는 길은 경찰이 모두 막고 있었다. 남편은 산을 넘어가는 좁은 길을 택했다. 차가 충분히 지나갈 수 있다고 남편은 말했으나, 도로가 비포장인 데다가 나뭇가지는 점점 더 자동차에 가까이 다가오고 있었다.

아들이 말했다.

"인터넷에서 그러는데 헛소문을 조심하래."

그녀는 뒷좌석으로 고개를 돌렸다.

"어떤 헛소문?"

"검은 구에 대한 헛소문이 퍼지고 있으니까 믿지 말고 뉴스에 나오는 정확한 정보만 믿으라고 정부에서 그랬대."

"정부 말을 누가 믿는다고."

아들의 말에 남편은 중얼거렸다.

"그런데 그 검은 공의 정체가 뭐라니?"

그녀가 묻자 아들은 열심히 설명했다.

"유에프오란 이야기가 있고, 미국에서 만든 나노로봇이라는 소문도 있고, 블랙홀이라는 이야기도 있어."

"나노로봇이 뭔데?"

"그건 나도 몰라."

"블랙홀은 또 뭐야?"

남편이 묻자 아들은 대답했다.

"우주에 있는 별인데 뭐든지 다 빨아들인대."

"그게 지구로 내려온 건가? 어쩌다 지구로 내려왔지?"

"나는 귀신인 줄 알았는데."

그녀의 말에 아들과 남편이 웃음을 터트렸다.

아들이 말했다.

"세상에 귀신이 어디 있어. 아무튼 확실한 정보는 검은 공이 사람만 따라오고, 사람이 표면에 닿으면 안으로 흡수되고, 사람이 걷는 속도로만 움직이고……."

"그렇게 느리게 움직여?"

"어. 그러니까 검은 구를 마주치면 뛰어서 도망치래. 시속 4킬로미터니까 뛰어서 충분히 도망칠 수 있대. 그리고 총으로 쏴도 끄떡없으니까 괜히 부수려고 하지 말래. 그리고…… 구의 수가 늘어나고 있다는데 지금 적어도 네 개는 넘나 봐."

남편은 말했다.

"앞으로 몇 개로 더 늘어날지 모르는 거잖아. 언제 지방으로 올지도 모르는 거고. 역시 도망치길 잘했다니까. 지방으로 가서 산속 깊이 숨어 있으면 그것도 못 찾아올 거야. 숲 한가운데 있는데 그게 어떻게 알고 다가오겠어, 안 그래?"

"내 생각에는 외국으로 도망가면 될 것 같아. 검은 공이 강이나 바다는 못 넘는 것 같다고 인터넷에서 그러거든. 외국으로 도망치면 산다는 소문에 사람들이 공항으로 급하게 몰려서 공항이 완전히……."

아들의 말은 갑작스러운 소음 때문에 중단되었다. 도로 가운데에 박혀 있던 커다란 바위가 차 바닥을 친 것이다. 그들은 돌이 차 바닥을 긁는 덜커덕 소리를 참으며 비포장도로가 끝나기를 기다렸다. 하지만 길은 갈수록 거칠어져 소음도 진동도 심해졌고, 길옆의 나뭇가지가 차의 앞 유리창을 두들길 만큼 좁아지고 있었다.

"아빠, 여기 차 다니는 길 맞아?"

"길에 자동차가 다닌 자국이 있잖아. 근처에 묘가 많아서 성묘하러 오는 차들이 많아. 그리고 아까는 사람도 보였어."

"지금은 안 보이는데."

아들이 말했다. 그리고 동시에 덜컹 소리와 함께 차의 시동이 꺼졌다. 남편은 다시 시동을 걸고 차를 움직였지만 차는 앞으로 나아가지 않았다.

"진흙탕에 빠졌나 보다."

남편이 말하자 그녀와 아들은 걱정스러운 표정으로 창밖을 내다보았다. 차바퀴가 진흙 속에서 헛도는 소리만 들릴 뿐 제자리에서 멈춰 있었다. 남편은 시동을 끄고 한숨을 쉬었다.

"저쪽에서 사람이 오는데?"

아들의 말에 그녀는 고개를 들어 앞을 보았다. 등산복을 입은 남자 다섯이 차를 향해 다가왔다. 사람을 만나니 갑자기 마음이 놓였다. 길 반대편에서 사람이, 그것도 걸어서 넘어오는 것을 보면 길을 제대로 온 것이 맞았다. 어려운 상황에서 사람을 만나다니 정말 다행이었다.

남편이 말했다.

"사람 다니는 길이라고 내가 그랬잖아. 저쪽은 어떤지 한번 물어볼까?"

그가 창문을 열고 머리를 차 밖으로 내밀자, 사람들이 다가왔다. 남편은 잠시 이야기 좀 할 수 있느냐고 외쳐서 물었다. 그러겠다고 응답이라도 하듯 그들의 걸음이 빨라졌다. 거리가 가까워지면서 그들의 얼굴이 제대로 보였고, 그녀는 생각보다 젊은 남자들의 무리라는 것을 깨달았다.

남편은 차 문을 열어 다섯 남자를 향해 몸을 내밀고 말했다.

"산 저쪽에서 넘어오신 거 맞죠? 그쪽은 통행이 자유롭습니까? 차가 다닐 수 있어요? 고속도로에 들어가려고 하는데 이 길로 가면 돼요?"

다섯 남자는 대답 없이 서로의 얼굴만 보았다. 그래서 그녀도 남편도 아들도 멍하니 그들의 대답을 기다렸다. 왜 아무도 말이 없을까? 그녀는 생각했다. 어두운 밤 산속에서 여덟 명이 만났는데 아무 대화가 없다니 이상한 상황이었다. 다섯 남자 중 맨 뒤에 서 있던 남자가 맨 앞에 있는 남자에게 뭐라고 말했는데, 목소리가 작아서 차에까진 들리지 않았다. 젊은 남자가 뒤를 돌아보며 하는 대답은 들렸다.

"정말 그래도 돼요?"

"된다니까."

뒤에 있던 남자가 대답하자 젊은 남자는 재차 물었다.

"정말요?"

"빨리하라니까."

뒤의 남자는 재촉했다. 그러자 젊은 남자는 차를 향해 다가와 기분 나쁠 만큼 얼굴을 가까이 들이대고서는 빤히 남편을 바라보았다. 남편은 어리둥절한 표정으로 그녀를 돌아보았다. 다음 순간 그녀가 본 것은, 남자가 주머니에서 큰 칼을 꺼내 남편의 목을 푹 찌르는 모습이었다. 목에서 솟아오른 피가 차 안에 흩뿌려졌다.

옆 좌석의 그녀는 남편의 피를 얼굴에 맞으며 비명을 질렀고, 아들 역시 비명을 질렀다. 그녀의 좌석은 문이 잠겨 있었지만 아들이 있는 뒷좌석은 그렇지 않았다. 남자들은 뒷좌석 문을 열고 아들의 다리를 잡아 끌어냈다. 아들은 살려달라고 비명을 질렀으나 남자 여럿이 팔을 뻗어 잡아당기는데 막을 방법이 없었다. 그녀는 남자들이 아들의 몸에 차례대로 칼을 꽂은 다음 길에 내던지는 소리를 들었다.

옆 좌석의 남편은 운전대에 몸을 기댄 채 움직이지 못했다. 그녀를 바라보며 꺽, 꺽 숨을 들이켜기만 했다. 입 모양으로 봐서는 아마도 여보, 여보, 라고 말하려는 것 같았지만, 소리는 나오지 않았다.

남자들은 남편도 차 밖으로 끌어내 길바닥에 내던졌다. 그리고 가장 나이 많은 남자가 그녀 쪽으로 다가와 칼로 유리창을 노크하듯 두들기며 명령했다.

"나와."

겁에 질린 그녀는 움직이지 못하고 손으로 얼굴을 감싼 채 눈물만 흘릴 뿐이었다. 남자들은 화도 조바심도 내지 않았다. 다른 넷은 태연히 담배를 피우기 시작했고, 칼을 든 나이 많은 남자만이 창밖에서 그녀에게 말을 걸 뿐이었다.

"안 죽일 테니까 나와. 안 나오면 끌어내서 죽일 거고, 나오면 안 죽일 테니까, 좋게 말할 때 조용히 나와."

"살려주세요, 살려주세요."

그녀는 그 말만 반복했다. 남자는 계속해서 칼로 창문을 두들겼다.

"그래, 나오면 살려줄 테니까 빨리 나오라고."

"제발 살려주세요."

다른 남자가 운전석 문을 열고 들어와 그녀를 향해 팔을 뻗었다. 그녀는 비명을 질렀으나, 남자는 그녀를 잡으려는 것이 아니라 잠긴 문을 열려는 것이었다. 문이 열리고, 창밖의 남자가 그녀를 잡아 차 밖으로 끌어냈다. 그녀는 이제 죽었다고 생각했으나 남자는 그녀를 칼로 찌르지 않았다.

"현찰, 수표, 귀중품, 통장…… 돈 될 만한 거 다 내놔."

"트렁크 바닥에 있는 작고 검은 가방에 돈이 있어요."

"지금 아줌마가 몸에 지니고 있는 건 없어?"

"없어요."

"정말 없어?"

"네."

남자들은 트렁크를 열어 안을 뒤지고 길바닥에 죽어 있는 남편과 아들의 주머니도 뒤져 돈을 꺼냈다. 그들의 행동에는 망설임이 없었다. 사람을 죽이고 물건을 강탈하는 행동을 별 것 아니라는 듯이 태연히 해치웠다. 그들은 그녀에게도 주머니에 있는 걸 전부 내놓으라고 말했고, 그녀는 작은 동전 지갑과 슈퍼에서 받은 영수증을 건넸다. 남자는 그것들을 훑어보더니 길바닥에 버렸다. 가장 나이 많아 보이는 남자가 그녀에게 말했다.

"이 길로 쭉 왔어?"

그는 손에 든 칼로 그녀가 차를 타고 온 방향을 가리켰다. 칼에 아직도 피가 묻어 있었다.

"네."

"이 길로 가면 ○○시 나와?"

"네. 살려주세요, 제발 살려주세요."

남자들이 다가오더니 그녀에게 재갈을 물리고 손을 등 뒤로 묶었다. 허리에도 줄을 묶은 다음 개를 끌고 가는 것처럼 줄을 잡아당기며 앞으로 걸었다. 그녀는 흐느끼며 그들을 따라갔다. 그들은 그녀가 차를 타고 온 길을 되짚어 천천히 걷고 있었다. 남자들이 주고받는 잡담이 그녀에게도 들렸다.

"검은 구가 사람을 한번 흡수하면 여섯 시간 동안은 다른 사람을 흡수하지 않는대. 그러니까 도시로 가는 동안 사람을 다 죽이진 말고 인질로 잡아놓자. 검은 구랑 마주치면 잡아먹으라고 줘버리자고. 그러면 최소한 한나절은 검은 구한테서 안전하잖아. 그동안 시내를 돌아다니면서 돈 될 만한 걸 찾는 거야."

"정말 검은 구가 사람을 한번 잡아먹으면 여섯 시간 동안은 안 잡아먹는답니까?"

"그렇다니까, 소문이 쫙 퍼졌어."

"내일 아침이면 도시가 텅 빌 텐데, 검은 구만 막으면 도시가 다 우리 게 되는 거 아니겠습니까?"

"내 말이 그 말이야. 길 가다 보면 또 거슬러 오는 행인이 있을 테니까 남자는 다 죽이고, 여자나 애새끼는 잡아서 인질로 쓰자고."

"총이 있으면 편할 텐데. 근처에 군인이나 경찰은 없나?"

그녀는 아들이 말한 헛소문이 저것 아닐까 생각했다. 검은 구에 대한 잘못된 정보가 유포되고 있으니 주의하라던 정부의 발표처럼, 강도들은 검은 구가 한번 사람을 흡수하면 얼마 동안은 안전하다는 잘못된 소문을 믿고 있었다. 그리고 그 잘못된 소문 때문에 그녀는 목숨을 건졌다.

그녀는 고개를 돌려 길바닥에 버려진 남편과 아들의 시신을 돌아보았다. 왜 낯선 남자들이 강도라고는 생각 못 했을까? 낯선 곳에서 낯선 사람을 만나면 항상 조심해야 했는데, 왜 그러지 않았을까? 방금 남편과 아이를 잃었고 자신도 곧 죽을 것이라 생각하니 하염없이 눈물이 흘렀다.

처음 남편이 집을 떠나자고 했을 때 그녀는 아무래도 안심이 되지 않아 계속 말렸다. 왜 남편과 아들은 그녀의 말을 듣지 않고 고집을 부렸을까? 모든 경찰이 시내를 통제하고 있으니, 인적이 드문 어두운 산길로 가는 건 당연히 위험하지 않은가. 왜 그 생각을 못 했을까? 결국 그녀는 모든 걸 잃었다. 지금 그녀가 할 수 있는 일은 울고 또 우는 것뿐이었다.

조용한 밤이었다. 달도 없는 어두운 산에서 들리는 건 사람들이 걷는 소리와, 그들의 잡담과, 한 여자가 우는 소리뿐이었다.

6
도시

도로는 한 방향으로 움직이는 거대한 혼란이었다. 차와 사람이 뒤엉킨 아수라장이었다. 남자는 부모와 떨어져 우는 아이를 보았다. 아이가 울부짖으며 엄마를 찾는 동안, 사람들은 무심히 곁을 지나쳤다. 혼자 있지만 울지 않는 아이도 보았다. 길가에 쭈그리고 앉아 땅만 내려다보고 있었다. 부모가 버리고 갔나 봐, 지나가는 사람들이 아이를 보며 중얼거렸다.

사과 하나에 만 원을 받고 파는 장사치도 보았다. 냉동 트럭 옆에 "사과 있음"이라고 적힌 종이가 붙어 있었는데, 누가 만 원 지폐 몇 장을 주자 차 주인은 사과를 트럭에서 꺼내 건넸다. 아마도 편의점을 습격하던 사람들 같은 무리에게서 물건을 지키려 그런 식으로 사과를 파는 것 같았다. 냉동 트럭 안에서는 쇠 파이프나 칼을 든 남자들이 사과 궤짝을 지키고 있을지도 몰랐다.

만 원 지폐 한 장에 사과 하나밖에 가질 수 없는, 물도 먹을 것도 구하기 힘든 길이었다. 음식도 돈도 없는 사람들은 다른 사람들한테 구걸하기도 했다. 머리에 짐 보따리를 이고 길을 걷는, 정말 전쟁 피난민 같아 보이는 할머니도 봤다.

길가에 텐트를 치고 자는 가족들도 목격했다. 도로 근방 공터에 사람들이 무리를 이뤄 텐트를 치고 있었다. 텐트 안에서는 어머니가 아이를 데리고 있고 밖에서는 아버지가 망을 보았다. 사람들이 통행에 방해되는 차를 마구 밟고 올라가는 광경도 보았다. 불에 타고 있는 차 옆도 지나쳤다.

모두 그가 생전 처음 보는 광경이었다. 그는 젊고 힘센 남자여서 자신을 지킬 수 있지만, 부모는 그럴 수 있을지 걱정이었다. 남자는 처음 부모가 전화를 받지 않았을 때 잠시 자리를 비웠으리라 생각했다. 하지만 계속 전화를 받지 않자 차츰 불안했고, 몇 시간이 지나도 통화가 되지 않자 무서운 생각이 들기 시작했다. 혹시 통화 서비스가 아예 중단된 건 아닌지 지나가는 사람을 붙잡고 물어보기까지 했다. 처음 물어볼 때는 대부분 핸드폰이 된다고 대답했는데, 시간이 흐르자 먹통이라는 대답이 늘었다.

남자는 부모가 전화를 안 받는 것이 아니라 통화가 안 되는 것이라고 짐작했다. 마지막으로 통화하고 세 시간 조금 넘게 흘렀다. 그사이에 큰일이 일어나지는 않았을 것이다. 남자는 걱정을 가라앉히려 애썼다.

한 가지 행운도 있었는데 엠피스리 플레이어에 라디오 기능이 있었다. 출퇴근하면서 영어 회화 강의를 들으려고 산 물건이라서 음악도 넣지 않았고 라디오가 되는지도 몰랐으나, 플레이어를 만져보다가 우연히 라디오 방송이 잡혔다. 그때부터 열심히 뉴스를 들었다.

라디오 방송은 정규 방송을 중단하고 모두 같은 속보를 내보내고 있었다. 이제 길에서 노트북을 켜놓고 정보를 알려주는 친절한 사람은 없었기 때문에, 라디오로나마 뉴스를 접할수 있어서 다행이었다. 어째서인지 뉴스는 상황을 빨리 전달하지 않았다. 남자가 구가 늘어나는 동영상을 본 지 몇 시간이 지나서야 라디오 뉴스에서도 검은 구가 두 개로 늘어났음을 인정했다. 고속도로의 혼란 상태 같은 것은 여전히 뉴스에 나오지 않았다. 뉴스에서는 구가 서울 시내에만 단 두 개 존재하며 두 개 모두 경찰차가 유인해 한 장소에 붙잡아 두고 있다고 말했지만, 남자는 그 말을 믿지 않았다. 왜냐하면 뉴스에서는 군과 경찰이 서울과 그 주변 지역을 통제하고 있다고 밝혔는데, 그건 분명 검은 구가 벌써 서울을 벗어나 경기도까지 움직였다는 뜻이었다.

그는 정부의 말을 믿지 않고 진작 서울을 벗어나길 잘했다고 생각했다. 그는 남들보다 많은 정보를 알았기 때문에 지금까지 살아남은 것이다.

*

자정을 넘겼을 때쯤 남자는 도시에 도착했다. 진입로에는 군인이 도로에 바리케이드와 천막과 군용차량을 세워놓고 사람들을 통제하고 있었다. 길을 막은 군인들 뒤에는 이중 삼중으로 바리케이드가 설치되어 있고 군용차량에서는 확성기를 통해 안내 방송이 반복되었다.

"수송차량이 준비되어 있으니 질서 있게 차량에 탑승해 남쪽으로 이동하시기 바랍니다. 다시 말씀드립니다. ○○시로의 진입은 통제하고 있습니다. 차량을 통해 남쪽으로 이동해주시기 바랍니다."

도시 진입을 통제한다니 이게 무슨 일인가. 여기까지 힘들게 걸어왔는데 이건 또 뭐지, 남자는 어리둥절해졌다. 남자와 비슷한 입장의 사람들이 군인들에게 몰려들어 묻고 있었다.

"왜 못 들어간다는 거예요?"

"정부에서 통제하고 있습니다."

"이유가 뭔데?"

"그건 저희도 모릅니다."

"도시 안에 있는 사람들은 어떻게 됐어요?"

"남쪽으로 대피 중입니다. 여러분도 도시로 들어가지 말고 남쪽으로 가셔야 합니다."

"그러니까 왜 대피 중인데요? 도시에서 무슨 일이라도 일어났어요?"

"그건 저희도 모릅니다."

오렌지색 야광 조끼를 입은 군인들은 도시로 들어갈 수 없다, 그 이유는 자신들도 모른다는 말만 반복했다. 화가 난 사람들이 사병들이 뭘 아느냐, 장교를 불러오라고 외쳤다. 하지만 장교들도 이유는 모를 것이라고 남자는 생각했다. 군인이야 위에서 시키는 대로 할 뿐이니까. 정부가 도시로 들어가지 말라는 명령을 내린 진짜 이유가 뭘까?

"검은 구 나타난 거 아니야?"

누군가 말했을 때, 남자는 심장이 철렁 내려앉는 기분이었다. 정확한 지적이었다. 구가 나타난 것 말고는 도시를 통제할 다른 이유가 없었다. 사람들이 검은 구가 나타나서 그러는 것 아니냐고 군인에게 따지기 시작했고, 외침이 점점 크고 거칠어지자 소위 하나가 사람들 앞으로 나와 말했다.

"진정하세요. 검은 구가 나타난 거 아닙니다. 정부에서도 그런 발표 한 적 없습니다. 구는 서울에 있고 경찰이 통제하고 있습니다."

남자는 어찌해야 좋을지 몰라 혼란스러웠다. 군인들의 말대로 주민들이 모두 도시를 빠져나갔다면 지금 들어가 봤자 부모는 없을 것이다. 전화를 받지 않는 것도 그 때문일까? 부모님은 이미 차를 타고 남쪽 멀리 가고 있을까? 그도 수송차량을 타고 남쪽으로 내려가야 할까?

힘이 빠진 남자는 길가에 털썩 주저앉았다. 서울에서 도망온 사람들이 몰려들면서 갈수록 혼잡해지는 도로를 물끄러미 바라보았다. 사람들은 군인의 안내에 따라 수송차량을 향해 걷거나 도로변에 앉아 쉬거나 먹을 것을 구하러 다녔다.

군인들은 길게 줄을 서 있는 사람들에게 생수를 나눠줬고, 아이나 노약자를 데리고 있는 가족은 음식 또한 받을 수 있다는 안내 방송이 확성기를 통해 들렸다. 한쪽에서는 의사와 간호사가 천막을 세워놓고 사람들을 치료하고 약을 처방했다.

우습게도 사람들이 오랜 시간 줄을 서서 받은 건 아리수병이었다. 돈을 주고 마시라고 해도 마시지 않을 것을 주느냐고 누군가 화를 내자, 아리수병을 나눠주던 하사는 수돗물도 안전하니 걱정 말라고 공손히 대답했다. 남자는 수돗물보다도 하사의 위선적일 정도로 친절한 대답이 더 짜증스러웠다.

사람들은 떠도는 소문을 서로 묻기도 했다. 소문은 다양했고, 그래서 믿기 어려웠다. 어떤 사람은 서울 시내에 구가 100개도 넘을 거라고 호들갑을 떨었고, 또 어떤 사람은 정부가 구를 없애는 방법을 알아냈으며 관계자에게 직접 들었다고 호언장담했다. 하지만 남자가 원하는 건 구가 몇 개인지 어떻게 없애는지가 아니라 어떻게 해야 부모를 만날 수 있는지였다.

그때 남자는 산에서 움직이는 흰 물체를 발견했다. 그것이 산에서 내려와 도로로 다가왔을 때, 남자는 산의 샛길을 통해 걸어오는 사람들임을 알아차렸다. 길은 도로 옆에서 시작해 산으로 이어져 숲속으로 사라졌다. 혹시 산을 넘어가는 길일까? 남자는 도로로 내려오는 그들에게 다가가 물었다.

"○○시에서 오신 건가요? 산을 넘어서 오신 거죠? 산에 길이 있습니까?"

그들은 부모와 두 딸 일가족이었는데, 그중 아주머니가 그가 묻지 않은 것까지 말했다.

"원래는 이쪽으로 오면 안 돼요. 도시 남쪽으로 가야 하거든요. 정부에서 그러라고 계속 방송해요. 그런데 길이 어찌나 막히던지 피난을 가보지도 못하고 죽을 것 같아서 아예 이쪽으로 돌아서 왔어요. 걸어서 산을 넘으려니 힘들어서 죽는 줄 알았네. 하지만 여기로 온 건 정말 잘한 것 같아요. 남쪽으로 갔으면 내일까지도 도시 밖으로 못 나갔을 거야."

"도시 사람들 모두 대피했나요?"

"대피한 동네도 있고 안 한 곳도 있어요."

"○○동은요?"

"아직 안 했어요. 길이 워낙 막혀서 그 동네는 새벽에나 가능할걸요."

부모가 사는 동네는 아직 대피하지 않았다는 소식과 새벽까지 시간이 있다는 것을 듣자 희망이 보였다. 겹겹이 바리케이드가 쳐진 도로와 달리 샛길은 통제가 허술해서 잘하면 슬쩍 들어갈 수도 있을 것 같았다. 그곳을 지키는 군인들은 별로 성의 있어 보이지 않았다. 그곳뿐 아니라 이제 도로에 있는 대부분의 군인들이 자신들이 무슨 일을 하는지도 모르고 허둥대느라 지치고 있는 것 같았다. 샛길의 군인들이 담배를 피우며 잡담하는 것을 본 순간 남자는 더 이상 생각하지 않고 그대로 길로 들어갔다. 계획한 행동도 아니고 현명한 방법도 아니었으나 그런 걸 따질 시간이 없었다.

"아저씨! 그쪽으로 가시면 안 됩니다!"

군인들이 외쳤을 때, 그는 못 들은 척했다.

"아저씨! 아저씨!"

군인들의 어깨에 걸린 총이 덜그럭거리는 소리가 가까워지자 남자는 등을 돌렸다. 그리고 괜히 당당한 표정으로 군인을 마주 보았다. 사병 둘이서 그를 향해 말했다.

"이쪽으로 가시면 안 됩니다. 도시로 들어가면 안 됩니다. 차량을 타고 남쪽으로 이동하십시오."

"도시로 가려는 게 아니고요. 산에서 가족을 만나기로 해서 그래요. 조금만 위로 올라가서 만나면 바로 내려올 겁니다."

"그래도 올라가시면 안 됩니다. 기다리려면 여기서 기다리십시오."

"올라가도 된다고 허락 맡았어요. 잠깐만 갔다 오는 건 괜찮다고 그러던데요."

"누구에게 맡았습니까?"

남자는 되는대로 거짓말을 지어냈다.

"어느 원사님이 그러셨어요."

군인들은 서로 마주 보더니 그에게 물었다.

"최 원사님이 그러셨습니까?"

"맞아요. 그분이요."

"그러면 빨리 내려오셔야 합니다."

군인들은 그를 두고 도로로 돌아가서는 다시 담배를 피우며 잡담을 계속했다. 멍청한 놈들, 남자는 중얼거렸다.

*

산을 오르면서 남자는 도시에서 넘어오는 사람들과 자주 마주쳤다. 올라가지는 못하게 하면서 정작 넘어오는 사람은 제대로 통제하지 않다니 황당한 일이었다. 남자가 그들에게 묻고 알아낸 도시 상황은 이러했다.

저녁이 되자 군과 경찰의 안내에 따라 도시에서 대피하라는 내용의 방송이 시작되었다. 산을 넘어온 사람들은 방송을 따르지 않고 개인적으로 움직인 사람들이었는데, 남쪽 길이 너무 막혀서 그런 사람도 있었고 정부 발표를 믿을 수가 없어서 산길을 택한 사람도 있었다. 남자가 혹시 도시에 검은 구가 나타났는지를 물었지만 모두 보지 못했다고 대답했다.

사람들은 반대로 남자에게 고속도로 상황이 어떠냐고 물었고, 그가 대답하면 고마워했다. 지금 도시는 경찰이 모두 외곽으로 빠져나간 상태라서 혼자 다니기엔 위험할 거라고 걱정하는 사람도 있었다. 얼른 가족을 만나라고 응원하기도 했다. 산을 내려가 도로에서 다른 피난민과 섞이면 더 이상 친절하지 않겠지, 남자는 사람들을 떠나보낼 때마다 생각했다.

라디오 뉴스로도 새로운 소식을 많이 들었다. 한번은 서울 외곽 지역에 있는 기자를 연결해 천만 명의 사람들이 서울을 빠져나가면서 만드는 대단히 혼잡한 상황을 중계하기도 했다. 그가 도시로 걸어오면서 겪은 바로 그 혼란이었다.

뉴스에서는 사람들 사이에 헛소문이 퍼지고 있으니 절대로 믿지 말라는 당부도 거듭했다. 검은 구가 사람을 흡수하면 한동안은 다른 사람을 흡수하지 않는다는 소문이 있는데, 절대로 사실이 아니라고 했다. 검은 구가 미국에서 만든 군사 병

기이며 한국에서 실험하던 중이었다는 소문도 사실이 아니라고 말했다. 그리고 정부가 검은 구를 군사 무기로 개발하려고 일부러 파괴하지 않는다는 소문도 믿지 말라고 당부했다. 그런 헛소문 때문에 상황이 제대로 통제되지 않는다는 것이었다. 서울에 핵무기를 떨어뜨려 검은 구를 파괴한다는 소문도 사실이 아니라고 말했다. 군은 검은 구를 격리할 다양한 방법을 강구하고 있으니 시민들은 조금만 참아달라고도 했다. 만약 서울에 핵무기가 떨어진다면 남자는 다시는 서울로 돌아갈 수 없을 것이다. 그런 생각을 하니 오싹했다.

어둠과 더위와 산 벌레가 남자를 괴롭히는 고통스러운 산행이었다. 그는 가방에서 긴팔옷을 꺼내 갈아입고, 입던 셔츠로는 머리와 얼굴을 감쌌다. 긴 바지를 입고 있어서 다행이었다. 벌써 몇 시간째 걷고 있는지 몰랐다. 차를 포기하고 줄곧 도로를 걸어왔는데 이제는 밤새도록 산을 헤매고 있었다. 갈수록 걷는 시간보다 길에 앉아 쉬는 시간이 길어졌다.

그러나 그를 괴롭히는 건 부족한 음식이나 물도, 몰려오는 피로와 졸음도 아닌, 시간이었다. 그의 예상보다 상황이 빨리 변하고 있어서 초조했다. 산을 오를수록 인적이 줄어들었고, 정상에 가까워지자 더는 사람을 만날 수 없었으며 앞으로 만날 것 같지도 않았다. 라디오 뉴스도 새로운 소식을 전하지 않고 같은 내용만 반복했다. 가끔 방송이 끊기면서 정체 모를 클래식 음악만 흘러나왔다가, 이전과 같은 내용의 뉴스가 흘러나왔다가, 다시 음악이 흘러나왔다. 라디오 방송도 제 기능을 못 하면 어디서 정보를 얻어야 할까. 남자는 답답했다.

마침내 산 정상에 도착했을 때 남자는 산의 양쪽을 모두 볼 수 있었다. 그가 올라온 도로는 많은 사람과 차가 엉켜 있어 매우 혼잡했고, 그가 내려가야 하는 쪽의 도시는 어둡고 정적에 잠겨 있었다. 섬뜩한 광경이라고 남자는 생각했다.

*

새벽에 산 아래로 내려왔을 때 남자는 군인들을 보았다. 군인 둘이 도시로 내려가는 길을 통제하고 있었다. 남자는 군인들을 피해 산어귀에 있던 건물로 허둥지둥 숨었다. 문이 열려 있는 것을 보고 일단 들어갔고, 안에 쌓여 있는 나무 상자 사이에 쪼그리고 앉았다. 그가 등을 대고 앉은 벽에 창문이 있었는데, 군인들이 그쪽으로 다가오는 소리가 들려서 남자는 긴장했다.

다행히 군인은 남자를 따라온 것이 아니라 단지 담배를 피울 조용한 장소를 골랐을 뿐이었다. 담배를 입에 문 채로 군인들은 한가롭게 대화를 나눴다. 남자는 혹시 새로운 소식을 들을까 싶어 그들의 말에 귀를 기울였다.

"씨발, 피곤해 죽겠네. 잠도 못 자고 이게 다 무슨 일이야?"

"그러게 말입니다. 미치겠습니다. 좆나 무섭지 않습니까? 시커먼 공이 사람을 잡아먹는다니, 아까 자다가 그거 나오는 악몽까지 꿨습니다."

"검은 구가 여기 없는 거 확실한가? 없다면 왜 사람을 다 밖으로 보내라는 거야?"

"서울이 검은 구로 꽉 차서 그것들이 곧 경기도로 넘어올 거랍니다. 그래서 그런 것 아닙니까?"

"진짜? 서울에 검은 구가 그렇게 많대?"

"서울에는 몇백 개가 돌아다닌다는 소문도 있답니다. 좆됐습니다. 그거랑 여기서 마주치면 어떡합니까?"

"확 총으로 쏴버리면 되지."

"총으로 쏴도 아무 소용 없지 않습니까?"

"아니야, 총으로 쏘면 부서진대."

"정말입니까? 에이, 쏴서 없앨 수 있으면 왜 진작 총으로 안 없애고 서울에 돌아다니게 놔두겠습니까?"

"군사 무기로 쓸 수 있는지 연구하려고 남겨둔다는데? 결국 윗대가리 때문에 사병들만 잠 못 자고 이렇게 좆뺑이 치는 거지."

"저는 검은 구가 진짜 무섭습니다."

"겁쟁이 새끼, 수류탄 던지고 총으로 쏘면 된다니까."

"저는 그런 생각도 해봤습니다. 검은 구는 사람을 빨아들이는 거 아닙니까. 그러니까 안으로 빨려 들어갈 때 수류탄 핀을 뽑고 들어가면 안에서 수류탄이 터지면서 구도 폭발하지 않겠습니까? 누가 한번 해보면 좋겠습니다."

"그러면 안에서 죽는 거잖아, 그걸 누가 해? 네가 해서 영웅 돼봐라. 나라에서 네 무덤에 훈장이라도 바칠지 누가 아냐?"

"그런데 그 이야기 들으셨습니까? 지금 탈영하는 놈들 좆나 많답니다."

"하기야 지금처럼 정신없을 때 탈영하면 딱 좋지. 어떻게 잡으러 다니겠어."

"그리고 서울에 들어간 애들은 검은 구랑 맞부딪히면 솔직히 무서울 것 아닙니까? 무서워서 못 하겠다고 도망가는 놈들도 많답니다."

"딱 너 같은 놈들이구먼."

"아, 제가 왜 도망갑니까? 저는 죽어도 나라를 위해 죽지 말입니다."

"미친놈 지랄하네. 탈영하다가 걸리면 총살인데, 무서워도 윗대가리 말 잘 듣는 게 속 편하지."

"진짭니까? 탈영하다 걸리면 바로 총살입니까?"

"쏘가리가 그러던데?"

"아, 씨발, 좆나 무섭습니다. 그리고 탈영하는 놈들 중에 그런 애들도 있답니다. 서울에 가족 있는 애들. 솔직히 군대에 있으니까 연락도 안 되고 가족이 죽었는지 살았는지 얼마나 걱정 많겠습니까?"

"우리는 참 운이 좋아, 안 그래? 둘 다 가족이 부산에 있잖아. 씨발, 서울에서 제일 멀어."

"맞습니다. 그런데 왜 사람들을 남쪽으로만 가게 하는 겁니까? 안 그래도 길이 막히는데 차라리 북쪽으로 돌려서……."

그들의 대화가 갑자기 중단되었다. 창문으로 내다보니 군인들이 황급히 산 아래로 내려가는 모습이 보였다. 군인들은 한곳으로 모이더니 줄지어 행군을 시작하거나 차를 타고 어딘가로 떠났다. 더 이상 도시 진입로를 지키지 않나? 그렇다면 도시로 들어갈 기회가 온 것이다. 하지만 군인들이 떠나는 속도가 그의 생각보다 느려서, 남자는 몇 시간 동안 건물에 쪼그리고 앉아 군인들이 모두 사라지길 기다렸다.

*

시내에 도착했을 때 남자는 완전히 지쳐 있었다. 발에는 감각이 전혀 없어서, 마치 발이 제멋대로 앞으로 움직이면 몸이 따라가는 느낌이었다. 길에는 차도 사람도 없고 건물은 문이 닫혀 있었다. 사람들이 전부 도시를 떠났을까? 남자는 텅 빈

도로에 멍하니 서서 사방을 둘러보았다. 표지판을 올려다보니 십몇 킬로미터를 더 걸어야 부모의 집이었다. 더는 도저히 못 걸을 것 같았다. 누구에게 자동차나 하다못해 오토바이라도 얻어 탈 수 없나?

"아무도 없습니까?"

남자는 소리쳤다. 소리를 듣고 경찰이 달려와 도시에 왜 혼자 남았냐고 캐물을 수도 있었건만, 그는 애타게 소리쳤다.

도로를 천천히 걷다가 문이 열려 있는 자전거 가게를 지나쳤다. 길에 자전거를 내놓은 채로 문이 활짝 열려 있었는데, 다른 가게들은 다 닫혀 있는데 이상하게도 그곳만 그랬다. 주인이 문을 잠그는 것도 잊고 허둥지둥 피난을 간 모양이라고 남자는 짐작했다. 마침 도로도 텅 비었으니 자전거라면 편하게 쓸 수 있을 것이다. 가게 앞에 진열된 자전거 중 타고 갈 만한 것을 골라보았다. 마음에 드는 자전거를 꺼내려고 하니 쇠사슬이 묶여 있었다. 그래서 사슬을 끊을 장비를 찾아 두리번거릴 때만 해도, 남자는 가게에 주인이 있다고는 전혀 생각 못 했다.

"뭐 해?"

등 뒤에서 난 목소리에 깜짝 놀란 남자가 돌아보자, 가게 안에서 웬 할아버지가 그를 노려보고 있었다.

"뭘 쳐다봐, 이 쌍놈의 자식, 남의 가게 물건 가지고 뭐 하느냐고 묻잖아!"

"저…… 죄송해요. 가게에 사람이 안 보여서……."

"됐어, 이 도둑놈아. 카메라에 다 찍혔으니까 경찰 오면 수갑 찰 준비나 하고 있어."

할아버지는 가게 문 위에 붙은 시시티브이를 가리켰다.

"정말 죄송합니다. 훔치려는 게 아니고, 아무도 없는 줄 알고 그랬습니다. 죄송합니다."

"아무도 없는 줄 알고 그랬으면 다냐? 내가 없었으면 그냥 집어 갔겠네? 그게 도둑놈 새끼가 아니면 뭐야?"

"자전거 살게요. 얼마나 합니까? 가진 돈 다 드리겠습니다. 아니, 현금이 없는데 지금 카드 됩니까?"

"카드 같은 소리 하고 있네. 거기서 경찰이나 기다리고 있어."

남자는 몸의 기운이 다 빠져나가는 것 같았다. 이럴 시간이 없었다. 열몇 시간이 걸려서 간신히 도시로 들어왔는데 경찰에 잡혀가면 부모님의 집에는 언제 간단 말인가?

할아버지가 가게로 들어갔을 때, 남자에게 바지 뒷주머니에 넣어둔 등산용 칼이 생각났다. 그는 주머니에 손을 넣어 칼 손잡이를 슬쩍 잡아보았다. 근방에는 사람이 아무도 없었다. 꼭 할아버지를 어떻게 하겠다는 것은 아니었다. 그저 자전거가 필요할 뿐이었다. 자전거만 가져갈 테니 조용히 입 다

물고 있으라고 말하면 할아버지도 반항하지 않을 것 같았다.

경찰이 도착하는 데 얼마나 걸릴까를 고민하던 남자는, 고개를 흔들고 마음을 고쳐먹었다. 그런 생각에 골몰하는 자신이 혐오스러웠다. 상황이 급하다고 해도 강도가 될 수는 없다. 남자는 주머니에서 손을 빼고 할아버지를 따라 가게 안으로 들어갔다. 90도로 허리를 굽혀 인사하고 말했다.

"어르신, 힘드시죠?"

남자는 영업사원이라는 직업이 이런 때 도움이 될 줄은 미처 몰랐다. 거래처를 돌아다니며 다양한 사람들을 상대하고 설득하는 것이 그의 일이었다. 고집불통 늙은이들을 어떻게 상대하는지도 당연히 잘 알았다. 러닝셔츠 바람의 노인은 그가 말을 걸건 말건 의자에 앉아 신문만 들여다보고 있었는데, 가게는 쾨쾨한 냄새가 나서 남자는 잠시도 그곳에 머물고 싶지 않았다. 하지만 남자는 노인에게 다가가 옆에 앉았다.

"어르신, 실례했습니다. 이렇게 사과드립니다. 정말 죄송합니다. 제가 너무 급해서 실수를 저질렀습니다."

"저리 가, 이 병신 새끼야! 너 같은 놈은 경찰서에 끌려가서 혼이 나야 해."

할아버지는 주먹으로 남자의 머리를 밀쳤다. 화가 치솟았지만, 그래도 다시 말을 걸었다. 무례한 사람을 견디는 일을 한두 번 해본 것도 아니었다.

"저, 어르신, 사람들이 도시를 다 떠났나 봐요? 다들 어디로 간 건가요? 더 안전한 곳으로 갔습니까?"

"……."

"그 많은 사람이 다 떠나려면 난리도 아니었겠어요."

"……."

"도시 사람들이 다 피난 갔는데 어르신은 왜 남으셨나요?"

할아버지들이 겉으로는 과묵한 척해도 사실은 누가 이것저것 물어봐 주고 걱정해 주길 원한다는 것을 잘 알았다. 아니나 다를까 할아버지는 길게 한숨을 쉬었다.

"난 안 떠난다, 이 도둑놈아."

"왜요? 여기 혼자 계시면 위험해요."

"어차피 다 늙어서 오늘내일하는데 뭣 하러 힘들게 피난을 떠나?"

"이렇게 정정하신데 오늘내일한다뇨? 저도 어르신 같은 부모님이 계세요. 부모님께 무슨 일이 생긴 건 아닌지 걱정돼서 밤새 걸어서 여기까지 왔거든요."

"멀쩡히 부모가 있는 놈이 남의 자전거나 훔치고 다녀? 네 부모가 그렇게 가르치디? 완전 쌍놈의 집안이구먼."

여전히 욕을 해대고 있지만 화가 많이 누그러진 것 같았다. 남자는 주머니에서 지갑을 꺼냈다. 남자는 일부러 지갑의 돈이 잘 보이도록 펼쳤고, 할아버지가 힐끗 훔쳐보는 것을 눈치챘다. 그는 지폐를 전부 꺼냈다.

"부모님이 연락이 안 돼요. 생사를 모릅니다. 정말 힘들게 여기까지 왔는데 여기서 부모님을 못 찾아가면 저는 어쩝니까? 이게 가진 돈 전부입니다. 이걸로 자전거를 못 산다면 빌리기라도 할 수 없을까요? 나중에 돌아와서 더 드릴게요. 제가 주민등록증을 맡기고 가겠습니다."

할아버지는 고개를 돌린 채 말이 없었다. 남자는 한 손에는 지폐를 든 채로 다른 한 손을 조용히 뒷주머니에 넣어 칼을 움켜잡았다. 그래도 자전거를 못 준다고 하면 칼을 쓸 생각이었다. 그 방법밖에 없었다. 짧은 순간 동안 수십 가지 생각이 머릿속에 스쳤다. 내가 사람을 협박할 수 있을까? 노인이 반항하면 어떻게 하지? 정말 사람을 칼로 찌르게 되는 일이 벌어지면 어쩌나?

그리고 할아버지가 마치 남자의 제안을 못 이기는 척 말했다.

"자전거 하나 가지고 가. 이 돈이면 어림도 없지만 내가 인심 쓰지."

할아버지는 대답과 함께 지폐를 낚아챘다. 그는 얼른 칼을 놓고 일어서서 할아버지에게 고맙다고 말했다. 받은 돈을 세어보는 할아버지의 얼굴에 못마땅하다는 표정이 떠올랐으나, 어쨌든 낡고 볼품없는 자전거를 꺼내 그에게 주었다. 남자는 가게 밖으로 나와 다시 한번 고맙다고 말했다.

"감사합니다, 어르신."

가게 안으로 들어가던 할아버지는 남자를 돌아보더니 콧방
귀를 뀌었다.

"뭐 해? 빨리 꺼져."

할아버지가 가게로 들어가고, 그제야 남자는 자전거를 타
고 도로를 달릴 수 있었다. 가게 간판이 흐릿하게 보일 만큼
멀어졌을 때, 남자는 잠시 자전거를 멈춘 다음 가게를 돌아보
더니 바닥에 침을 뱉었다.

"씨발 별 거지 같은 게."

그는 중얼거렸다.

*

부모의 집에 가까워질수록 그는 불안했다. 도시에는 인적
이 전혀 없었다. 아침이 와도 도시 사람들이 다 못 빠져나갈
거라던 행인들의 말만 믿고 여기까지 온 남자에게는 속이 타
는 일이었다. 자전거를 타고 달리면서도 여러 번 핸드폰으로
전화를 걸었지만, 통화가 되지 않았다. 긴장과 더위에 시달리
며 그는 땀을 비 오듯 흘렸다.

어디에선가 끼이익 하는 이상한 소음이 들렸을 때, 처음엔
소음을 무시하고 지나치려던 남자는, 문득 이상한 느낌이 들

어 자전거를 세웠다. 심상치 않은 소리였다. 동물이 내는 신음 같기도 했고, 기계가 헛돌아가는 소리 같기도 했다.

남자는 자전거를 타고 주변을 맴돌았다. 그곳이 부모의 집 근처였기 때문에 소음이 더욱 불안하게 들렸다. 자전거를 타고 다가갈수록 커지는 소음은 차츰 인간의 신음처럼 들리기 시작했다. 남자는 더 빨리 자전거를 몰았다.

골목을 빠져나와 주택가 놀이터에 도착했을 때 남자는 놀라서 자전거를 세우고 숨을 들이쉬었다. 아주머니 한 명이 놀이터에 묶여 있었다. 소음의 정체는 아주머니의 입을 틀어막은 천 사이로 간신히 새어 나오는 비명이었다. 아주머니는 입에 재갈이 물린 채 손과 발과 허리와 목이 그네 기둥에 묶여 있었다. 게다가 얼굴과 옷에는 피가 낭자했다. 아주머니가 다쳐서 흘린 건 아니었고 다른 사람의 피를 뒤집어쓴 것 같았다. 남자는 자전거에서 내렸고, 자전거가 넘어지자 다시 세웠으나 손이 떨려서 잘 되지 않았다.

그가 다가가자, 아주머니는 몸을 흔들면서 숨이 넘어갈 듯 신음을 내질렀다. 남자는 입을 막은 천을 손으로 풀려고 했으나 너무 꽉 묶여 있어서 쉽지 않았다. 남자가 천을 끊으려고 주머니에서 칼을 꺼내자 겁에 질린 아주머니가 울부짖기 시작했다. 남자는 말했다.

"제발 가만히 있으세요. 줄을 끊어드릴게요. 진정하세요."

하지만 소용없었다. 칼로 천을 끊는 동안에도 아주머니가 계속 몸부림치는 바람에 남자의 손이 엇나가 칼날이 아주머니의 목뒤를 긁었다. 살에서 피가 흘렀고 아주머니는 더 거칠게 몸을 비틀었다. 마침내 재갈이 풀리자 아주머니는 숨을 몰아쉬면서 울부짖었다.

"살려줘요. 아들이 죽었어, 남편도 죽었어요. 살려줘요. 칼에 찔려서 죽었어, 제발 살려주세요. 제발 우리 아들을, 어쩌면 좋아, 다 죽었어요. 그놈들이 그랬어요, 살려주세요, 제발."

남자가 손목과 발목에 묶인 줄을 칼로 끊자, 아주머니는 팔다리를 휘두르며 남자를 쉴 새 없이 걷어차고 괴성을 질렀다. 그는 사람이 그런 식으로 절규하는 것을 지금까지 본 적이 없었다. 마지막으로 허리에 감긴 줄을 풀었을 때 아주머니는 그대로 남자를 밀치더니 울부짖으며 길을 뛰어갔다.

"아주머니! 아주머니!"

그는 외쳤지만 아주머니는 걸음을 멈추지도 대답하지도 않았다. 도대체 무슨 일인가? 한낮 놀이터에 옷에는 피가 흥건한 사람이 묶여 있는 광경은 끔찍했다. 아들과 남편이 죽었다는 말은 무슨 뜻일까? 정말 누가 그녀의 가족을 죽이고 그녀를 이곳에 묶었다는 건가? 옷에 튄 피가 그 증거인가? 그렇다면 누가 그랬나?

아주머니가 시야에서 사라졌을 때, 문득 주변을 돌아본 남자는 그곳이 낯익었다. 부모의 집에서 가까운 곳이었다. 집 근처에 놀이터가 있었나? 남자는 자전거에 올라탔고, 모습은 보이지 않지만 여전히 들려오는 아주머니의 울부짖음에서 등을 돌렸다.

막 페달을 밟았을 때 아주머니의 비명이 사라졌다. 그는 아주머니와의 거리가 멀어져 들리지 않게 된 건지, 혹은 다른 것이 비명을 삼킨 것인지 구분할 수 없었다.

*

남자는 집 대문이 열려 있는 것을 보고 놀라 황급히 자전거에서 내렸다.

"아버지! 어머니!"

그는 계단을 올라가다가 현관문까지 열려 있는 것을 보고 숨이 턱 막혔다. 문을 열어놓은 채로 부모님이 어디로 간 걸까? 거실에 어질러진 물건들과 바닥을 뒤덮은 운동화 발자국을 보고 남자는 할 말을 잃었다.

"어머니! 아버지! 저예요!"

그는 방마다 모두 돌아다니고 2층에도 올라갔다. 지하실까지 내려갔지만 부모는 없었다. 집 밖으로 나가 골목을 향해 크게 소리쳤으나 대답은 없었다. 다시 집으로 들어온 남자는 다리에 힘이 빠져서 거실에 주저앉았다. 하루를 꼬박 걸어 찾아왔으나 부모는 없었다. 그리고 집에는 누군가 들어왔다 간 것 같았다. 도둑일까, 남자는 생각했다. 강도는 아닐 것이다. 남자는 집을 다시 돌아봤지만 집에는 그가 상상했던 최악의 것, 이를테면 핏자국 같은 것은 없었다. 남자는 부엌을 둘러보다가 냉장고 문이 열려 있는 것을 발견했다. 냉장고 문을 닫자 윙, 모터 돌아가는 소리가 나기 시작했다. 싱크대에는 설거지한 그릇이 가지런히 놓여 있었다. 아마도 어머니가 어젯밤쯤 한 것 같았다. 그는 마당에 자동차가 없다는 사실 또한 떠올렸다.

아마도 부모님은 거실에서 뉴스를 보며 그를 기다리다가, 마지막으로 식사하고 물건을 챙겨 차를 타고 집을 떠난 것 같았다. 마지막으로 통화했던 저녁쯤 떠났다고 치면 대충 시간이 들어맞는다. 집 안에 어지럽게 찍힌 발자국은 그 후에 든 도둑일 것이다. 도둑이 냉장고 문을 열었던 걸까? 그는 냉장고를 다시 열어보았다. 음식들이 완전히 녹지 않은 걸로 봐서는 아마도 도둑이 오전에 들어와서 냉장고를 뒤진 것 같았고, 그렇다면 부모님과 마주치진 않았을 것이다.

혹시 부모님이 메모를 남겼을까? 그를 두고 먼저 떠났다면 메모가 있을지도 모른다. 부모님은 항상 전화기 옆에 메모지를 뒀지. 남자는 거실 텔레비전 옆에 놓인 전화기 주변을 뒤졌으나 영수증과 고지서 우편물만 있을 뿐 메모는 없었다. 수화기를 들어 재다이얼을 눌러보았다. 통화가 되지 않았지만 아마도 남자의 핸드폰일 것 같았다.

수화기를 귀에 대고 혹시 신호가 가는지 기다릴 때였다. 남자는 갑작스럽고 이상한 기운을 느꼈다. 오싹할 정도로 차가웠다. 등 뒤에서 누군가 노려보는 듯한 느낌이었다. 한밤중 어두운 방에 혼자 누워 있다가 갑자기 섬뜩한 느낌이 들 때와 비슷했다. 남자는 뒤를 돌아봤다가, 수화기를 내던지고는 펄쩍 뛰었다.

등 뒤에 검은 구가 있었다.

구가 거실을 가로질러 천천히 그를 향해 다가왔다. 머리와 팔다리가 없고 몸통만 있는 괴물처럼, 살아 움직이는 무생물처럼, 어둠의 덩어리처럼 생긴 그것이 소리도 진동도 없이 조용히 바닥을 미끄러져 그에게 다가왔다.

어째서 구가 지금 왜 이곳에 있는가 생각할 시간은 없었다. 허둥지둥 신발도 신지 못하고 그대로 손에 들고 달려서 집을 나왔다. 길바닥에서 신발을 신는 동안 남자의 입에서 아아아, 안 돼, 악, 악, 같은 신음이 나왔다. 처음 구를 목격했을 때 느꼈던 공포가 다시 남자를 잠식했다. 얼굴에서 솟은 땀방울이 땅바닥으로 후드득 떨어졌다. 검은 구는 집 외벽을 통과해 길로 나왔고, 허공을 지나 그대로 그에게 다가왔다. 신발을 다

신은 남자는 뛰기 시작했다.

너무 놀라서 미처 자전거를 탈 엄두조차 못 냈다. 그가 뒤를 돌아봤을 때 이미 구는 골목으로 나와 그를 따라오고 있었다. 남자는 뛰면서 이따금 뒤를 돌아보았다. 구는 천천히, 한결같은 속도로 그를 향해 다가왔다. 왜 나만 따라오는가, 라고 남자는 생각했다가 도시에 그 말고는 다른 사람이 없기 때문이라는 사실을 깨닫고는 소름이 돋았다. 그렇다면 구는 남자가 도시에 도착한 순간부터 그를 노리고 있었을 것이다. 집을 돌아다니며 부모를 찾을 때도 구는 그를 향해 천천히 다가왔던 것이다.

남자는 차도 사람도 아무것도 없는 도로로 뛰어나왔다. 뒤를 돌아보면 검은 구는 천천히 도로 위를 움직여 다가오고 있었다. 느리지만 언제나 같은 속도였다. 이만큼 멀리 떨어졌는데도, 너무 멀리 있어서 포기할 만도 하건만, 검은 구는 그러지 않았다.

남자는 도로를 달리며 소리치기 시작했다. 울음과 공포가 섞인 외침이었다.

"아버지! 어머니! 저 정수예요! 있으면 대답하세요! 아버지! 어머니! 제발 대답하세요! 제발요!"

7
학교

　남자는 눈을 비비다가, 검은 구가 오는지 주변을 두리번거리며 살피다가, 발을 끌며 걷다가, 졸다가, 발을 헛디디고는 놀라서 정신을 차리고, 다시 걸었다. 언제 구가 등 뒤에서 나타날지 모르니 걸음을 멈출 수도 잠을 잘 수도 없었다.

　도시에는 아무도 없었다. 그도 도시를 떠나고 싶었다. 다른 사람들이 있는 곳으로 가면 잠이라도 잘 수 있을 것이다. 하다못해 경찰이나 군인이 나타나 그를 잡아가기라도 했으면 하는 마음이었지만, 아무리 걸어도 사람은 없었다. 그저 끝없이 피곤하고 졸릴 뿐이었다.

　마침내 남자는 길에 주저앉았다. 도로 한복판에 털썩 누웠다가 아스팔트가 너무 뜨거워서 가로수까지 기어가 그늘에 앉았다. 천천히 눈을 감았다. 조는 건 괜찮지 않을까, 남자는 생각했다. 잠깐 졸다가 눈을 떠서 구가 다가오는지 살펴보고, 그리고 다시 졸다가 눈을 뜨면 되겠지. 그러나 한번 눈을 감으면 다시 뜰 수 있을지는 자신 없었다. 남자는 눈을 감고 천천히 잠에 빠져들었다.

그래서 마을버스가 나타나 경적을 울렸을 때, 남자는 꿈을 꾸나 싶었다. 차 앞문이 벌컥 열리고 버스 안의 사람들이 그를 향해 동시에 소리 질렀다.

"타세요!"

남자는 일어나 눈을 비볐다. 꿈이 아니다. 정말로 눈앞에 버스가 있었다. 어리둥절해진 남자는 지갑에서 교통카드를 꺼낼 생각까지 했다. 사람들이 버스 밖으로 나와 그를 잡아끌었고, 남자가 엉거주춤 버스에 오르자 버스는 출발했다. 속도가 빨라지면서 버스가 덜컹 흔들렸다. 그리고 어딘가를 향해 거침없이 달려갔다.

버스에는 남자 다섯과 여자 한 명이 있었다. 그들은 그를 뚫어져라 바라보았다. 누구도 말을 걸지 않고 그저 바라보기만 할 뿐이었다.

"다들 누구세요?"

그가 묻자, 여자가 웃기 시작하더니 나머지도 모두 웃었다. 이런 상황에서 웃음이 나오나? 그는 버스 바닥에 놓인 비닐봉지들을 내려다보았다. 라면과 쌀과 통조림과 양초 같은 생필품이 담긴 비닐봉지가 여자의 발치에 있었다. 꼭 마트에 가서 장이라도 보고 온 사람들 같았다.

"피난민을 위한 임시 거처가 있어요. 거처는 안전해요. 도착하려면 40분쯤 걸려요. 그동안 주무세요."

"그곳은 왜 안전한가요?"

"그건 설명해도 모르실 거예요."

여자가 말했다. 버스는 부드럽게 달렸다. 그는 버스 등받이에 등을 기댄 채 오랜만에 깊이 잠들었다.

*

누군가 어깨를 두들기며 말했다.

"다 왔어요."

남자는 여전히 잠에서 덜 깬 채로 버스에서 내렸다. 여자가 임시 거처라고 말한 그곳은 초등학교 운동장이었다. 운동장의 모래가 반사하는 빛 때문에 눈이 부셔 그는 손으로 눈을 가렸다. 운동장 한쪽에 대형 천막 두 개가 있었고, 그 앞에 앉아 있던 사람들이 일어나 버스로 다가왔다.

모두 버스로 다가와서는 비닐봉지에 든 물건을 버스에서 내리고 어딘가로 가지고 갔다. 그동안 남자는 그들을 찬찬히 살펴보았다. 모두 어른이고 남자보다는 여자가 더 많았다. 라면, 쌀, 통조림, 부탄가스, 버너, 일회용 그릇, 나무젓가락 같은 것들이 학교 건물 안으로 사라지는 동안 그는 멍하니 버스 옆에 서 있었다.

웬 아주머니가 그의 팔을 잡아당겼다.

"이봐 총각, 식사했어요?"

그는 고개를 흔들었다.

"그러면 밥 먼저 먹어요."

그는 가방을 끌어안은 채 아주머니를 따라갔다. 아주머니는 천막 앞에 설치한 식탁에 그를 앉혔다. 편의점 앞에 흔히 있는 파라솔 달린 테이블과 의자였다. 아주머니가 행주로 테이블을 열심히 닦는 동안 다른 아주머니들이 일회용 플라스틱 그릇에 밥과 육개장을 내왔다. 반찬은 참치 통조림과 포장김이었다.

"많이 드세요."

등 뒤에서 누가 말을 걸었다. 버스에서 만난 사람 중 한 명이 옆 테이블에 앉아 밥을 먹고 있었다. 머리를 뒤로 묶고 뿔테 안경을 썼으며, 작은 덩치에 또박또박 끊어지는 말투였다. 남자는 그녀가 꼭 학교 선생님 같다고 생각했다. 혹시 정말로 이 학교의 선생님인가? 남자는 그녀에게 말했다.

"다들 왜 여기 계세요? 한 장소에 머물면 위험합니다. 검은 구가 따라오잖아요. 구를 피해서 남쪽으로 내려가야죠."

"여기는 안전해요. 빨리 식사하세요. 지금은 밥이 있지만 언제 없어질지 몰라요."

"안전? 이곳이 왜 안전합니까? 검은 구로부터 안전한 곳은 어디에도 없어요."

"설명해도 잘 모르실 거예요."

여자가 말했다. 졸려서 멍한 머리로 남자는 천천히 밥을 먹었고, 그동안 주변에 오가는 사람들의 수를 세어보았다. 서른 명쯤 되는 것 같았다. 청소를 하거나, 천막 안에서 낮잠을 자거나, 더위를 피해 그늘에 앉아서 부채질을 하며 대화했다. 사람들은 전혀 불안해 보이지 않았다. 가끔 서로 농담을 하면서 웃는 소리까지 들렸기 때문에 남자는 어리둥절했다.

그가 식사를 끝냈을 때 여자가 말을 걸었다.

"더우면 저쪽 샤워실에서 씻으면 돼요."

그제야 자신이 얼마나 더러운지 알아차렸다. 지저분한 손과 팔, 손톱에 낀 때, 땀이 얼룩진 얼굴, 몸에서 풍기는 땀 냄새를 깨달았다. 이틀째 제대로 씻지 못했던 것이다.

학교 경비실에 작은 샤워실이 딸려 있었다. 한 명만 쓸 수 있는 좁은 곳이었다. 샤워실로 들어간 남자는 문을 잠갔다. 땀에 찌든 옷을 벗고, 샤워기를 틀고 차가운 물줄기를 맞으며 허리를 쭉 폈다. 비누로 거품을 내서 몸을 씻었다. 땀과 먼지와 악취를 몸에서 닦아냈다. 샴푸로 머리를 감는데 얼마나 땀에 찌들었는지 거품이 제대로 나지 않았다. 그는 가방에서 칫솔을 꺼내 양치질도 하고 수염도 깎았다. 그러고도 한동안 찬물을 쐬며 몸을 식혔다.

선반에는 잘 개어놓은 수건이 있어서 그것으로 몸을 닦았다. 가방에서 여벌로 넣어둔 옷을 꺼내 입었다. 그가 수건과 옷가지를 가지고 터덜터덜 경비실을 나오자 사람들이 소리쳤다.

"옆에 세탁기가 있어요."

경비실 옆에, 호스는 하수구에 쑤셔 넣고 벽돌을 밑에 괴어 아슬아슬하게 수평을 맞춘 세탁기가 있었다. 그가 뚜껑을 열고 빨래를 넣는 동안 한 아주머니가 종종걸음으로 달려왔다.

"이거랑 이거 누르면 돌아가."

아주머니는 세탁기의 버튼을 누르며 말했다. 버튼을 누르는 일이 신나기라도 한 것처럼 밝은 표정이었다. 아주머니뿐 아니라 모든 사람들의 표정이 밝았다. 정말 이상한 일이었다.

그가 천막으로 돌아오자 여자가 다가와 말을 걸었다.

"피곤하세요?"

그는 고개를 끄덕였다. 여자의 뒤에서는 중년 남자가 서서 그를 바라보고 있었다. 마르고 안경을 쓰고 머리가 군데군데 희었다. 중년 남자가 여자에게 말했다.

"이영희 형제, 이분은 저 안쪽에서 주무시게 하라고."

중년 남자의 목소리 또한 어딘가 모르게 학교 선생님 같다고 그는 생각했다.

"그렇게 할게요, 최 선생님."

"뭐 하는 분들이세요?"

그는 남자와 여자에게 물었지만, 두 사람은 그저 웃기만 할 뿐이었다. 그는 여자를 따라 천막으로 들어갔다. 여행용 돗자리와 얇은 이불이 바닥에 깔려 있어서 남자는 그 위에 누웠다. 더웠지만 선풍기 바람을 쐬니 그래도 참을 만했다. 여자는 편하게 주무시라는 인사를 하고 천막을 나갔다.

눕기만 하면 잠이 쏟아질 것같이 피곤했건만, 오히려 잠은 오지 않고 천막 밖에서 사람들이 웅성거리는 소리만 또렷이 들렸다. 남자는 목소리에 귀를 기울였다.

······처음에는 몰골이 너무 엉망이어서 미친 사람인 줄 알았어······. 완전 거지꼴을 해가지고······ 그런데 씻고 나오는 거 보니까 인물 괜찮더라······. 남자답게 생기지 않았어······. 맞아요 신수가 훤해······. 믿을 수 있는 사람일 것 같아······. 적어도 나쁜 사람은 아닐 거야······. 가방을 꼭 끌어안고 있던데 안에 뭐가 들었을까요······. 글쎄 일단 뒤져본 다음에······ 뭐 하던 사람일까······. 직장 다녔겠지······. 결혼은 안 했을 거 같아······. 그런데 그거 설명할 건가요······. 아직은 말하지 맙시다, 말했다간 놀라서 도망갈걸······. 저 남자라면 바로 도망갈 거야······.

어느 순간 깜박 잠이 들었다. 이틀 내내 걸은 탓에 발과 무릎이 붓고 저려서 깊이 잠들지 못했다. 그는 밤새 뒤척였고, 새벽쯤에 누군가 천막으로 들어왔고 발치에 둔 가방이 천천히 빠져나가는 느낌이 들었다. 가방 지퍼를 열고 닫는 소리를 들은 것도 같았다. 하지만 너무 지치고 피곤했던 탓에 일어나지 못했다. 사실 정말 소리를 들었는지 아니면 그냥 꿈을 꿨는지도 구분이 가지 않았다. 가끔 사람들이 기도하고 노래를 부르는 소리도 들렸는데, 그것 역시 꿈인지 현실인지 확신할 수 없었다.

*

남자는 다음 날 아침에 일어났다. 선풍기는 언제 사라졌는지 없었다. 천막 밖을 내다보니 사람들이 아침 식사를 마치고 그릇을 설거지하고 있었다.

남자는 한동안 천막에 누워 있었고, 천천히 머리가 맑아지기 시작했다. 잘 먹고 잘 잔 덕분이었다. 문득 낯선 사람들 사이에서 넋을 놓고 하루를 보냈다는 것을 깨달았다. 자신을 지킬 정신도 힘도 없는 채로 처음 보는 사람들에게 이리저리 끌려다닌 것이다. 그는 이제부터라도 정신을 바짝 차리자고 마음먹었다.

"형제님도 식사하세요."

웬 아주머니와 아저씨가 천막으로 얼굴을 들이밀더니 동시에 말했다.

"어제 빤 옷이 벌써 다 말랐어요."

밖으로 나오자 어제 그에게 세탁기 돌리는 법을 가르쳐준 아주머니가 다가와서 옷을 건넸다. 깨끗하게 개어진 옷을 받고 어리둥절해진 그에게 사람들이 물었다.

"식사 아직 안 했죠? 밥 드릴게요."

"그 전에 씻고 와도 될까요?"

남자는 물었고, 가방을 가지고 샤워실로 도망치듯 들어가 재빨리 가방을 열었다. 지난밤에 들었던 가방을 뒤져보자는 말과 가방이 발치에서 미끄러져 나갔던 느낌이 꿈이었는지 아닌지 확인했다. 지갑의 돈과 신분증이 그대로여서, 남자는 자신이 그냥 꿈을 꿨나 생각했다.

그래서 가방을 바닥에 내려놓고 씻으려다가, 갑자기 물건 하나가 보이지 않는다는 생각이 들었다. 하지만 뭐였는지 기억나지 않았다. 사소한 물건이던가? 아니다, 자주 쓰던 것이다. 그런데 왜 기억이 나지 않을까? 집을 떠날 때 정신없이 가방에 아무거나 쑤셔 넣어서 뭘 가지고 나왔는지 그도 잘 몰랐다. 그저 불안한 마음에 없어진 물건이 있을 것 같다고 착각하는 걸까?

"기분 탓인가."

남자는 중얼거렸다.

*

샤워실에서 나와 천막으로 돌아오다가, 어제의 안경 쓴 여자가 사람들과 대화 중인 모습을 보았다. 이름이 이영희라고 했지. 최 선생님이라는 중년 남자가 그녀를 이영희 형제님이라고 칭했던 것이 기억났다. 그가 여자에게 다가가 물었다.

"성함이 이영희…… 님 맞으시죠?"

여자는 그를 돌아보고는 무슨 일이냐고 되물었다.

"여기는 도대체 어딘가요?"

"초등학교 운동장이죠."

그녀는 대답했다.

"초등학교라는 건 저도 알아요."

"그러면 뭘 물어보고 싶으신 건가요?"

"실례지만 뭐 하시는 분들입니까? 교회 분들이신가요? 저도 교회를 잠깐 다녔습니다. 여자 친구가 기독교인이거든요. 다른 사람들처럼 남쪽으로 내려가지 않고 남은 이유가 뭔가요? 검은 구가 무섭지 않으세요? 여기는 정말 검은 구로부터 안전합니까? 왜 안전한가요?"

남자는 자신의 목소리가 점점 커지는 것에 놀라 입을 다물었다. 실수한 것이다. 어차피 어제도 몇 번 물었지만 대답을 듣지 못했다. 겁에 질린 목소리로 캐물었다가는 사람들의 반감만 살 뿐이다. 아니나 다를까 주변의 사람들 모두 굳은 얼굴로 그를 바라보았다. 여자는 대답했다.

"설명해도 잘 모르실 거예요."

그는 사람들과 친해질 기회를 기다렸다. 그래야 원하는 대답도 얻을 수 있을 테니까.

그리고 기회는 의외로 빨리 왔다. 식사를 차리고 치우는 일을 아주머니 다섯 명이 맡고 있었는데, 반복되는 일에 지친 듯이 보였다. 서른 명 넘는 사람들의 식사를 준비하고 치우려면 보통 힘들지 않을 것이다. 사람들은 운동장 구석의 수돗가를 부엌으로 쓰고 있었다. 남자는 아주머니들이 그곳에 모여 있는 광경을 보고 다가갔다. 아직 설거지를 끝내지 못한 그릇과 조리 기구를 옆에 두고 아주머니들이 잠시 쉬고 있었다.

남자는 다가가 조심스럽게 물었다.

"설거지가 정말 많네요. 도와드릴까요? 저 일 잘합니다."

"피곤해 보이는데 쉬지 그래요."

그가 말을 걸자 아주머니가 대답했다.

"그래요? 저 피곤해 보이나요?"

"말도 마요, 어제는 눈에 실핏줄이 곤두서서 시뻘겋던데."

목소리가 시원하고 표정도 낙천적으로 보이는 아주머니였다. 남자는 그래도 돕겠다고 말하고는 쭈그리고 앉아 수세미로 그릇을 닦기 시작했다. 아주머니들은 웃음을 터트렸다.

　"아이고, 우리가 알아서 할 테니까 총각은 가서 쉬어요."

　"밥을 두 끼나 얻어먹었는데 그래도 일은 해야죠. 그런데 어머님들은 모두 친구신가요?"

　"동네 친구죠."

　다른 아주머니가 입을 열었다. 남자는 슬쩍 말을 꺼내보았다.

　"여기 계신 분들 모두 같은 동네 분들이세요?"

　"친목회 회원도 있고 그래요. 총각 설거지 잘하네, 우리 남편보다 낫다."

　"여기 있는 거 제가 다 할 테니까 어머님은 쉬세요. 저기, 어머님, 기독교인이신 거 맞죠? 그러니까 모두 같은 교회 다니시는 거죠?"

　"기독교는 맞는데, 분파가 좀 달라요. 설명해도 모를 거야."

　그리고 아주머니들이 갑자기 조용해져서, 남자는 화제를 돌렸다.

　"그런데, 제가 기분이 좀 그래요."

　"왜? 어디가 아프기라도 해?"

　"그게 아니고요. 다들 잘해주시고, 밥도 주고 잘 곳도 주고 빨래까지 해주시는데, 그것도 모르는 총각 팬티까지 널어주시고 말이죠, 제가 이렇게 신세 지고 있잖아요."

아주머니들은 빨래 이야기가 나오자 깔깔 웃었다. 형광색 티셔츠 아주머니가 그에게 말했다.

"그거 내가 널었어! 어제 하도 깊이 잠들어서 대신 널었지."

"그러니까요. 해주는 건 다 해주시면서 정작 말은 안 걸고 혼자 떨어져 있게 두니까 기분이 그렇습니다."

"불안해 보여서 더 쉬었으면 좋겠어서 그래. 얼굴이 말이 아니야. 정말 뭐에 쫓기는 사람 같아요."

아주머니들은 말했다.

"여기는 안전하니까 걱정 마요. 앞으로는 어떻게 될지 모르지만 적어도 당분간은 안전할 거예요. 희망을 가져요."

남자는 아주머니들과의 대화를 통해 많은 정보를 들었다. 학교에는 그가 예상한 서른 명보다 많은 마흔세 명이 머물고 있었다. 운동장에서 오가는 사람이 전부가 아니고 건물 안에도 사람이 많았다. 그들은 건물 안에서만 머물다가 가끔 운동장으로 나왔고 금방 다시 들어가는 것 같았다. 이영희 형제라는 여자와 최 선생이라는 남자, 두 사람이 마흔 명을 통제한다는 것도 알았다. 두 사람은 언제 먹고 언제 자고 어떤 일을 누가 하는지 같은 일을 지시하고 있었다.

"저는 그 두 분 말투를 듣고 학교 선생님인 줄 알았습니다."

남자의 말에 아주머니들은 웃었다.

"설교를 많이 해서 그럴 거예요."

남자는 자신이 어떻게 이곳에 오게 됐는지 뒷이야기도 들었다. 사람들은 가끔 버스를 끌고 쇼핑센터로 가서 필요한 물건을 가지고 오는데, 도중에 남자와 마주쳤던 것이다.

아주머니가 말했다.

"필요한 것이 있으면 형제님들이 구해다 줄 테니까 버스가 떠날 때 말해요."

"혹시 지금 학교에 담배 없나요? 제 담배가 거의 다 떨어져서요."

"어쩌지, 없어요. 여기 사람들은 담배도 안 하고 술도 안 하는데."

"술도 안 하신다니 대단하네요. 다들 천국 가시겠네."

"그럼 당연히 천국 가야지."

형광색 티셔츠 아주머니가 말했다.

"말세가 왔을 때 우리가 의지할 수 있는 건 믿음밖에 없어. 그 믿음만이 우리를 천국으로 인도할 거예요. 믿음이 필요한 시기예요, 안 그래요?"

"그럼요, 그렇죠."

남자는 대답했다. 그러니까 신앙심이 이들을 하나로 묶고 있는 것 같았다. 혼란스러운 상황에서도 웃으며 지내는 것도 그 때문이었다. 그런데 왜 이곳은 검은 구에게서 안전한 걸까? 남자는 슬쩍 돌려서 물어보았다.

"여기가 안전하다면 다른 사람들을 더 불러 모아야 하는 거 아닙니까? 다 같이 안전하면 좋잖아요."

"연락할 방법이 없어. 전화도 안 되고 텔레비전 라디오도 다 안 나오는데, 외부에 어떻게 연락해요?"

라디오라는 단어를 듣는 순간 남자는 깨달았다. 가방에서 없어진 물건이 생각났던 것이다. 바로 엠피스리 플레이어였다.

*

천막으로 돌아온 남자는 가방 속을 찾아보았으나 엠피스리 플레이어가 없었다. 분명 사람들이 가져갔을 것이다. 왜 가져 갔을까? 물건이 탐나서 가져간 건 아닐 테고 이유가 뭘까? 생각에 잠겨 있다가 무심코 고개를 들었을 때, 이영희 형제가 자신을 내려다보고 있어서 소스라치게 놀랐다. 언제 천막으로 들어왔지?

"식사는 하셨어요?"

그녀는 웃으며 인사했지만 웃음이 편해 보이지는 않았다.

"덕분에 잘 먹었습니다. 그리고 어젯밤에 잠도 잘 잤고요. 먹여주고 재워주셔서 감사합니다. 그런데 저, 물어볼 게 있는 데요."

"뭔데요?"

"운동장에 엠피스리 플레이어를 떨어뜨린 것 같아요. 가방을 아무리 찾아봐도 없네요. 혹시 못 보셨습니까?"

"모르겠는데요."

대답하는 그녀의 표정이 굳었다. 거짓말이다, 그는 확신했다.

"큰일이네. 비싼 건데. 지금 이런 상황에서 별 필요 없긴 하지만, 그래도 잃어버리다니. 어쩌죠, 제가 워낙 물건을 잘 흘리고 다녀서. 혹시 본 사람 없는지 알아봐 주시겠어요?"

"누가 가져가거나 하진 않았을 거예요. 여기 분들은 그럴 사람들이 아니에요. 아마 이곳에 오기 전에 잃어버리신 것 같은데요."

여자는 대답했다.

*

그는 경비실 앞에 쭈그리고 앉아 담배를 피웠다. 정말 아주머니들의 말대로 방송과 전화가 중단됐을까? 오히려 반대로 라디오 방송을 듣지 못하게 하려고 엠피스리 플레이어를 가져간 건 아닐까?

그곳에서는 학교 전체가 훤히 보였다. 운동장 너머에는 학교 본관 건물이 있고 왼쪽에는 더 작은 교실 건물이, 오른쪽으로는 체육관이 있었다. 옆에는 버스와 천막이 있다. 천막에 주로 있는 사람들과 본관 근처에 있는 사람들로 무리가 나뉘어 있는 것까지는 그도 알 수 있었다.

본관에 있는 사람들은 주로 남자들이었는데 천막에서 밥을 먹고 다시 본관 건물로 돌아갔다. 계속 지켜보고 있으니 건물로 들어갈 때는 항상 문을 꼭 닫는 것이 눈에 띄었다. 안에 뭐가 있는데 그럴까?

만약 안으로 들어가려고 하면 사람들이 막을까?

남자는 필터까지 태울 듯 아껴서 담배를 피운 다음 꽁초를 담 너머로 던졌다. 그리고 본관 건물로 다가가 주변을 서성거렸다. 단지 분위기만 살필 생각이었는데, 건물 뒤에서 나온 아저씨 둘이 남자를 보고는 움찔 놀라더니 다시 건물 뒤로 돌아갔다.

둘 다 땀을 삘삘 흘리고 있는 것을 남자는 분명히 보았다. 이상한 일이었다. 더운 여름이기는 했지만 지나치게 땀을 흘리고 있었다. 다른 사람들에게 밥을 차려주는 아주머니들조차 그렇게 흘리진 않았다.

"그쪽으로 가시면 안 돼요."

등 뒤에서 목소리가 들려서 돌아보니 이번에도 이영희 형제였다. 분명 그를 감시하고 있었다. 대체 왜 그러냐고 소리 지르고 싶었으나 남자는 일단 화를 참았다.

"천막에 머물러주시면 안 될까요? 본관에는 따로 지내는 사람이 있어요. 방해받으면 불편하니까요."

"함께 지내는 사람들인데 얼굴이라도 익힐 겸 인사하고 싶은데요."

"나중에 대면시켜 드릴 테니 참으세요. 그리고 그거, 찾았어요."

그녀는 주머니에서 엠피스리 플레이어를 꺼내 그에게 건넸는데, 남자는 받는 순간 피가 거꾸로 솟는 것 같았다. 기기의 액정이 망가져 있었다. 발로 밟아 못 쓰도록 만든 것이 뻔히 보였다. 그녀는 무심히 말했다.

"누가 모르고 깔고 앉았나 봐요. 쓰레기통에 버린 걸 찾았어요. 비싼 물건인데 죄송해요. 망가뜨린 사람도 모르고 그랬으니 화 안 내시면 좋겠어요."

남자는 버럭 소리쳤다.

"일부러 망가뜨렸지? 어젯밤에 내 가방을 뒤져서 빼갔지? 그리고 망가뜨린 거잖아. 라디오 못 듣게 하려고 그랬지? 이 사기꾼들, 너희들 숨기는 게 뭐야?"

"이보세요, 말이 지나친 거 아니에요?"

"지나쳐? 내가 바보로 보여? 똑바로 대답 안 해?"

"이봐, 젊은이."

건물에서 목소리가 들렸다. 최 선생이었다. 1층 창문으로 그들을 내다보던 최 선생이 밖으로 나왔다.

"젊은이가 정신이 없어 보여서 미처 대화할 시간이 없었군요. 여기서 이러지 말고 앉아서 이야기합시다. 젊은이, 이름은 뭐고 나이는 어떻게 되나? 원래 이 도시에 살고 있었나?"

최 선생은 점잖게 말했으나, 남자가 원하는 건 정중한 태도가 아니라 확실한 대답이었다.

"다 알고 있으면서 뭘 또 물어봐? 어젯밤에 지갑에서 신분증 꺼내서 확인했을 거 아냐?"

"그러지 않았다니까, 젊은이."

"그랬다는 거 다 알아!"

그가 소리치자, 여자가 대답했다.

"그건 내가 그랬어요. 새벽에 가방을 뒤졌어요. 신분이 확실한 사람인지 걱정돼서 그랬어요. 최 선생님은 모르시는 일이고, 내가 한 일이에요. 그리고 소리 좀 그만 질러요, 사람들 놀라니까."

"나는 떠나겠어. 당신들 같은 거짓말쟁이들과는 같이 못 있어. 내가 보기에 당신들 다 미친놈 아니면 사기꾼이야. 절대로 같이 못 있어."

남자가 강한 어조로 딱 잘라 말했건만, 여자는 어째서인지 남자를 말리기 시작했다.

"학교를 벗어나면 위험해요. 여기보다 안전한 곳은 없어요.

내가 보장할 수 있어요. 우리가 미덥지 않으면 혼자 있어도 되니까 학교 안에서 머무세요."

"그러니까 왜 안전한지 말하라는 거야! 사람이 마흔 명이 넘는데 왜 구가 나타나지 않지? 분명 도시에도 구가 있고, 밤새 수도 늘어났을 텐데, 서울에 나타났던 구도 점점 지방으로 넘어오고 있을 텐데, 왜 여기엔 없는 거야?"

그러자 최 선생이 조용히 말했다.

"알고 싶으면 따라와요. 너무 놀라서 소리를 지르거나 하진 마요. 그랬다간 다 같이 위험해지니까."

최 선생은 건물 뒤로 사라졌다. 정말 건물 뒤에 해답이 있을까?

그는 화를 참으며 뒤를 따라갔다. 이영희는 그들을 따라오지 않았다. 건물 뒤쪽에는 널찍한 공터에 나무와 잔디와 꽃이 줄지어 있고, "잔디밭에 들어가면 잔디가 다쳐요"라는 글귀가 써진 팻말이 군데군데 있었다. 최 선생은 잔디밭 가운데를 가리켰다. 그곳에 사람들이 둥글게 앉아 서로의 손을 잡고 있었다. 그리고 잔디밭에 둥글게 앉은 사람들 가운데에 검은 구가 있었다. 사람들에게 포위당하기라도 난 것처럼, 검은 구가 사람들 가운데에 멈춰 있었다. 남자는 겁에 질려 자신도 모르게 뒤로 물러났다.

최 선생이 그를 붙잡으며 말했다.

"안전하니까 겁먹지 마요."

*

이 형제는 설명했다.

"내가 알아낸 방법이에요. 구는 가장 가까운 사람을 향해서
만 움직이잖아. 가까이 있는 사람을 향해 다가가다가 다른 사
람이 더 가까이 다가오면, 잠시 멈춘 다음 더 가까워진 사람
을 향해 움직여요. 목표가 변경될 때 잠시 멈추는 거죠. 만약
목표가 계속 변경되면, 구도 계속 멈춰 있지 않을까 생각했어
요. 예를 들어 사람들이 똑같은 거리에서 구의 사방을 둘러싸
고 있다면 구에게는 사방에 목표가 있게 되는 것이고 계속 멈
춰 있을 수밖에 없겠죠."

그녀는 잠시 말을 멈추고 생각에 잠겨 있다가 말을 이었다.

"우리는 다른 사람들보다 대피가 늦어서 도시를 빠져나가
지 못했어요. 그래서 초등학교에서 머물면서 구조대가 오길
기다리고 있었어요. 우리가 둥글게 앉아서 예배를 드리고 있
는데, 갑자기 구가 나타났어요. 그때 내가 그동안 생각했던
방법을 실행하자고 사람들을 설득했어요. 사람들한테 움직이
지 말라고 말한 다음 내가 구를 원 안으로 유인했어요. 그리
고 모두가 손을 잡으니까 구가 멈췄어요."

"하느님이 도우신 겁니다."

최 선생이 덧붙였을 때, 남자는 어이가 없어서 웃음을 터트렸다. 이렇게 간단한가? 둘러싸면 움직이지 않는다니 그게 전부인가? 그럼 지금까지 죽은 사람은 뭔가? 괜한 개죽음인가? 탱크로 포탄을 쏜 것은 무슨 바보짓이었나? 사람들이 구를 피해 도망칠 필요도 없지 않은가? 서울이 그 난리가 날 것도, 도시가 텅 빌 필요도 없었다. 그가 부모를 찾아오기 위해 산을 넘을 필요도 없었다.

이 형제가 말했다.

"구는 다른 구와는 멀어지려는 성질이 있어요. 두 개의 구가 같은 장소에서 목격된 경우는 없어요. 뉴스에서도 그랬고 우리도 확인했어요. 우리가 이곳에 구를 붙잡는 동안은 다른 구가 가까이 오지 않는 거죠. 그래서 이곳이 가장 안전한 거예요."

"다 하느님의 뜻이야."

최 선생은 말했고, 자꾸 신의 뜻을 가져다 붙이는 그가 남자는 답답하게 느껴졌다.

"다른 사람들도 이 방법을 압니까?"

"여기 있는 사람들은 다 알죠. 구를 둘러싸는 일을 모두 순서를 정해서 몇 시간씩 교대로 하고 있어요. 날이 덥긴 하지만 다들 열심히……"

"그게 아니라 학교 밖에 있는 사람들이요. 다른 도시에 있는 사람들은 이 방법을 아느냐고 물어본 겁니다."

이 형제가 대답했다.

"그건 모르죠. 아직 소식은 없었어요. 지금쯤 알아내지 않았을까 추측만 하고 있어요. 그리고 엠피스리 플레이어 말인데, 외부의 소식을 전달하는 일은 저와 최 선생님이 맡았어요. 개인이 라디오나 핸드폰으로 뉴스를 보는 건 금지니까 정수 씨도 통제에 따라주세요."

"왜요?"

남자가 화를 내자 최 선생이 그를 진정시켰다.

"물건을 망가뜨린 건 미안하게 됐네. 이영희 형제도 사과해요, 어쨌든 잘못한 거잖아? 하지만 젊은이도 우리 입장을 이해했으면 좋겠어. 지금 도시에는 위험이 너무 많아. 젊은이가 아는지 모르겠는데, 경찰이 치안을 통제하지 못해서 온 나라가 무법천지야. 모두가 자유롭게 소식을 들으면 더 좋을 것 같지만, 그랬다간 불안만 커질 뿐이야. 그래서 외부 소식은 몇 사람의 통제 아래에 두고 전달하는 거야. 정수 씨도 화를 풀고 학교에 계속 머물면 좋겠어. 식사도 주고 잘 곳도 마련해 줄 테니까. 누가 불편하게 하면 이영희 형제에게 말하고, 필요한 게 있으면 말해. 그 대신 우리 통제만 따라주면 돼요. 그것만 부탁하겠어. 이곳이 가장 안전하다는 것만 기억해요.

한 사람이라도 더 살아야 하잖아, 안 그래?"

*

"통제 좋아하네."

남자는 중얼거렸다. 그는 본관 건물 옆에 쭈그리고 앉아 담배만 피웠다. 건물 뒤에 있는 구를 떠올리면 떠올릴수록 불안했다. 지금도 사람들은 구 주위에 둘러앉아 있을 것이다. 이곳에서 안전하게 머무는 것을 '하느님이 도우셨다'고 여기면서 말이다. 검은 구가 사람을 잡아먹는 밖은 '말세'고 서로 도우며 구를 이겨내는 이곳은 '천국'인 것이다. 남자는 줄담배를 피웠고, 이제 담배는 마지막 한 개비만 남아 있었다. 이곳 사람들은 담배를 피우지 않으니 그가 가져다 달라고 부탁해도 들어줄지 의문이었다.

순간 남자는 위에서 떨어진 무언가에 머리를 맞았다. 발치에 떨어진 물건을 보고 남자는 깜짝 놀랐다. 비닐도 뜯지 않은 새 담배였다. 그가 멍하니 바닥을 내려다보는 동안 또 다른 담배가 하늘에서 떨어졌다. 그는 위를 올려다보았고, 옥상에서 웬 아저씨가 고개를 내밀고 그를 향해 손을 흔들었다.

"올라와!"

그는 빙글빙글 웃고 있었다. 남자는 담배 두 갑을 챙겨 건물로 들어갔다. 계단을 두 개씩 세 개씩 밟고 위로 올라갔다. 낮고 작은 의자, 복도의 신발장, 벽에 붙은 크레파스 그림, 교훈이 적힌 액자들을 지나 옥상에 도착했을 때 입구는 활짝 열려 있었다.

남자는 옥상 한가운데 놓인 파라솔과, 파라솔 밑에 의자를 놓고 앉은 대머리 아저씨를 차례로 보았다. 러닝셔츠에 반바지 차림인 아저씨는 한 손에 맥주 캔을 들고 있었다. 아저씨는 자신의 옆에 놓인 아이스박스를 가리켰다.

"같이 한잔하지."

"여기 분들은 술 안 하시잖아요?"

아저씨는 아이스박스를 열고 맥주를 꺼내 남자에게 내밀었다.

"더우니 술이라도 마시지 않으면 못 견딜 것 같아. 담배는 그 두 갑이 전부야. 더는 없어. 맥주는 아직 많이 있어."

남자는 아저씨 옆에 앉아 맥주를 받았다. 옥상에서는 학교와 그 주변이 환히 보였다.

"나는 정 형제라고 부르면 돼. 검은 구가 학교로 오는지 감시하고 있어. 젊은이는 이름이 뭔가?"

이 사람들은 서로를 형제라고 칭하나 보지, 그런데 왜 최 선생은 선생님일까? 아무튼 남자는 대답했다.

"김정수라고 합니다."

"정수 씨, 건물 뒤에 구가 있는 걸 이제야 설명해서 화났지?

하지만 왜 이곳이 안전한지 알게 되니 속 시원한 것도 있지 않아? 어, 저기 보인다."

정 형제는 손을 들어 먼 곳을 가리켰다. 햇빛이 반사되는 하얀 길 위로 검은 구가 움직이고 있었다. 구는 천천히 길을 지나가다가 방향을 틀어 집으로 다가가더니 벽을 통과해 안으로 사라졌다.

"저렇게 다른 건물로 들어가는 걸 볼 때마다 안에 사람이 있는 건 아닌지 걱정돼. 만약 잠시 후에 구가 밖으로 나온다면, 그건 건물에 사람이 있어서 안으로 들어가서 사람을 흡수했고 이제 다른 목표를 찾아 나왔다는 뜻이지."

남자는 조마조마한 마음에 숨죽이며 건물을 지켜보았다. 잠시 후 구는 건물 벽을 통과해 밖으로 나왔고 왔던 방향을 되짚어 길을 거슬러 올라갔다. 남자는 온몸에 소름이 돋았다.

"또 한 명 당했어."

정 형제는 한숨을 쉬고 맥주를 마셨다. 남자도 그제야 맥주 캔을 따서 한 모금 들이켰다.

"도시에 사람이 많이 남아 있어. 집에서 문을 잠그고 숨어서 마냥 사태가 해결되기를 기다리다가 구한테 당하는 것 같아. 하지만 학교로 데리고 올 방법이 없지. 사람들에게 이곳이 안전하다고 설득할 방법이 없잖아. 저번에도 위험을 무릅쓰고 버스를 몰고 나가서 사람 셋을 구해 이곳으로 데리고 왔지. 하지만 구를 보여줬더니 놀라서는 다 도망갔어. 안전하다고 아무리 설명해도 통하지 않더라고. 있던 식량까지 훔쳐서 가는 바람에 우리도 참 난처했지. 담배 두 갑은 그 사람들이 놓고 간 거야. 젊은이도 도망칠까 봐 말을 안 했던 거야. 엠피스리 플레이어는 미안하게 됐어."

그 말을 듣고서야 남자는 그가 지난밤 엠피스리 플레이어를 가져간 사람임을 눈치챘다. 지난밤 천막에서 들었던 대화는 이 형제와 정 형제가 그의 가방을 뒤지면서 한 말이었다.

정 형제가 말했다.

"나는 아내, 딸 둘 다 죽었어. 나만 살았지. 자네 가족은 어떻게 됐나?"

"부모님과 연락이 안 됩니다."

남자는 갑자기 목이 메어 말을 잇지 못했다. 살아 있을지 돌아가셨는지 확실하지 않지만, 지금은 비관적으로만 보였다.

"하지만 희망을 버리긴 아직 이르잖아? 그냥 연락이 안 되는 것일 수도 있어. 아직 구가 많이 퍼지지 않은 남쪽에 살아 계실 수도 있잖아. 나는 지금의 상황이 정리될 가능성이 있다고 보거든. 그러니 끝까지 좌절하지 마. 자네가 살아야 부모님도 만나든 말든 하잖아. 나는 하느님 곁으로 간 가족을 위해 항상 기도하고 있어. 이렇게 몰래 술을 마시고 있긴 하지만, 나름대로 기도도 열심히 한다고."

정 형제는 빈 맥주 캔을 손으로 찌그러뜨리더니 바닥에 던졌다. 남자도 마지막 모금을 마신 다음 캔을 바닥에 내려놓았다. 정 형제는 아이스박스를 툭 쳤다.

"이 안에 많이 있으니까 마시고 싶은 만큼 실컷 마셔. 나 화장실 갔다 오려는데, 그동안 자리 좀 지켜주겠나? 학교 쪽으로 오는 거 없는지만 보고 있으면 돼."

잠깐 다녀오겠다던 정 형제는 한동안 돌아오지 않았다. 그동안 남자는 학교 주변을 지나가는 구를 두 개 목격했다. 검고 둥근 모습을 볼 때마다 남자는 몸서리가 쳐졌다. 잠시 앉아 있는 동안 두 개의 구를 봤다면 도시에는 몇 개나 있는 걸까? 나라 전체에는 몇 개가 퍼져 있을까?

정말 희망이 있긴 한가?

남자의 눈에서 눈물이 흘렀다. 부모님을 생각하니 슬픔을 주체할 수 없었다. 폭도로 변해 가게를 털던 사람들, 피투성이가 되어 묶여 있던 아주머니, 집 거실에 어지럽게 찍혀 있던 발자국이 차례로 떠올랐다. 부모님은 어떻게 됐을까? 그의 전 여자 친구는? 친구들은? 회사 동료들은? 알고 지내던 사람들은? 나는 어떻게 될까? 온 세상이 구로 가득 찰 때까지 이곳에서 가슴 졸이며 살아가게 될까? 아니면 그 역시 구에 흡수되면서 최후를 맞을까?

8
도둑

"정수 씨, 부탁이 있어요."

밤늦게 이 형제가 찾아와 말했다. 남자는 그녀가 무슨 말을 하려는지 짐작했다. 미리 마음의 준비까지 끝낸 다음이었다.

"구를 둘러싸고 있을 사람 수가 모자라요. 정수 씨가 두세 시간만 참여하면 좋겠어요. 괜찮으시겠어요?"

"하겠습니다."

학교에는 마흔세 명이 있고, 그중 열세 명은 구를 묶어두는 데 필요했다. 나머지 사람들은 그동안 식사 준비나 청소 같은 잡일을 하니까, 다들 먹고 자는 시간을 제외하면 항상 무슨 일인가를 하고 있었다. 곧 그에게도 부탁이 올 거라 예상했다.

한밤중 어두운 학교 뒤쪽에서는 여전히 사람들이 구를 둘러싸고 있었다.

"저분하고 교대하시면 돼요."

이 형제는 구 한쪽에 앉아 있는 아저씨를 가리켰고, 그는 남자를 돌아보았다. 그가 인사를 해서, 남자도 그에게 인사를 했다. 누군가 다가와 남자의 어깨를 두들기더니 뭔가를 건넸다. 피부에 바르는 모기약이었다.

밤이었지만 잔디밭 한쪽에 가로등이 켜져 있고 학교 건물 입구 쪽 조명도 켜놓아 주변은 밝았다. 그래도 어두운 밤에 바라보는 검은 구는 더 두려웠다. 남자는 검은 표면을 보고 있으니 저녁 먹은 것이 얹히는 기분이었다.

이 형제가 말했다.

"균형이 깨지지 않도록 차근차근 자리를 바꿔서 의자에 앉기만 하면 돼요. 어려운 일 아니니까 마음 편히 가지세요."

그녀는 앉아 있는 다른 사람들과 대화했는데, 오늘 밤 불침번은 누가 서는가, 생수가 다 떨어져 간다, 그리고 내일 아침 식사 당번은 누구로 정할 것인가 같은 내용이었다. 남자는 교대할 사람 뒤로 다가갔다. 그는 남자를 보고 미소 짓더니 자리에서 일어났고, 남자는 그 대신 의자에 앉았다. 남자는 양옆에 앉은 사람들의 손을 잡았다. 그것이 교대였다. 이제 구는 그에게서 2미터 약간 안 되는 거리에 떨어져 있었다.

"수고해요."

교대한 사람은 인사하고는 떠났다.

남자는 고개를 들어 구를 마주 보았다가 눈을 감았다. 분명 멈춰 있는데도 보고 있으니 남자에게 다가오는 것처럼 느껴졌기 때문이다. 두려웠다. 벌떡 일어나 도망가고 싶었다. 그랬다간 모두가 위험해지지만, 그런 생각 하지 않고 도망치고 싶을 만큼 겁을 먹었다. 검은 표면을 보고 있으면 남자에게 다가오는 것처럼 보였다가, 다음 순간 커다란 눈동자로 보였다가, 끝없는 심연으로 보였다가, 갑자기 바닥이 보이지 않는 깊은 우물로 보였고, 사방이 막힌 동굴로도 보였다. 그러다가 또 어둠 속에 혼자 남겨진 것처럼 느껴졌다.

그때 갑자기 요란한 소리가 들려서 남자는 소스라치게 놀랐다.

"죄송합니다. 제가 비염이 심해서."

재채기를 한 사람은 코를 문지르며 멋쩍게 웃었다. 사람들은 웃음을 터트리더니, 곧 지금까지 그랬듯이 다른 이와 이야기를 나누거나 앉아서 졸거나 딴생각에 잠겼다.

'사람이 구로 빨려 들어가는 광경을 직접 본 적 없어서 그렇겠지.'

그는 생각했다. 봤다고 해도 텔레비전이나 인터넷 동영상을 통해서나 봤겠지. 남자처럼 직접 그 상황을 지켜봤다면 절대로 태연하게 구를 마주 볼 수 없을 것이다.

*

그가 모기약을 씻어내고 샤워실에서 나오니, 학교에 새로운 사람들이 도착해 있었다.

버스가 천천히 체육관 옆에 멈추고, 사람들이 다가가 버스에서 물건을 내리는 모습을, 남자는 바라보았다. 천막으로 다가가자 새로 온 사람이 벌써 자리를 잡고 앉아 있었다. 그들은 도시 어디에 있다가 왔을까? 버스는 어떻게 만났을까? 그는 밖의 소식을 들을까 싶어 다가갔다.

아저씨 하나와 할아버지 하나, 아주머니, 그리고 남자아이까지 네 사람이었다. 아저씨는 마흔 중반쯤으로 보였는데, 어딘가 음침하고 능글맞아 보이는 것이 인상이 좋지 않았다. 그는 직업 특성상 일을 하면서 상당히 많은 사람을 만나봤고 첫인상만으로도 성격을 판단해 내곤 했는데, 그가 보기에 아저씨는 믿을 만한 사람이 아니었다.

나머지 사람들은 일가족이었다. 나이가 많고 거동이 불편해 보이는 할아버지, 할아버지의 며느리인 아주머니, 아주머니의 아들 이렇게 셋이었다. 주변을 두리번거리는 아저씨와 달리, 일가족은 멍하니 넋이 나간 표정이었다.

"안녕하세요."

남자가 그들에게 인사하자 전혀 생각지도 못한 반응이 돌아왔다. 남자아이가 울음을 터트렸던 것이다. 아이는 얼마나 많이 울었는지 벌써 목이 쉬어서 듣기 싫은 소리로 꽥꽥 울었고, 갑자기 아주머니까지 따라 울기 시작했다. 그것도 손으로 땅을 내려치면서 아이고아이고, 통곡을 해댔다. 황당한 남자는 아무 말 못 하고 그들을 바라보았다.

"안녕하슈."

아저씨가 남자를 향해 말했다. 남자는 손을 내밀어 악수를 청했고, 자신을 소개했다.

"안녕하십니까, 저는 김정수라고 합니다."

"당신은 형제고 어쩌고 그런 게 아닌가 봐? 여기 사람들은 다 그렇게 소개하더만."

"저도 엊그제께 이곳으로 와서요, 여기 사람들을 잘 모릅니다."

"아무튼 반가워. 강씨라고 불러요."

강씨는 말보로를 꺼내서 불을 붙였다. 그도 원래 말보로를 피웠기 때문에 잘됐다 싶었다. 정 형제가 준 필립모리스는 그의 입에 맞지 않았다. 그는 아직 뜯지 않은 담배를 꺼내 강씨에게 내밀었다.

"담배 있습니까? 저한테도 한 갑 있는데……."

"고마워."

강씨는 그가 말을 채 끝내기도 전에 냉큼 담배를 받아 주머니에 넣었다. 남자는 당황해서 말했다.

"저, 그걸 드린 게 아니고, 담배 가지고 있으면 제 것과 조금 바꿀까 해서 보여드린 건데요."

"그래? 어쩌지, 나도 이게 다야. 그러면 반만 가져갈게."

강씨는 담배를 뜯어서 거리낌 없이 절반을 덜어내고는 그에게 나머지를 던졌다. 그동안에도 아주머니와 아이는 계속 울었다.

밤늦은 시간인데도 아주머니들은 새로 온 사람들을 위해 밥을 차렸다. 하지만 아주머니와 아이는 계속 울기만 했고 할아버지는 여전히 넋 나간 표정이어서 강씨만 밥을 먹었다. 그는 태연히 식사를 끝내고는 다른 사람이 남긴 몫까지 먹어도 되느냐고 물었다. 아주머니들은 그러라고 대답했는데, 처음 온 사람이라서 음식을 원하는 만큼 내준 것 같았다.

남자가 강씨에게 말을 걸었다.

"지금 밖은 상황이 어떻습니까? 새로운 소식 들은 것 없어요?"

"글쎄, 나는 잘 몰라. 이 근처만 돌아다녀서."

"경찰이나 군인은 못 만났습니까?"

"경찰이 어디 있어, 다들 저 살기 바쁜데. 오히려 그놈들이 제일 먼저 도망갔지."

"라디오나 텔레비전에서는 소식 없나요?"

"그런 게 될 리가 없잖아."

강씨는 꾸역꾸역 밥만 먹었다.

학교 사람들은 새로 온 사람들을 위해 체육관에서 새 천막을 가지고 나와서 치기 시작했다. 강씨는 허리가 아파서 힘든 일은 못 한다며 그대로 바닥에 누웠다. 그동안에도 아이는 계속 울었다.

"어이, 아줌마. 애새끼 좀 조용히 시켜요."

강씨가 타박했으나 아주머니는 대답이 없었다. 다른 사람이 하는 말을 듣고 어쩌고 할 정신 자체가 없는 것 같았다.

새로 친 천막에서는 일가족이 머물고 원래의 천막에서는 남자와 강씨가 자기로 했다. 남자는 천막으로 들어가 강씨 옆에 누웠는데 그에게서 지독한 땀 냄새와 발냄새가 났다. 게다가 강씨가 누운 채로 계속 담배를 피워댄 탓에 천막 안은 담배 연기와 고약한 냄새로 가득했다. 참다못해 남자가 말했다.

"더우면 저기 경비실 안에 샤워실이 있는데, 거기서 샤워라도 하시죠?"

"괜찮아."

강씨는 게으른 목소리로 대답하더니 돌아누웠고, 잠시 후 코를 골기 시작했다. 한동안 잠을 이루지 못하던 남자는 강씨를 돌아보았다가, 무심코 강씨의 배에 있는 복대를 보았다. 여자 스타킹을 허리춤에 묶고 있었는데, 아마 안에 돈이 있는 것 같았다. 복대까지 하면서 돈을 간수할 일이 있나? 얼마나 많은 돈인데 그럴까? 남자는 생각에 잠겼다.

멀리서 아이가 징징대는 소리, 강씨가 코 고는 소리, 모기, 더위가 그를 괴롭히는 불편한 밤이었다. 남자는 한 시간 넘게 뒤척이다가 간신히 잠이 들었다.

*

밤중에 멀리서 들려오는 이상한 소리에 잠에서 깼다. 타이어가 터지는 소리 같기도 하고 기계가 폭발하는 소리 같기도 했다. 잠에 취한 남자는 무슨 소리일까 생각하다가 갑자기 잠이 확 달아나서 벌떡 일어났다. 아무래도 총소리 같았던 것이다. 남자가 천막을 뛰쳐나왔을 때 건물에서도 사람들이 몰려나와 외쳤다.

"이게 무슨 소리야?"

"총소리 아니에요?"

남자의 대답에 사람들이 동요하기 시작했다. 근처에 경찰이나 군인이 있나? 무슨 일로 총을 쏘나? 사람들이 숨죽이고 귀를 기울였다. 잠시 후 훨씬 가까운 곳에서 총이 연사되는 타타타타탕, 소리가 들렸다.

"일단 안으로 들어갑시다."

최 선생이 말했다. 사람들은 천막에서 자던 강씨와 일가족을 깨워서 건물로 데리고 갔고 남자도 그들을 따라 들어갔다. 사람들은 세 개의 교실에 나눠 머물고 있었는데, 그는 복도 가장 끝의 교실로 들어갔다.

막 교실로 들어갈 때였다. 복도 건너편 교실 창문에서 뭔가 반짝이는 것을 보았다.

'사람?'

사람의 눈빛 같은 것이 창문 너머에 있었다. 자세히 보려고 했으나 사람들이 바로 교실 문을 닫았기 때문에 더 이상 확인하지 못했다. 교실은 책상과 걸상을 교실 앞으로 밀어놓고 체육관에서 가져온 매트리스를 바닥에 깔아 잠자리로 쓰고 있었다. 사람들이 바닥에 쭈그리고 앉았고, 남자도 바닥에 앉아 생각에 잠겼다.

분명 어린아이를 본 것이 확실했다. 하지만 학교에 아이가 있다는 말은 누구도 한 적이 없었다. 게다가 맞은편 교실은 빈 것 같았는데, 어린아이 혼자 빈 교실에 둘 이유가 있을까?

어둠 속에서 누군가가 말했다.

"무슨 총소리일까요? 경찰이나 군인이 구를 향해 쏜 걸까요?"

다른 누군가가 대답했다.

"내가 듣기엔 마구잡이로 아무 데나 총을 쏘는 소리였어."

남자 역시 같은 생각을 하던 중이었다. 특히 마지막 총을 연사하는 소리는 목표 없이 마구 휘갈긴 것 같은 느낌이었다. 사람들은 말했다.

"그렇다면 민간인이 군인의 총을 가지고 아무 곳에나 쏴대고 있단 말이야?"

"누가 나가서 확인이라도 하고 와야 할까?"

"그건 너무 위험해."

남자는 사람들에게 물었다.

"저, 궁금해서 그러는데, 라디오에서는 다른 소식 없습니까?"

그때, 멀리 그에게는 보이지 않는 교실 어두운 구석에서 이 형제의 목소리가 들렸다.

"이틀째 같은 내용만 나와요. 구를 없애는 방법은 없다, 헛소문은 믿지 말고, 네다섯 명으로 조를 이뤄서 서울, 경기 지역을 벗어나 남쪽으로 대피하고, 그곳에서 군인의 통제에 따르라는 말만 계속 나와요."

"그러면 밖에서는 구를 붙잡는 방법을 모르는 겁니까?"

"알 거예요. 하지만 구를 다 붙잡진 못했거나 다른 이유가 있거나 하겠죠."

"구를 붙잡아 두는 방법이 효과가 없는 건 아닙니까?"

"왜 효과가 없어요? 우리가 이렇게 살아 있잖아요."

이 형제는 대답했다. 그건 남자가 듣기에도 맞는 말이었지만, 그렇다면 왜 밖에서는 여전히 구가 돌아다닐까? 구를 둘러쌀 사람 몇 명 동원하는 게 그렇게 힘들까?

그때 옆 교실에서 남자아이가 다시 울기 시작했고, 누군가 불평했다.

"저 애는 정말 듣기 싫게 울어."

남자는 사람들에게 물었다.

"저 가족은 어디서 만났어요?"

"가족은 택시에 앉아 있었어요. 기름이 떨어져서 오도 가도 못하는 걸 버스에 태웠어요. 말을 걸어봐도 대답을 안 해서 무슨 사연이 있는지 모르겠어요. 강씨는 쓰레기통을 뒤지고 있는 걸 데려왔어요."

"네 사람 모두 이곳에 구가 있는 건 모르는 거죠?"

"내일 점심때쯤 말해야죠."

이 형제가 대답했다.

그 후 두 시간이 더 지났지만 총소리는 더 이상 들려오지 않았다. 이 형제는 최 선생이 있는 교실로 넘어가서 이야기를 나눴고, 돌아와서는 결정을 전해주었다. 아직 안심할 수 없으니 불침번을 한 명 더 세우고 모두 건물 안에서 자라는 것이다. 덕분에 남자도 건물에서 자게 되었다. 교실은 천막보다 훨씬 좋았다. 게다가 새로 온 일가족과 강씨가 다른 교실로 들어가서, 그는 소음과 냄새에서 해방되었다. 그리고 에어컨 바람이 시원했기 때문에, 지난밤 그를 더운 밖에서 자도록 놓아둔 사람들에게 남자는 은근히 화가 났다.

새로 온 사람들에게는 점심에 구를 보여준다고 했지, 내일 점심에 한바탕 소동이 일어나겠구나, 남자는 생각하면서 잠이 들었다.

그러나 사건은 점심이 되기 전에 터졌다.

*

"우리 아이가 열이 심해요."

다음 날 아침부터 아주머니는 학교의 사람이라는 사람마다 붙잡고 하소연했다. 남자는 그때 처음으로 아주머니가 제대로 말하는 목소리를 들었는데, 말투가 정신이 나간 것처럼 횡설수설했다. 사람들이 모여들어 아이의 이마를 짚어보았다.

최 선생이 말했다.

"몸살 같은데, 아이를 양호실로 옮기고 거기서 쉬세요. 거기는 침대도 있으니 더 편할 겁니다. 할아버지까지 같이 가족이 함께 양호실에서 지내세요."

"약은 없어요? 약이 있어야죠. 아이가 너무 아파요. 약 줘요."

"없어요. 학교 사람들이 떠날 때 약을 다 가지고 갔나 봐요. 저희도 학교를 다 뒤졌는데 없었습니다."

"그럼 밖에서라도 구해 와야죠! 버스 타고 나가서 먹을 거 가져오잖아요. 약도 먹을 것만큼 중요한데 왜 안 가져와요? 지금 애가 아프잖아요!"

아주머니의 목소리가 점점 더 날카로워졌다. 숨까지 몰아쉬기 시작해서 최 선생이 아주머니를 달랬다.

"가벼운 몸살인데 굳이 약까지 먹을 필요는 없습니다. 약 없이도 하루이틀 쉬면 열이 내려요."

"그걸 말이라고 해요? 우리 아이가 죽기라도 하면 어쩔 거야? 학교 바로 밖에 약국 있잖아. 거기서라도 구해 와!"

아주머니는 악다구니를 쓰더니 울기 시작했다. 최 선생은 난감하다는 표정이었다. 남자가 보기에도 아이는 가벼운 몸살 같았다. 하루 종일 소리를 지르면서 울어대면 아이가 아니라 어른이라도 몸살이 날 것이다. 사람들은 아주머니를 달래서 일가족을 양호실로 데려갔고 잠시나마 교실이 조용해졌다.

최 선생이 말했다.

"아이는 그냥 가벼운 몸살이 났을 뿐이에요. 대수롭지 않은 일인데, 아주머니가 겁이 많이 나서 저러는 것 같아요. 그 마음을 우리가 이해해야죠. 안 그래도 약이 필요하다는 생각은 했는데……."

이 형제 역시 언제 누가 아플지 모르니 상비약 정도는 있어야 할 것 같다고 대답했다.

최 선생이 말했다.

"하지만 위험해요. 사람이 밖으로 나갔다가 구라도 만나면 어떡해요."

"버스를 타고도 밖에 나가는데, 약 구하러 바로 앞에 나가는 게 위험합니까?"

남자가 묻자, 이 형제가 대답했다.

"어젯밤 총소리 때문에 걱정돼서요. 그리고 밖에 나갔다가 다른 검은 구가 학교 근처로 오면, 학교 안의 구를 붙잡은 균형이 깨질지도 몰라요. 누가 학교 밖으로 나가는 위험한 일을 하느냐는 문제도 있고요."

"내가 나가지."

강씨가 대답했다. 내내 잠만 자던 사람이 갑자기 나서니 사람들은 어리둥절해서 그를 바라보았다. 강씨는 사람들을 향해 능글맞게 웃었다.

"약 몇 알 가지고 오는 게 뭐 대수라고. 내가 나갈게. 지금 나가면 되나?"

강씨의 말에 남자가 덧붙였다.

"저도 나갈게요. 저는 달리기가 빠르니까 구를 피해서 빨리 갔다 오면 되죠. 어렵지 않을 겁니다."

사람들은 잘 모르는 사람 둘이 일을 하겠다고 나서는 것에 다소 놀란 눈치였다. 한동안 이 형제의 얼굴만 바라보던 최 선생은, 그녀가 별다른 반대 없이 조용히 고개를 끄덕이자 말했다.

"한번 해봅시다."

*

남자가 일을 자청한 이유는 아이가 걱정돼서가 아니라, 약국에 담배가 있기 때문이었다. 사람들이 그를 위해 담배를 구해 오지는 않을 것 같았다. 담배 한 갑 때문에 이렇게까지 행동하다니 자신이 한심했지만 어쩔 수 없었다.

약국은 학교 정문 맞은편에 있었다. 정문에 서서 약국으로 들어갈 준비를 하는 남자와 강씨와 최 선생을, 사람들은 뒤에서 초조한 표정으로 지켜보았다. 강씨는 약국 문을 부술 때 필요하다며 망치를 요구했고, 이 형제가 학교 과학실에서 찾은 망치를 주었다. 최 선생은 어디서 가져왔는지 손에 호루라기를 들고 있었다.

"내가 길에서 망을 보는 동안 두 사람은 최대한 빨리 약국으로 들어가서 약을 가져오세요. 구가 나타나면 호루라기를 불면서 소리를 지를 테니 바로 빠져나와야 해요. 어떤 약을 가져와야 하는지는 알죠?"

남자는 고개를 끄덕였다. 해열제, 감기약, 소화제, 연고, 붕대, 소독약, 그리고…….

"가자고."

남자가 채 생각을 끝내기도 전에 강씨가 그를 밀치고 밖으로 나갔다. 망치가 방망이라도 되는 것처럼 앞뒤로 휘두르며 걷는 강씨를 남자는 따라 걸었다. 그 뒤로 최 선생이 걸어오다가 차도 위에서 걸음을 멈췄다.

사람들의 손이 닿지 않은 길은 가로수 잎이 떨어지고 쓰레기와 먼지가 굴러다녀서 지저분했다. 안전하지 않은 장소로 나오니 남자는 새삼 공포에 질려서 이마에서 땀이 흘렀다. 그들이 약국 문 앞에 도착하자 차도를 앞뒤로 살펴보던 최 선생은 외쳤다.

"아직 구는 보이지 않아요. 내가 여기서 지키고 있을 테니 어서 약국으로 들어가요."

어떻게 약국 유리문을 열어야 좋을지 몰라 남자가 머뭇거리는데, 강씨가 말했다.

"이것만 깨면 돼."

그가 망치로 자물쇠를 부수고 문을 발로 차자 쾅 소리와 함께 문이 열렸다. 많이 해본 것처럼 능숙해 보이는 강씨의 행동이 남자는 신경 쓰였다.

창문도 문도 닫혀 있던 약국은 숨 막힐 듯 더웠다. 남자는 얼른 카운터 뒤로 넘어가 그곳을 뒤졌다. 사람들이 자주 찾는 약은 약사들이 카운터 밑에서 꺼내던 것이 기억났기 때문이다. 그곳에 아스피린과 두통약이 있고 소화제도 보여서 남자는 비닐봉지에 약을 차례대로 담았다. 밴드와 거즈도 담고 연고도 담았다. 그리고 담배도 찾아냈다. 그가 피우는 말보로가 보루째로 있었다. 남자는 한 보루를 봉투에 넣었다. 그리고 망설이다가 하나를 더 넣었다.

비싼 담배를 마음대로 봉투에 집어넣는 동안 남자는 이상한 쾌감을 느꼈다. 목숨이 위험한 상황에서, 그것도 다른 사람을 위해 약을 가지러 온 곳에서, 그 혼자 피우는 담배를 훔치면서 즐거워하다니 바보 같은 일이었다. 바보 같은 일이기 때문에 더 재미있었다. 하지만 즐거움은 오래가지 못했다. 망치로 금속을 내려치는 요란한 소리가 약국에 울려 퍼졌던 것이다.

고개를 들어보니 강씨가 망치로 금전등록기를 부수고 있었다.

어이가 없어진 남자가 외쳤다.

"지금 뭐 하는 겁니까?"

강씨는 등록기를 연 다음 안에 있는 지폐를 주머니로 집어 넣었다.

"지금 뭐 하느냐고 묻잖습니까?"

"신경 쓰지 마."

강씨는 그를 돌아보지도 않았다.

"약을 찾아야지 지금 뭐 하는 겁니까?"

"찾고 있어."

"약 가져오라고 내보낸 거지 누가 돈 훔치라고 여기 오랬습니까?"

"너는 봉지에 넣고 있는 그게 약이냐?"

강씨는 그를 보며 비실비실 웃었다. 남자는 강씨가 왜 약국으로 들어가는 위험한 일에 자원했는지를 그제야 깨달았다. 강씨는 남자의 예상보다도 더 위험한 사람이었다.

"서둘러!"

밖에서 호루라기 소리와 함께 최 선생의 고함이 들렸다. 강씨와 남자는 각각 돈과 담배를 주머니와 비닐봉지에 넣은 다음 밖으로 나왔다. 큰길을 가로지를 때 멀리 검은 구가 아지랑이 사이로 다가오는 것이 보였다. 남자는 덜덜 떨면서 학교로 들어갔고, 이미 들어와 그를 기다리고 있던 최 선생과 강씨 옆에 섰다. 사람들이 얼른 교문을 닫았다.

구는 천천히 학교로 다가왔다. 비현실적으로 완전히 검고 둥근 모습이 점점 더 선명하게 보였다. 남자는 아무리 봐도 구가 움직일 때 길 위를 굴러가는지 그저 미끄러지는지 구분이 가지 않았다. 구는 학교로 계속 다가오다가, 한순간은 교문을 그대로 통과해 들어올 것처럼 움직였다. 겁에 질린 사람들은 교문에서 물러났다.

그러나 구는 멈추더니 방향을 돌려 학교에서 멀어지기 시작했다. 계속 기다렸지만 학교로 돌아오지 않았다.

"이곳은 하느님이 지켜주시니 안전합니다."

최 선생이 선언하듯 말하자 사람들은 안도했다. 남자도 다리에서 힘이 쭉 빠지는 것 같았다. 어디 조용한 곳으로 가서 눕고 싶은 마음이었다.

"이게 다 뭐예요? 약은 없고 담배만 있어!"

언제 양호실에서 나왔는지 아주머니가 비닐봉지를 뒤지면서 앙칼진 목소리로 소리치기 시작했다. 그녀는 안에 있던 담배를 집어서 남자의 얼굴에 들이밀었다.

"약이 필요하다고 했지 누가 담배를 가져오래요? 정신이 있는 거야 없는 거야? 이딴 거 누구 좋으라고 가져왔어?"

남자는 허둥지둥 달려가며 말했다.

"약도 있습니다. 제가 담배가 떨어져서 몇 갑 가지고 왔습니다. 학교에는 담배가 없어서……."

"약이 있긴 어디 있어! 전부 담배만 있잖아! 이 남자가 미쳤나 봐!"

남자는 봉지에 있는 약을 아주머니에게 보여줬으나 그녀는 입을 다물지 않았다. 사람들도 어이없다는 표정으로 남자를 보았다. 옆에서 강씨가 껄껄 웃었다.

"이 친구 웃기더라. 아까 보니까 약에는 관심 없고 담배만 그냥 열심히 주워 담더라고. 나라도 약을 찾아서 가져왔으니 다행이지 안 그랬으면 담배만 가져왔을 거야."

남자는 화가 치밀었다. 그가 약을 찾는 동안 돈만 챙기던 강씨가 오히려 자신을 비난하고 있었다. 화가 난 남자는 강씨의 배를 손으로 가리켰다.

"지금 배에 찬 복대에 돈 들어 있는 거 맞죠?"

"복대라니?"

"돈다발 감추고 있는 거 맞죠? 그렇잖아요?"

"뭐, 뭐라고?"

강씨는 놀란 얼굴로 두리번거렸다. 그는 손으로 배를 가렸지만, 남자를 보던 사람들의 시선이 이제는 강씨의 배로 향했다. 신경질을 내던 아주머니조차 강씨의 복대에 정신이 팔린 듯했다.

남자는 쏘아붙였다.

"그냥 궁금해서 물어본 겁니다. 복대를 하는 게 문제가 되는 건 아니죠. 자기 돈을 자기가 가지고 있겠다는데 누가 뭐라고 하겠습니까?"

강씨는 여전히 멍한 얼굴로 아무 대답도 하지 못했고, 사람들은 침묵한 채로 시선을 주고받았다. 남자는 아주머니의 손에 약을 쥐여주었다.

"어린이용 아스피린입니다. 성인용 아스피린도 가져왔으니 어느 쪽이든 마음에 드시는 걸로 아이에게 주세요. 아이들이 먹는 비타민도 있고 건강음료도 가져왔습니다. 탈진하지 않도록 아이에게 주세요. 이 형제님, 여기 부탁하신 약 다 있습니다. 거즈, 소독약, 피부약도 종류별로 있습니다. 위장이 안 좋은 분들은 이 위장약 드시고요. 저번에 어떤 분이 목 근육이 아프다고 하셔서 파스도 가져왔습니다."

"종류별로 잘 챙겨 왔네. 수고했어요, 총각. 그런데 총각 이름이 뭐라고 했지? 정수라고 했나?"

한 아주머니의 칭찬을 시작으로 사람들은 비닐봉지 주변으로 모여들었다. 남자를 보는 사람들의 표정이 친근하게 변했다. 남자가 힐끗 뒤를 돌아봤을 때, 강씨는 겁에 질린 표정이었다.

9
아이

    점심시간에 밥을 먹고 있을 때, 남자는 이 형제와 정 형제가 전해준 소식을 듣고 깜짝 놀랐다.

    "강씨가 도망갔다고요?"

    "한 시간 전부터 보이지 않아요. 정문 쪽은 정 형제님이 계속 지켜보고 있었는데 나가는 사람은 없었대요."

    "학교 옆쪽 담을 넘어 도망친 것 같아."

    정 형제가 말했다.

    복대 이야기가 강씨를 불안하게 하리라고는 생각했지만 도망갈 줄은 미처 몰랐다. 남자는 강씨가 약국에서 금전등록기를 부수고 돈을 챙긴 이야기를 털어놓았다. 그가 찬 복대에 아마 돈이 있는 것 같다는 말도 했고, 자신이 사람들 앞에서 복대 어쩌고 한 것도 그런 뜻이었다고 설명했다.

정 형제는 말했다.

"강씨가 수상하긴 했어. 어제도 자꾸 교장실 근처를 얼쩡거려서 내가 거기 있으면 안 된다고 말했더니, 침을 바닥에 탁 뱉으면서 딴 곳으로 가버리더라고. 확실히 믿을 만한 사람은 아니었어."

교장실은 남자가 자는 교실 근처에 있었다. 그곳에 뭐가 있는데 강씨가 접근했던 걸까? 식량? 귀중품?

이 형제가 말했다.

"우리가 잘못한 건 아닐까요? 우리의 행동이 사람 하나를 위험으로 내몬 거잖아요. 한 명이라도 더 살려야 하는 때에, 우리가 경솔하게 행동했어요."

두 사람은 강씨가 도망간 것에 죄책감을 느끼고 있었다. 밥을 먹고 있던 남자는 자신이 게걸스럽게 느껴져서 되도록 조용히 밥알을 씹으며 눈치를 보았다.

이윽고 정 형제가 입을 열었다.

"어쩔 수 없는 상황이었어. 누군들 현명하게 대처했겠어? 우리 모두 강씨를 위해 기도합시다. 아무튼 정수 씨, 정수 씨 덕분에 약을 구해서 정말 다행이야. 모두를 위해 큰일 했네."

"별말씀을요."

남자는 대답했다.

*

    남자는 꽁초를 바닥에 버리고 새로운 담배에 불을 붙였다. 강씨가 도망가리라고는 생각지 못했다. 학교를 떠나지 않고 뻔뻔스럽게 밥을 얻어먹으며 천막에서 낮잠을 잘 거라고만 생각했지, 남자의 생각보다 겁쟁이일 줄은 몰랐다.

    "그래도 내 잘못은 아니야."

    그는 중얼거렸다.

    강씨가 남자의 말 때문에 도망간 건 사실이지만 강씨는 위험한 사람이었다. 그가 돈을 훔치는 모습을 본다면 누구라도 그렇게 결론 내릴 것이다. 다른 이에게 위험이 되는 사람의 안전까지 염려할 필요는 없었다.

    오히려 강씨가 도망간 원인을 제공한 그를 사람들이 미덥지 않게 여길까 봐 걱정이었다. 사람들 앞에서 강씨를 쏘아붙이지 말고 나중에 이 형제를 따로 찾아가 강씨의 도둑질을 알려줄걸. 더 점잖게 행동했어야 하는 건데. 남자는 꽁초를 버리고 다시 새로운 담배에 불을 붙였다.

    그때 어디선가 울부짖는 소리가 들려와서, 남자는 자신도 모르게 양호실 쪽으로 고개를 돌렸다. 아니나 다를까 정말 소리는 양호실에서 들려오고 있었다. 아주머니의 울음소리였다. 아주머니가 소리쳤다.

"당장 의사 불러와요!"

양호실 침대에 누워 징징대는 아이의 몸에 벌겋게 두드러기가 돋아나 있었다. 아스피린을 먹은 아이가 열이 내리면서 한동안 괜찮더니 갑자기 두드러기가 났다는 것이다. 남자는 맥이 탁 풀렸다. 기껏 약을 구해 왔더니 또 다른 병이 나다니, 정말 지겨웠다. 두드러기 약은 또 어디에서 구한단 말인가.

"우리 애는 두드러기가 자주 나요. 주사를 맞아야 낫는다고요. 당장 의사 불러와요. 의사가 있어야 해요."

아주머니에게 최 선생이 말했다.

"진정하세요, 아주머니. 아스피린이 독했나 봅니다. 약기운이 내려가면 두드러기도 없어질 거예요. 그리고 여기에 의사가 어디 있습니까?"

"버스 타고 나가서 의사 데려와요. 먹을 건 잘만 구해 오더만 왜 의사는 못 데려와? 우리 아이가 죽기라도 하면 어쩔 거야?"

아주머니는 악을 쓰기 시작했다.

"못 나가면 나 혼자라도 갈 테니까 말리지 마. 여기서 병 걸려 죽으나 나가서 죽으나 뭐가 달라! 나 혼자 갈 거니까 당신들 내가 죽든 말든 신경 쓰지 마!"

최 선생은 잠시 할 말이 있다며 사람들을 양호실 밖으로 데리고 나갔다. 남자도 그들을 따라 나가려는데, 갑자기 아주머니가 팔목을 붙잡았다. 남자가 깜짝 놀라건 말건, 그녀는 남자를 붙잡고는 낮은 목소리로 말을 걸었다.

"이 사람들 이상해. 안 그래요, 총각? 상식적으로 생각을 해봐. 여기서 버티는 이유가 뭐야? 다른 사람들을 찾아가는 게 정상이잖아. 총소리가 들리지 않나, 약도 없고 의사도 없고, 이렇게 위험한 장소에 왜 머무는 거야?"

남자는 약국에서 담배를 가지고 온 것을 두고 여자가 소리 질렀을 때 났던 화가 아직 풀리지 않았다. 그녀의 말에 맞장구치고 싶은 마음은 전혀 없어서 그냥 대충 고개만 끄덕였다.

"이 사람들 사이비 같아요, 그렇죠? 예배하는 거 봤는데 기도도 둥그렇게 앉아서 하고 찬송가도 이상한 걸 불러. 이 사람들 종교가 뭐야?"

"종교가 뭔지는 저도 몰라요."

"당신 이 사람들하고 친해요?"

"아뇨."

"아니면 왜 도망가지 않고 저 사람들하고 같이 있어요?"

"여기가 안전하잖아요."

남자가 무뚝뚝하게 대답하자, 아주머니는 한숨을 쉬었다.

"여기 있는 사람들 다 이상해."

이 형제가 양호실로 돌아와서 말했다.

"잠깐 이야기 좀 할까요?"

그녀가 남자에게 나가달라고 해서 남자는 양호실을 나왔다. 무슨 대화가 오갈지는 짐작이 갔다.

*

"이런 곳에는 절대로 못 있어요."

아주머니는 같은 말만 반복했다. 아이는 두드러기가 난 얼굴을 찡그리며 울었고, 할아버지는 여전히 멍한 표정이었다. 남자는 이틀 동안 그들에게서 계속 같은 표정만 봤다는 생각이 들었다.

이 형제가 아주머니에게 학교 뒤편에 있는 구를 보여주자, 남자가 예상한 대로 아주머니는 학교에 못 있겠다며 양호실에서 뛰쳐나왔다. 이 형제가 안전하다고 아무리 설명해도 듣지 않았다.

"우리는 여기서 나갈 거예요. 그렇게 알아요. 당신들이 도와주지 않아도 알아서 걸어 나갈 거니까, 신경 쓰지 마요."

아주머니는 소리치고는 입을 다물었다. 그녀는 정말 할아버지와 아이를 데리고 걸어서 학교 밖으로 나갈 기세였는데, 그건 나가자마자 구에 흡수돼서 죽겠다는 말과 전혀 다르지 않았다.

사람들은 천막 밖에 모여 어떻게 해야 좋을지 토론했다.

"못 나가게 해야 해요."

"하지만 자기가 나가겠다잖아."

"죽고 싶어 한다고 죽게 내버려둘 순 없어요."

"그래도 어쩌겠어. 게다가 아이도 아프잖아. 더 심해질지도 모르고."

"자동차라도 있으면 안전하게 갈 텐데."

"처음 아주머니 만났을 때 타고 있던 택시가 자기 집 거라고 하지 않았어?"

"맞아요. 그걸 타고 가다가 기름이 떨어져서 멈췄다고 하던데."

"확실해? 기름을 주면 차를 몰고 갈지 한번 물어봐. 그러면 아직 남쪽에 남아 있는 사람들과 만날지도 모르잖아."

사람들은 버스로 아주머니 가족을 데리고 나가서 원래 타고 있던 택시까지 데려다주자는 쪽으로 의견을 모았다.

남자는 왜 사람들이 아주머니를 돕는지 의아했다. 나가고 싶다면 그냥 나가도록 둬도 누구도 비난하지 않을 것이다. 말도 안 되는 고집을 부리는 한 사람 때문에, 더 많은 사람이 위험을 무릅쓰는 건 바보짓이었다. 남자는 그렇게 생각했다.

이 형제가 그에게 다가와 말을 걸었다.

"예정보다 일찍 구를 지켜주셔야겠어요. 아주머니를 내보내려고 사람들이 버스를 타고 갈 거고 저도 같이 나갈 거예요. 그래서 손이 많이 비어서, 정수 씨가 먼저 수고하셔야겠어요."

남자는 고개를 끄덕였다. 학교 뒤쪽으로 걸어가는 동안 버스에 시동이 걸리는 소리가 들렸지만 남자는 돌아보지 않았다.

*

고개를 들면 검은 구가 시야를 꽉 채웠다. 검은 구의 표면은 금속처럼 보였지만 정말 금속은 아니다. 금속의 광택이 없었고 흠집이나 얼룩 하나 없이 완전무결하게 매끈했다. 고요한 호수의 표면이 거울처럼 보인다 해도 호수가 유리는 아니듯 검은 구도 금속이 아니었다. 그리고 완전한 구체였다.

구의 바닥은 땅에 닿았는지 떠 있는지 구분되지 않았다. 남자는 학교 수학 시간에 배운 이차방정식의 포물선을 떠올렸다. 축에 무한히 가까워지다가 단 한 점에서만 닿는다는 그 포물선처럼, 구가 완전히 둥글다면 인간의 눈으로는 관찰 불가능한 아주 작은 한 점에서만 지표면에 닿아 있을 것이다.

저것의 정체는 도대체 뭘까? 수많은 사람이 같은 생각을 하고 있다. 사람들을 공포에 몰아넣고 있는 검은 구의 정체는 뭘까? 정체를 과연 알 수나 있을까? 그것을 알기도 전에 사람들이 모두 흡수되고 결국 지구는 검은 구로 가득 차게 되는 건

153

아닐까?

남자는 옆 사람과 잡은 손을 놓고 이마의 땀을 훔쳤다. 얼굴에 닿은 손이 차가웠다. 남자가 구 앞에 있어야 하는 시간은 이 형제의 부탁에 의하면 두 시간 반이었다. 남자는 빨리 시간이 지나 다음 사람이 그와 자리를 바꿔주기를 초조한 마음으로 기다리고 있었다. 그래서 구를 바라보다가 식은땀을 흘리다가 한숨을 내쉬고 다시 바라보기를 반복하고 있었다.

"늦어지네."

"네?"

옆의 아저씨가 말했다. 남자는 교대가 늦어진다는 말로 이해했으나 아니었다.

"버스. 30분 안에 오겠다고 떠나면서 이 형제님이 말했거든. 그런데 한 시간이 넘었어. 너무 늦어."

"무전기라도 있으면 좋을 것을. 사람들끼리 연락이 안 되니 한번 버스가 나가면 걱정이 끝도 없어."

누군가 말하자, 다른 사람이 말했다.

"이번 일은 너무 위험해. 차도 구하고 기름도 구하고 그 사람들 떠나보낸 다음 다시 돌아오고. 무모해."

"그래도 해야지 어떡해. 사람 목숨이 달린 일인데."

그때 무슨 용기가 났는지 남자는 말했다.

"그렇게까지 할 필요가 있습니까? 위험을 무릅쓰고 사람들이 같이 나갈 필요가 있었을까요?"

누군가 대답했다.

"위험해도 해야지. 아이가 아픈데 우리가 도와줘야지. 다른 방법이 없잖아."

"아이가 심하게 아픈 것도 아니었는데요. 그리고 다른 방법이 왜 없습니까?"

"무슨 방법이 있는데?"

"아이가 나을 때까지 기다리거나, 아주머니가 마음을 바꾸도록 설득하거나, 아니면 그 사람들끼리 가도록 했어야죠."

"말도 안 돼, 밖이 얼마나 위험한데 나가게 둬?"

깜짝 놀라서 되묻는 사람들에게 남자가 항변했다.

"같이 나가는 사람은 안 위험해요?"

"지금처럼 위급한 상황에서는 희생을 줄이는 쪽으로 움직여야 하잖아. 우리는 아줌마도 돕고 아이도 돕고 우리 역시 살아야 해요. 누굴 버리고 우리만 살고, 아니면 우리를 버리고 누구를 살리고 그럴 순 없어. 우리는 강씨를 붙잡지 못한 것도 아쉬워요."

"강씨는 도망갔잖습니까?"

"그러기 전에 막았어야 했어."

"하지만 도망간 건 본인의 선택 아닌가요?"

"밖으로 나간 그 사람이 어떻게 지내고 있을지를 생각해 봐."

"여러분은 그 사람이 약국에서 도둑질하는 걸 못 보셔서 그런 말을 하는 겁니다."

"도둑도 도둑이기 이전에 다 같은 사람이야."

"저는 다 같지 않다고 생각합니다."

남자는 거칠게 말했다.

그때 검은 구가 약하게 진동하더니 검은 표면에 희미하게 빛이 일렁이기 시작했다. 남자는 갑작스러운 움직임에 놀라 자리를 뛰쳐나갈 뻔했는데, 옆 사람이 재빨리 그의 팔을 붙잡았다. 아슬아슬한 순간이었다. 만약 그가 원을 깼다면 구를 둘러싼 균형 역시 무너지면서 구가 움직이기 시작했을 것이다.

남자는 덜덜 떨면서 물었다.

"방금 구가 움직였죠? 그렇죠?"

"진정해, 움직인 게 아니라 잠깐 진동한 거야. 가끔 그럴 때가 있어요. 이유는 몰라요. 가만히 있으면 다시 조용해져. 그러니 침착하게 앉아 있어요."

"혹시, 그것 아닌가요? 누구 본 적 있어요? 구가 분열되는 동영상과 비슷하지 않습니까? 구가 둘로 분열하기 전에는 진동하면서 약하게 빛이 났습니다. 제가 인터넷에서 분명히 봤어요. 그것과 비슷해요."

"지금까지 여러 번 진동했지만 둘로 늘어나진 않았어요."

사람들은 잘 둘러싸고 있으면 괜찮다고 말했다. 그리고 다시 버스 이야기로 화제를 돌렸다. 그러나 남자는 불안해서 견딜 수가 없었다. 사람들이 왜 낙천적으로만 생각하는지 답답했다. 그는 인터넷에서 구가 둘로 분열하는 동영상을 처음 봤을 때의 공포를 기억했다. 왜 이 사람들은 태연할까?

"무슨 일 있었어?"

정 형제가 잔디밭에 나타났다. 남자는 그에게 방금 구가 진동하면서 희미하게 빛을 내뿜었고, 둘로 분열하기 전의 신호일지 모른다고 말했다. 정 형제는 대답 대신 엉뚱한 말을 했다.

"자네 얼굴이 창백하네, 나하고 교대하고 들어가서 쉬어."

"저 아직 교대 시간 안 됐는데요."

"괜찮으니 먼저 가. 안색이 너무 안 좋아. 지쳤나 본데 교실에서 편하게 쉬어."

정 형제의 말에 남자는 물었다.

"만약 구가 둘로 늘어나면 어떡합니까? 대책이 있나요? 여기 있는 사람 모두 위험해지는데 그땐 어떻게 하실 겁니까?"

"둘로 늘어나면 두 팀이 구를 둘러싸면 되지."

정 형제가 대답했다.

"하지만 지금 있는 사람들로는 수가 모자라지 않습니까?"

"아니, 할 수 있어."

정 형제는 남자의 어깨를 부드럽게 두들겼다.

"버스가 돌아오는 시간이 늦어져서 사람들이 걱정이 많아.

사람들이 본관 교실에 모여서 기도하고 있는데, 자네도 가서 할 텐가? 우리는 어려울 때마다 기도했어. 기도는 말세에도 살아남을 수 있도록 우리를 이끈 힘이지."

*

남자는 오늘 하루 종일 담배를 피웠던 그 벤치에 앉아 다시 담배를 피웠다. 그는 바닥에 침을 뱉다가, 낮에 버린 꽁초가 모두 치워진 것을 깨닫고 기가 막혔다. 이 사람들은 이런 상황에서까지 청소를 하나?

본관 건물에서 사람들이 웃는 소리가 들려왔다. 이어서 찬송가가 울려 퍼졌는데, 이런 상황에 모여서 기도만 하는 그들이 이해가 가지 않았다. 그는 버스를 타고 간 아주머니의 말이 새삼스럽게 떠올랐다.

'이 사람들 이상해.'

그는 담배를 비벼 끈 다음 건물로 들어갔고, 사람들이 둥글게 모여 앉아 기도하는 첫 번째 교실을 지나쳤다. 사람들은 남자를 돌아보지 않았다. 아무도 없는 두 번째 교실을 지나 그의 잠자리가 있는 세 번째 교실로 들어가려던 차였다.

문득 어제 복도 너머에서 본 어린아이의 눈빛이 떠올랐다. 아이를 본 곳이 바로 교장실이었다. 정 형제가 했던 말, 강씨가 교장실 주변을 오갔다는 말도 떠올랐다.

그리고 남자는 모두가 기도하거나 구 앞에 묶여 있는 지금 이 사람들의 눈치를 보지 않고 학교 안을 다닐 수 있는 시간임을 깨달았다.

그는 잠시 망설이다가 교장실 쪽으로 걷기 시작했다. 그쪽 복도는 불이 꺼져 있어서 유난히 을씨년스러웠다. 교실의 사람들은 다시 찬송가를 부르기 시작했다. 교장실 손잡이를 돌려보니 문이 열리지 않았다. 문틈 사이로는 불빛도 없었다. 창문을 들여다보았으나 블라인드가 내려져 있었다. 어제는 블라인드가 없었고 그곳에 있는 누군가와 눈이 마주쳤었다.

이제 어떻게 할까, 남자가 복도를 서성이고 있을 때였다. 교장실 안쪽에서 문을 향해 다가오는 발소리가 들렸다.

남자가 소리에 귀를 기울이려는 찰나 딸깍 소리와 함께 문이 열렸다. 발소리는 다시 문에서 멀어졌다.

남자는 안으로 들어갔다. 맞은편 책상과 의자에는 아무도 앉아 있지 않았다. 책상 왼쪽으로는 쌀과 라면이 쌓여 있었다. 남자는 강씨가 교장실 주변을 어슬렁거렸던 게 음식을 훔치려던 것이었을까 추측해 보았다. 그리고 책상 앞에 놓인 가죽 소파로 시선을 돌렸다가, 그 위에 누워 있는 사람과 눈이 마주치고는 소스라치게 놀랐다.

초등학교 2, 3학년이나 됐을까 싶은 어린 여자아이가 분홍색 얇은 이불을 덮은 채 얼굴만 내놓고 그를 올려다보고 있었다. 어젯밤 본 어린아이였다. 사람들은 왜 아이가 있다는 사실을 남자에게 말하지 않았을까?

"너는 누구니?"

남자는 아이에게 물었다가, 아이의 얼굴이 낯익다고 생각하고 질문을 바꿨다.

"이영희 형제님이 네 어머니시니?"

아이는 고개를 끄덕였다. 아이는 남자를 빤히 바라보았는데, 눈빛에는 어린아이답지 않은 이상한 구석이 있었다. 남자는 그렇게 강한 눈빛을 가진 어린아이를 본 건 처음이었다. 아이는 머리를 묶은 분홍색 끈을 만지작거렸다.

남자는 물었다.

"아버지는 어디 계셔?"

"아빠는 회사에 일이 많아서 거기 있어."

"어머니랑 너만 학교에 왔니?"

"응."

"너 원래 이 학교에 다녔니?"

"응."

"여기 계속 혼자 있었어?"

"응."

"얼마나?"

160

"3일 전부터."

"왜 혼자 있어? 어른들이 가둬놨어?"

"아니."

"그러면 왜 혼자 있어?"

"여기 있으라고 엄마가 그래서."

"엄마가 왜 그랬니? 밖에 나가면 위험하니까?"

"아니."

"아니면 왜?"

"여기서 꿈을 꾸라고 그랬어."

"무슨 꿈을 꾸는데?"

"천사가 나오는 꿈."

아이는 이불을 걷고 일어났다. 파자마를 단정하게 챙겨 입은 아이는 남자를 향해 똑바로 앉더니 천천히 이야기를 시작했다. 이미 여러 번 해본 것처럼 거리낌 없는 태도였다.

"꿈을 꿨어요. 커다랗고 시커먼 공이 하늘을 날아서 왔어요. 너무 무서워서 막 울었는데, 꿈에서 깼거든요. 다음 날도, 그리고 그다음 날도 똑같은 꿈을 꿨어요. 아빠가 약도 사 왔는데 매일 같은 꿈을 꿔서, 엄마랑 같이 교회에 가서 선생님이랑 이야기도 했어요. 또 꿈을 꿨는데, 까만 공이 날아와서, 나는 친구들이랑 놀이터에서 줄넘기하고 있었어요. 나는 엄마를 불렀는데, 엄마랑 아빠는 회사에 있어서, 결국 엄마 아빠는 못 왔고요, 공이 친구들을 꿀꺽 삼키는 거예요. 그러니깐 친구들도 울고요. 공이 나도 삼킬 거 같았어요. 결국 공이 친구들을 다 삼켰어요. 그리고 나한테 왔는데, 나는 막 뛰었거든요. 진짜, 진짜, 진짜, 빨리 뛰었는데 아무리 뛰어도 끝이 없어요. 그런데 천사가 나타났어요."

"천사가?"

"응. 천사가 하늘에서 내려왔어요. 아주 예쁜 여자 천사가 커다란 날개를 달고, 하얀 날개였는데 크고 눈이 부셨어요, 나를 학교로 데려갔어요. 나를 안고 날아서, 막 하늘을 날아서, 학교로 갔어요. 천사가 나한테 걱정하지 말라고 그랬어요. 학교 문을 막았어요. 그러니깐 까만 공이 못 들어오고 도망갔어요. 그래서 안전했어요. 그리고 꿈에서 깼어요."

사람들이 학교가 안전한 곳이라고 철석같이 믿는 것은 이 형제가 구를 붙잡는 방법을 알아내서가 아니었다. 꼬마의 꿈이 예언이라고 믿기 때문이었다. 아이의 꿈에 천사가 나타나 아이를 학교로 데리고 온 것을 학교가 검은 구로부터 안전한 곳이라는 계시로 생각한 것이다. 실제로 그들은 학교에서 안전하게 지냈다. 신앙심이 없는 남자가 듣기에도 그럴듯한 이야기니까, 당연히 그들에는 예언처럼 들렸을 것이다.

남자가 말했다.

"다른 사람들도 네 꿈 이야기를 알아?"

"응. 하느님이 천사를 보내서 나한테 알려준 거라고 그랬
어."

"누가 그래?"

"선생님이."

"여기 있는 사람은 다 최 선생님 말을 믿고 있니?"

"응."

그들은 학교를 절대로 떠나지 않을 것이다. 버스가 돌아오
지 않더라도, 구가 둘로 늘어나더라도, 검은 구 문제가 해결
돼서 사회가 정상으로 돌아오더라도 떠나지 않을 것이다. 왜
냐하면 학교는 선택받은 장소니까.

이제 나는 어떻게 해야 할까? 남자는 생각하다가, 아이에
게 말했다.

"꼬마야, 너 아저씨랑 같이 도망갈래? 너 먹고 싶다는 것 다
주고 갖고 싶은 것도 다 줄게. 너는 한 가지 일만 하면 돼. 아
저씨가 잘 때 검은 구가 오는지 안 오는지 망만 보면 돼. 어
때? 아저씨랑 같이 갈래?"

아이는 빤히 남자를 올려다보았다. 무슨 말인가를 생각하
고 있었다. 생각이 목구멍을 통해 아이의 입 밖으로 나오는
데는 시간이 걸렸다. 이윽고 아이는 또박또박 대답했다.

"겁쟁이."

대답을 들은 남자는 겁에 질려서 뒤도 돌아보지 않고 교장

실을 나왔다. 교실로 들어가서 가방을 가지고 그대로 건물을 나왔을 때, 입구에서 정 형제와 마주쳤다.

"자네 가방은 왜 메고 있어?"

정 형제는 다른 사람과 교대한 후 세수를 하고 왔는지 목에 수건을 두르고 있었다. 남자가 대답하지 않자 정 형제가 재차 물었다.

"어디 가?"

남자는 대답했다.

"이곳은 위험합니다."

"구가 진동하는 것 때문에 그래? 둘로 늘어나도 괜찮아. 여기 사람들로도 두 개는 붙잡아 둘 수 있어."

"셋으로, 아니, 넷으로 다섯으로 계속 늘어나면요? 버스를 타고 다 같이 남쪽으로 내려가야 합니다. 지금 당장 남쪽에서 다른 사람들을 만나야 해요."

"남쪽으로 가도 사람이 있을지는 모르고 다른 사람들을 만나도 안전하다는 보장은 없어."

"하지만……."

두 사람의 대화는 누군가 복도를 걸어오는 소리와 함께 끊겼다. 최 선생이 여자아이의 손을 잡고 있었다. 아이는 남자를 손으로 가리켰다.

"저 아저씨랑 이야기했어."

남자가 뒷걸음질 치자 최 선생은 그를 향해 손을 저었다.

"놀라지 마요, 해치려는 게 아니에요. 아이를 숨겨두고 있던 건 다른 이유가 있어요. 정수 씨가 아이와 이야기했다고 해서 해치지 않을 겁니다."

남자는 겁에 질려 버럭 소리쳤다.

"당신들 다 미쳤어! 당신들은 검은 구가 사람을 끌어들이는 걸 보기나 했어? 그게 얼마나 끔찍한 광경인지 알아? 봤다면 이렇게 태평하게 기도나 하고 있진 않을 거야. 지금 당신들은 천사한테 계시를 받았다고 생각하나 본데 그거 다 착각이야! 왜냐하면⋯⋯."

왜냐하면, 남자는 구를 목격한 최초의 사람이었다. 검은 구가 말세도 하느님의 심판도 아닌 그저 이해 불가한 공포의 덩어리임을 알고 있었다. 하지만 남자는 자신이 최초로 구를 목격한 사람이라는 말을 꺼내지 못했다.

더는 말을 잇지 못하고 입술만 달싹이는 남자에게 최 선생이 말했다.

"하느님이 우리를 지켜주실 겁니다."

그때 학교 뒤편에서 사람들이 비명을 질렀다. 놀라서 지르는 비명과, 최 선생과 정 형제를 찾는 외침과, 조심하라는 경고의 말이 동시에 터졌다. 세 사람은 학교 뒤편으로 달려갔고, 그들이 도착했을 때 검은 구가 둘로 늘어나고 있었다.

윙 소리를 내며 진동하고 표면에서 약하게 흰빛을 내뿜는 하나에서, 새로운 다른 하나가 빠져나왔다. 구 주변에 앉은 사람들은 사방으로 흩어졌다. 둘로 늘어난 구는 잠시 멈칫하다가, 가장 가까이 있는 사람에게로 이동했다. 남자 역시 뛰기 시작했다. 먼저 뛰어간 다른 사람들을 앞질러 운동장으로 나왔다. 막 본관 건물 입구를 지나갈 때, 홀로 남은 여자아이가 복도를 걸어가는 것을 보았다.

남자가 외쳤다.

"그쪽으로 가면 안 돼!"

아이는 그를 돌아보았다.

"꼬마야! 밖으로 나와! 위험해! 밖으로 나오라니까!"

"겁쟁이."

아이는 말했다.

그리고 복도 벽에서 튀어나온 구가 아이에게 닿았고, 아이는 그대로 흡수되었다. 구가 방향을 바꿔 복도 벽 속으로 사라지자, 세 번째 교실에서 아직도 기도하고 있던 사람들이 비명을 지르며 건물 밖으로 뛰어나왔다.

남자는 운동장으로 내려왔다. 두 개의 구는 건물을 통과해 운동장으로 천천히 내려왔다. 그것들은 운동장에서 우왕좌왕하는 사람들을 향해 불규칙적으로 움직였다.

정 형제가 소리 질렀다.

"연습한 대로 하면 돼! 손을 잡고 한 줄로 서서 구를 둘러싸면 돼!"

정 형제와 최 선생이 사람들을 통제했으나, 두 개의 구를 동시에 둘러싸는 일은 쉽지 않았다. 손을 잡고 포위하려는 사람과, 구를 피하려는 사람과, 계속해서 방향을 움직이는 두 개의 구 때문에 운동장은 혼란스러웠다. 남자는 운동장을 가로질러 교문으로 달려갔다. 그리고 잠긴 교문을 열기 위해 미친 듯이 흔들었다.

"한 명 더 필요해!"

누군가 소리쳤지만 남자는 돌아보지 않았다. 아무리 걷어차도 교문이 열리지 않아 남자는 교문을 타고 넘기 시작했다.

그동안 운동장의 사람들은 한 개의 구를 둘러싸서 붙잡는 데 성공했다. 하지만 사람 수가 부족해 나머지 하나를 붙잡지 못하고 우왕좌왕하고 있었다. 그들은 남자에게 도와달라고 외쳤다. 그가 운동장을 돌아보는 순간 사람들이 소리쳤다.

"조심해!"

고개를 돌린 남자는 놀라서 발을 헛디디고 운동장으로 떨어졌다. 검은 구가 교문으로 다가오고 있었다. 새로운 구가 어느새 교문까지 다가온 것을, 남자는 운동장의 구를 보느라 미처 알아차리지 못했던 것이다. 남자는 바닥을 굴러서 아슬아슬하게 구를 피했고, 구는 천천히 그러나 끈질기게 그를 향해 다가왔다. 남자는 운동장으로 도망갔다. 구는 남자와 거리가 멀어지자 운동장의 다른 사람들을 향해 방향을 바꿨다.

"도와줘요!"

사람들이 외쳤다. 움직이는 두 개의 구를 정 형제가 유도하는 동안 다른 사람들은 손을 잡고 구를 둘러싸서 막으려 했다. 하지만 사람 수가 모자랐다. 두 개의 구가 자신에게서 멀어지자, 남자는 다시 교문으로 달려갔다. 그가 막 교문을 넘어 밖으로 나가려고 할 때, 사람들의 고함이 커졌다.

"가면 안 돼! 도와줘! 제발! 이쪽을 도와줘요!"

하지만 남자는 학교를 나왔다. 마지막으로 돌아보았을 때 사람들은 두 개의 구를 결국 붙잡지 못했다. 붙잡았던 나머지 하나마저 놓치고 우왕좌왕하고 있었다. 사람들의 고함이 비명으로 바뀌었고, 그다음에는 더 이상 아무 소리도 들리지 않았다.

학교를 나온 남자는 달리고 또 달렸다. 가로등이 어디에도 켜져 있지 않은 어두운 도로를, 방해하는 차도 사람도 없는 길을 남자는 뛰고 또 뛰었다.

10
공터

 핸드폰이 울리고, 8분 동안 잠들었던 남자는 잠에서 깼다. 그는 공터 가운데 세워놓은 스쿠터에 상체를 기대고 땅바닥에 앉아 있었다. 매미 우는 소리가 멀리서 들렸는데, 그것이 진짜 매미 소리인지 혹은 환청인지 궁금했다. 그는 며칠 동안 어떤 동물도 보지 못했다.

 공터는 근방에서 가장 시야가 트인 곳이었다. 땅에는 들풀과 붉은 흙만이 있었고, 주변에 짓다가 만 건물이 둥그렇게 둘러싸고 있었다. 공터 중앙에서 주변의 건물까지 검은 구가 움직이는 속도로 8분이 걸렸다. 공터 주변에서 구가 나타난다고 해도 최소 8분은 안전했다.

 남자는 8분마다 핸드폰이 울리도록 알람을 설정하고 조금씩 잠을 잤다. 스쿠터에 등을 기대고 쭈그리고 앉은 채 자다가 8분 후 핸드폰이 울리면 잠에서 깼고, 주변을 둘러보고 구가 없으면 다시 8분 동안 잠이 들었다. 8분 동안의 짧은 잠 속에서 꿈을 꾸다 보면 핸드폰은 어김없이 알람을 울렸다.

8분 후 그는 일어나 사방을 둘러보았다. 멀리 다가오는 검은 구가 보였다. 아지랑이 속 검은 구는 아직 작게 보였지만 8분만 지나면 2미터의 거대한 구가 되어 그를 흡수하려 할 것이다.

그는 스쿠터에 올라타 시동을 걸었다. 잠에서 깨지 않은 몸이 잠시 비틀거렸다. 남자는 스쿠터를 몰고 천천히 공터를 빠져나갔다. 검은 구는 순식간에 멀어졌고 이제 남자의 눈에 보이지 않았다. 구는 그가 스쿠터를 타고 도망갈 때마다 그렇게 느리게 움직일 수가 없었다. 하지만 한 번도 추적을 멈춘 적이 없었으며, 느릴지언정 절대로 포기하지 않고 끈질기게 남자를 따라왔다.

*

남자는 빵집 안에서 먹을 것을 찾고 있었다. 그는 냉장고에 진열된 모카초코케이크를 유심히 살펴보았다. 케이크를 맨손으로 한 움큼 집어 씹은 다음 다시 한 움큼을 먹었다. 최근 그는 단 음식에 끌렸는데 평소 단것을 좋아하지 않던 그로서는 이상한 일이었다. 냉장고에서 우유도 꺼내 벌컥벌컥 마셨다. 이미 담배와 통조림과 라면과 생수병으로 가방이 꽉 찼는데도, 남자는 진열장에서 꺼낸 빵을 강박적으로 가방에 쑤셔 넣었다.

빵집을 나와 건물 벽에 비죽이 나와 있는 수도꼭지 앞에 쭈그리고 앉아 얼굴과 손을 씻었다. 옆에 대걸레가 놓인 것으로 봐서는 청소할 때 쓰던 수도꼭지 같았다. 햇볕에 그을린 팔이 새카맸다. 얼굴이나 목도 그럴 것이라는 생각을 하며 남자는 괜히 손으로 얼굴을 쓰다듬었다. 한동안 바닥에 떨어지는 물소리를 멍하니 듣고 있다가 천천히 수도꼭지를 잠갔다.

바로 옆의 전자제품 대리점 앞으로 다가가 안을 들여다보았다. 쇼윈도에 놓인 텔레비전 화면이 켜져 있었다. 여전히 방송국에서 뉴스를 송출 중이었다. 그러나 내용은 며칠 동안 바뀌지 않았다. 푸른 화면에 흰 글씨로 이렇게 씌어 있었다.

수도권은 통제가 불가능한 혼란스러운 상황입니다. 남쪽으로 대피하시기 바랍니다.

현재 800여 개의 구가 전 세계에서 목격되고 있습니다. 정부는 시민에게 다음과 같이 권장합니다.

홀로 이동하는 것은 극히 위험합니다. 4, 5명이 조를 이뤄 협동하면서 이동하십시오. 수도권은 치안이 마비되어 혼란스러우므로 주의하십시오.

　절대로 한 장소에 머물지 말고 자동차를 이용해 기동성을 확보한 후 지속적으로 이동하십시오.

　선박을 이용해 외국으로 이동하는 일은 극히 위험하니 삼가주십시오. 검은 구는 물 위로도 이동합니다.

　남쪽으로 이동한 후 군의 통제에 적극 협조해 주십시오.

　행운을 빕니다.

마지막 문장을 읽을 때마다 남자는 숨이 막히는 것 같았다. 행운을 빈다니, 누가 저런 멍청한 문구를 뉴스에 넣었을까? 정부가 시민의 생명을 지켜주지는 못할망정 행운을 빈다고?

　남자는 대리점으로 들어갔다. 지난밤 그가 손잡이를 부수어 연 문은 바람이 불 때마다 삐걱 소리를 내며 흔들렸다. 텔레비전으로 다가가 이것저것 눌러보았으나 모든 채널에서는 그가 지겹게 본 파란 화면만 나올 뿐이었다.

　라디오를 찾아 주파수를 확인하고 있을 때 대리점 벽을 통과해 검은 구가 나타났다. 그는 빠른 걸음으로 대리점을 빠져나왔다. 하지만 뛰지는 않았다. 중요한 것은 끈기였다. 구를 피해 끊임없이 움직이려면 체력을 아껴야 했다.

　그가 지쳐 쓰러지면 구는 그대로 그를 삼킬 것이다. 마치 사막을 걷는 여행자가 지쳐 쓰러지기를 기다리며 하늘을 맴도는 대머리독수리처럼 말이다. 남자는 스쿠터에 올라탔고, 서둘러 도로를 달렸다. 느린 속도로 따라오던 검은 구는 곧 시야에서 사라졌다.

*

남자는 산과 도로를 멍하니 바라보았다. 산 위로 열댓 개의 구가 능선을 따라 이동하거나, 산에서 불쑥 튀어나왔다가 다시 산속으로 사라지거나, 아니면 산 위를 천천히 맴돌았다. 그 밑의 도로는 도시를 빠져나가려던 사람들이 버리고 간 자동차로 완전히 막혀 있었다.

막힌 도로와 산 위의 구 때문에 차 사이로 걸어서 도시를 빠져나가거나 산을 넘어갈 수는 없었다. 구가 아무리 느리게 움직인다고 해도 여러 개가 한꺼번에 다가온다면 피할 방법이 없었다.

그는 차를 버리고 떠난 사람들에게 어떤 일이 일어났을까 생각했다. 군의 통제에 따라 도시를 빠져나가라는 방송을 듣고 사람들이 일제히 남쪽으로 몰려갔을까? 그러다 결국 막힌 도로 위에서 우왕좌왕하다가 산 너머에서 나타난 구를 보고 공포에 질렸을까? 남자는 사람들이 일제히 비명을 지르며 차를 버리고 도망가는 모습을 상상했다. 부모님도 그 무리에 있었을까?

생각에 잠긴 남자를 향해 산에 있는 검은 구가 서서히 다가왔고, 도로의 자동차 사이를 오가던 검은 구도 남자를 향해 움직였다. 남자는 스쿠터에 시동을 걸었다.

*

남자는 8차선 도로 한가운데 도착했다. 그곳은 남자가 잠을 청하는 두 번째 장소였다. 도로의 양쪽에는 공원이 있었고 그 너머는 쇼핑가였다. 그곳에서는 구가 나타나더라도 도로의 중심인 그에게 다가오기까지 6분의 여유가 있었다.

검은 구는 보이지 않았다.

남자는 1분의 여유 시간을 뺀 5분마다 핸드폰이 울리도록 시간을 맞춘 다음 스쿠터에 등을 기대고 앉았다.

피곤했는데도 바로 잠이 오지 않았다. 도로에는 끈이 풀어져 바닥에 떨어진 플래카드가 바람이 불 때마다 펄럭였다. 쓰레기통이 뒤집힌 채 굴러다녔다. 길에는 옷가지와 신발이 버려져 있었다. 그의 눈에 가장 거슬리는 건 도로 주변에 쓰러진 전봇대들이었다. 허리가 부러진 전봇대 몇 대가 굵은 전깃줄을 주변에 온통 흘러놓았다.

남자는 밤이 두려웠다. 밤이 오면 도시는 조명 하나 없는 컴

컴한 암흑 속에 잠겼다. 그렇다고 그가 도시를 돌아다니며 모든 건물에 불을 켤 수도 없었다. 그런 생각을 하면 남자는 숨이 막힐 것 같았다.

그는 해가 천천히 지는 도시를 향해 소리쳤다.

"아무도 없어요?"

대답이 없었다.

"사람 살려!"

여전히 대답이 없었다.

남자는 다시 자리에 앉았고 이번에는 곧 잠이 들었다. 그리고 5분마다 깨어 주변을 둘러보고, 다시 잠이 들었다. 어디선가 매미 소리가 들렸는데, 남자는 그것이 진짜 매미 소리인지 환청인지 끝내 구분할 수 없었다.

11
강도

　도시의 서쪽으로 가자 검은 구의 수가 줄어들었다. 아마도 서쪽에 사람이 없기 때문에 구도 없는 것 같았다. 남자는 그런 생각을 할 때마다 소름이 돋았다. 그렇다면 구는 사람을 따라 남쪽으로 내려갔을까? 텔레비전 속의 조언대로 네다섯 명씩 무리를 지은 사람들이, 뒤를 따라오는 수많은 구를 피해 도망치다가 결국 하나둘 구에 삼켜지는 모습을 남자는 상상했다. 그동안 자신은 후방에 남겨져 도시를 홀로 떠돌고 있다고 생각하니 무서웠다.

　도시를 걷다가, 그는 대문이 활짝 열려 있는 가정집을 마주치고 걸음을 멈췄다. 대부분 집은 문도 창문도 다 잠겨 있는데 문이 열려 있다니 이상했다. 문을 살펴보니 잠겨 있던 손잡이를 부수고 억지로 연 것 같았다. 혹시 안에 사람이 있을까? 남자는 스쿠터를 집 앞에 세워놓은 다음 대문을 지나 마당으로 들어갔다. 대단한 부자가 아니라면 짓지 못할 근사한 전원주택이었다. 안으로 들어가니 인테리어도 화려했다. 최근까지 사람이 머문 흔적이 구석구석에 있어서, 남자는 집을 유심히 살펴보았다.

거실은 신발을 벗지 않고 돌아다닌 발자국으로 어지러웠고, 소파도 쿠션이 다 흩어져 있었다. 부엌에는 먹다 남은 음식 쓰레기가 있었다. 싱크대 수도꼭지를 틀어보니 물이 나왔다. 수도는 끊어지지 않았으나 전기가 들어오지 않았다. 냉장고를 열어보니 안의 음식이 부패해 있었다. 그는 위층으로 올라가 아무도 없는 것을 확인하고 다시 거실로 내려왔다.

남은 음식과 거실의 발자국 개수로 봐서는 서너 명의 남자가 머물다가 얼마 전 떠난 것 같았다. 남자는 그들이 왜 이 집을 선택했는지도 알 것 같았다. 집의 앞뒤로 큰 유리창이 있어서 근방이 훤히 보였다. 소파에 앉으면 창문을 통해서 검은 구가 오는지 살필 수 있었다.

한동안 앉아 있었는데 검은 구는 보이지 않았다. 그는 가방의 음식을 꺼내 거실에 앉아서 편하게 식사했다. 그동안에도 구는 보이지 않았고, 긴장이 풀린 남자는 샤워하기로 마음먹었다. 욕실에 들어가 샤워기를 틀자 차가운 물이 쏟아졌다. 남자는 보디워시의 거품을 몸에 천천히 문질렀다. 땀과 먼지로 더러워진 피부를 씻으며 그는 여기서 자고 갈지, 아니면 잠시만 쉬었다가 계속 서쪽으로 이동해 도시 밖으로 나갈지를 고민했다. 도시를 떠나면 안전한 곳으로 갈 수 있을까? 이곳처럼 구는 없지만, 사람들이 안전하게 모여 있는, 그리고 부모의 행방도 알 수 있는 장소로 갈 수 있을까?

생각에 골몰해 있던 나머지 그는 누군가 욕실 문을 열고 한참이나 그를 바라보고 있었다는 것을 뒤늦게 알아챘다.

"누, 누구세요?"

웬 남자가 그를 물끄러미 바라보았다. 낯선 남자는 문에 기대선 채 손에 든 물건으로 욕실 밖의 벽을 툭툭 쳤는데, 벽 너머의 그것이 뭔지는 보이지 않았다. '붉은악마' 티셔츠를, 그것도 몸에 맞지 않는 지나치게 큰 사이즈를 입고 있었다. 낯선 남자는 눈이 마주쳤는데도 별다른 반응을 보이지 않고 그가 샤워하는 모습을 빤히 보기만 했다.

그는 당황해서 되물었다.

"이 집 주인이십니까?"

붉은악마는 대답이 없었다.

"아니면 이 집에서 잠시 머무시는 겁니까?"

낯선 남자는 여전히 대답 없이 손에 들고 있는 무언가로 벽을 툭툭 치기만 했다.

"만나서 반갑습니다, 도움이 필요해요. 지금 홀로 움직이고 있는데, 그래서 같이 다닐 사람을 찾고 있었어요. 이렇게 만나서 다행이에요. 욕실 문 좀 닫아주시겠어요? 조금 있다가 나갈 테니 자세한 이야기는 그때……"

"나와."

"네?"

"밖으로 나오라고."

"저 지금 씻는 중인데요."

붉은악마는 욕실로 들어오면서, 지금까지 벽을 툭툭 치던 그 물건을 남자를 향해 들이밀었다.

"나오라니까."

그건 총이었다.

남자는 알몸 그대로 물방울과 거품을 뚝뚝 떨어뜨리며 욕실을 나왔다. 그는 남자에게 거실 한가운데에 손을 머리에 얹고 꿇어앉으라고 명령했다. 남자가 그렇게 하자 총 끝으로 등을 쿡쿡 찌르면서 금방이라도 쏠 것처럼 굴었다.

그리고 새로운 사람이 거실로 들어왔다. 키가 크고 비쩍 마른, 특히 얼굴에 살이 없는 사람이었다. 그는 남자에게 다가와서는 남자를 내려다보았는데, 손에는 경찰이 쓰는 권총이 들려 있었다.

"이건 또 뭐야?"

"화장실에서 씻고 있더라."

붉은악마가 대답하자 마른 얼굴이 껄껄 웃었다.

"미끼가 제 발로 걸어 들어왔네."

남자가 고개를 들어 마른 얼굴을 올려다보자, 붉은악마가 들고 있던 소총의 개머리판이 남자의 머리로 날아왔다.

"뭘 쳐다봐, 씨발놈아."

남자는 바닥에 쓰러졌다. 그가 고통으로 지끈거리는 머리를 붙잡은 채 움직이지 못하는 동안, 마른 얼굴이 긴 천으로 남자의 손을 등 뒤로 돌려 묶었다. 두 사람은 남자의 옷과 가방을 뒤졌다. 마른 얼굴은 남자가 가방에 모아온 식량과 옷과 기타 물건을 바닥에 쏟아놓았고, 붉은악마는 남자의 바지 주머니에서 지갑을 꺼냈다.

그때쯤에야 남자는 고통에서 벗어나 몸을 추슬러 일어나 앉았다.

붉은악마가 말했다.

"주민등록증이 있네. 이름 김정수, 나이는 서른둘, 집은 서울에 있네. 명함에는 뭐가 있나? 직책은 대리…… 차 키도 있고…… 신용카드도 좋은 거 쓰네. 돈 많이 버나 봐? 돈이 많으면 뭐 하나 당장 죽게 생겼는데."

지갑을 던진 붉은악마는 다시 바지를 뒤졌고, 남자가 호신용으로 뒷주머니에 넣고 다녔던 칼을 꺼냈다. 붉은악마는 칼을 살펴보더니 피식 웃고는 남자의 소지품 사이로 던졌다.

남자는 샤워할 때 칼이라도 챙겨놨다면 이런 꼴이 되지는 않았으리라고 생각했다. 아니, 애초에 도둑이 뒤진 흔적 있는 집에 머문 것 자체가 위험한 일이었다. 그들이 다시 돌아올 수도 있지 않은가. 하지만 너무 늦은 깨달음이었다.

"넌 뭔데 홀랑 벗고 있어?"

세 번째 사람이 거실로 들어왔다. 알이 두꺼운 안경을 쓴 남자였다. 그는 남자의 얼굴을 잡더니 자신 쪽으로 돌렸다.

"너는 이름이 뭐냐?"

남자는 샴푸 거품이 눈으로 들어와 따가웠고, 개머리판에 맞은 머리도 지끈지끈 아프다가 붓고 있었다. 남자의 이름은 붉은악마가 알고 있었지만, 남자를 위해 대신 대답할 것 같지는 않았다. 남자는 안경에게 천천히 대답했다.

"김정수입니다."

"어디 살아?"

"서울 ○○동에 삽니다."

"여긴 왜 왔어?"

"부모님이 이 도시에 사시는데, 구가 나타난 이후로 연락이 안 돼서 부모님 찾으러 왔습니다."

"여기 사람들은 다 ○○○으로 갔어. 몰라?"

"네?"

안경의 대답을 듣고, 남자는 눈을 번쩍 떴다. 잠시 공포마

저 잊었다. 안경은 남자의 얼굴을 놓았다. 안경의 손에서는 총에서 나는 기름과 쇠 냄새가 났다. 안경과 붉은악마와 마른 얼굴은 나란히 소파에 앉았고, 그들 앞에는 남자의 가방과 소지품과 옷이 널브러져 있었다. 안경은 주머니에서 권총을 꺼내서는 남자를 향해 겨눴다.

"정부에서 도시 사람을 모두 내보냈어. 몰랐냐? 도시를 비운 다음에 검은 구를 끌고 와서 군사 무기로 쓸 방법을 연구하려고 그랬는데, 숫자가 예상보다 빠르게 늘어나서 정부도 포기했어. 도시에는 우리밖에 없어. 집 안에 숨어 있는 사람도 있었지만, 우리가 다 찾아내서 죽였지. 너처럼 도시로 일부러 기어들어 온 놈은 처음 본다."

머릿속에 여러 의문이 한꺼번에 맴돌았다. 그래서 군인이 도시를 통제했던 것일까? 그가 도시로 진입했을 때는 군인들마저 도망가고 난 후였을까? 하지만 이들은 정보를 어떻게 알았지? 이런 뉴스는 텔레비전이나 라디오에도 나오지 않았다. 학교에 남은 사람들도 분명히 몰랐다. 부모님은 도시를 빠져나갔을까? 나가지 못하고 이들에게 살해당했을까? 그러지는 않았을 것이다. 부모님 집에 차가 없는 걸 보면 차를 타고 나갔을 것이다. 그러면 부모님은 지금 ○○○에 있을까?

"너 운동했냐?"

안경의 느닷없는 질문에 그가 되물었다.

"네?"

"너 운동하느냐고."

"취미로 유도를 했습니다."

"체격이 좋네."

세 사람은 이제 남자의 알몸을 훑어보고 있었다. 붉은악마가 그의 다리 사이를 손가락으로 가리켰다.

"저것 봐. 꽤 크다? 애인이 좋아하겠다."

다리를 오므려서 자세를 고쳐 앉는 남자를, 세 사람은 킬킬대며 비웃었다.

"아무리 돈이 많고 몸이 좋아도 무슨 소용이야, 우리한테 죽게 생겼는데. 이제 애인도 가족도 못 보게 됐으니 슬프지? 하지만 멍청하게 도시로 들어온 네 잘못이다. 그것도 우리가 있는 집에 알아서 들어와서 옷까지 홀랑 벗고 대기하고 있는데 우리가 죽이지 않으면 어쩌겠어, 안 그래?"

이들은 도시를 돌아다니며 집을 털고 방해되는 사람은 죽이는 강도였다. 학교에서 들었던 총소리가 이들이 낸 소리였을까? 붉은악마와 안경은 남자의 소지품 중에 내다 버릴 것을 골라내기 시작했는데, 분류가 끝나면 바로 죽이는 것은 아닌가 싶어 남자는 몸이 덜덜 떨렸다.

안경이 말했다.

"쓸 만한 건 하나도 없네. 너도 참 쓸데없다."

남자는 다급히 대답했다.

"부모님 집에 돈이 있습니다. 그걸 드리겠습니다. 집도 가까워요. 귀중품도 많이 있고요. 세 분에게 돌아갈 만큼 충분히 있습니다. 그러니 목숨만 살려주세요. 시키는 대로 다 할 테니 제발 살려만 주세요."

"돈은 필요 없어, 이미 모을 만큼 모았으니까. 필요한 건 네 목숨이야."

마른 얼굴이 대답했다. 남자는 지금 일어나 뛰어간다면 얼마나 도망갈 수 있을지 생각했다. 아마 집을 벗어나기도 전에 총알이 등에 박힐 것이다. 남자는 손목을 움직였으나 끈을 워낙 단단히 묶어서 소용없었다. 하지만 이대로 죽을 수는 없지 않은가. 살아날 방법을 생각해 내야 한다.

"야, 신기한 거 보여줄까?"

붉은악마가 갑자기 신이 나서 소리쳤다. 그는 소파 뒤쪽을 손으로 더듬더니 그곳에 숨겨놓은 장검을 꺼냈다. 1미터가 훨씬 넘는 길이에 칼집에 화려한 조각이 있는 것이, 한국에서 쉽게 볼 수 있는 물건이 아니었다. 소파 뒤에 저런 것이 있었다니 남자는 기가 막혔다.

"여기서 찾은 거야. 이 집 사람들 엄청난 부자더라. 어차피 우리한테 다 죽었지만. 멋지지 않냐?"

붉은악마는 서툰 동작으로 칼집에서 칼을 꺼냈다. 바닥에 떨어진 칼집이 텅텅 소리를 내며 뒹굴었고, 붉은악마는 칼로 남자의 목을 자를 듯이 겨눴다. 칼날이 목에 가까워지며 차가운 쇠가 피부에 닿았다가 다시 떨어졌다. 남자는 그때마다 눈앞이 아득해지는 현기증을 느꼈다. 그들은 붉은악마가 칼로 목을 건드릴 때마다 남자가 벌벌 떠는 모습이 재밌는지 낄낄대며 그 광경을 지켜보았다.

붉은악마는 칼을 휘두르며 말했다.

"한칼에 목을 베고 싶어. 잘린 목에서 피가 파파파팍 솟을 텐데. 어때요, 김정수 씨, 목 한번 잘려보시겠습니까?"

"제발 살려주세요."

붉은악마가 마음을 먹는다면 남자의 목은 그대로 잘릴 것이다. 그러면 남자의 생명도, 소중한 삶도, 그의 존재 자체가 사라지는 것이다.

순간 남자는 놀이터에 묶여 있던 아주머니가 떠올랐다. 이 강도들이 가족을 죽이고 아주머니를 묶은 것 아닐까? 남자는 왜 아주머니를 풀어주기만 하고 더 이상 돕지 않았을까 생각했다. 만약 그때 아주머니를 끝까지 도왔다면 남자도 강도에 대해 알게 되지 않았을까? 그렇다면 이렇게 어이없이 강도에게 붙잡히지도 않았을 것이다. 그때는 왜 이런 생각을 못 했을까?

붉은악마는 말했다.

"이 새끼는 오줌 안 싸네. 저번 놈은 목을 자르겠다고 하니까 울면서 오줌 지리던데. 그런데 이 새끼 어쩔까? 계속 앉혀놓고 있어야 하나?"

"형님 오시면 어떻게 할지 물어봐야지."

안경이 대답했다.

"어차피 죽이라고 하지 않을까?"

마른 얼굴이 말하자, 안경이 대답했다.

"미끼로 쓰라고 할 거 같은데. 그리고 형님 허락 없이 함부로 사람 죽이면 혼나."

"그러면 일단 둬야겠네."

칼을 다시 칼집에 집어넣은 다음, 붉은악마는 남자를 향해 말했다.

"야, 우리가 무슨 일을 하는지 궁금하지? 어차피 곧 죽을 테니까 가르쳐줄까?"

"살려주세요. 시키는 대로 다 하겠습니다. 하라는 대로 다 할 테니 목숨만 살려주세요."

"이봐요 김정수 씨, 이상하지 않아? 이 집에는 구가 안 오잖아. 이상하지? 그게 왜 그러냐면, 검은 구는 물을 못 건너서 그래. 물에 들어가면 가라앉아. 이 집도 앞뒤로 개천이 있어서 구가 못 오는 거야. 그래서 정치인이랑 부자들은 제주도로 도망갔어. 대통령은 일본에 가 있고. 일본에 들어가려면 돈을 엄청나게 줘야 하거든? 그래서 우리가 돈을 모으는 거야. 오늘 저녁에 일본에서 헬리콥터가 오거든. 그걸 타고 떠날 거야. 그거 불러올 돈 모으느라 우리가 고생깨나 했다. 사람을 얼마나 죽였는지 세다가 지쳐서 포기했어."

정말 이상한 말이었다. 이상한 구석이 한두 개가 아니었다. 남자는 얼른 외쳤다.

"검은 구는 물을 건넙니다. 분명히 건너가요. 건너지 않는다면 구가 강남에는 왜 내려왔겠습니까? 그리고 해외에도 구가 있어요. 분명 일본에도 있고요."

"누가 그래?"

"제가 텔레비전에서 봤습니다. 분명히……."

남자가 채 말을 끝내기도 전에, 안경이 다가와서 들고 있던 권총을 남자의 입에 쑤셔 넣었다. 남자는 비명을 질렀고, 그 소리는 총이 틀어막고 있는 목구멍 안에서 메아리쳤다.

"너 구라 치면 총을 아가리 안으로 쏴버린다, 알았어? 우리 엿 먹이려고 거짓말했다간 가만 안 둬."

남자는 고개를 끄덕였다. 권총의 쇠가 입천장을 긁으며 피가 났다. 총구가 혀를 강하게 누르자 욕지기가 치솟았다.

"구가 물을 건너면 왜 이 집에는 안 오겠어? 앞뒤로 개천이 있어서 안 오는 거라고. 아니면 이 집에 구가 안 올 이유가 없잖아. 그걸 설명해 봐. 설명 못 하면 아가리를 찢어서 죽인다."

안경은 권총을 입에서 뺐고, 남자는 욕지기 때문에 격하게 기침했다. 안경은 남자의 따귀를 때리더니 기침하지 말고 조용히 있으라고 윽박질렀다.

"도시에 사람이 없어지면서 구도 사람들을 따라 남쪽으로 내려간 겁니다. 그래서 구가 오지 않는 것처럼 보이는 거고요. 구가 한강을 건너가는 장면이 텔레비전에 나왔습니다. 방송에서도 구가 물을 건너지 못한다는 헛소문을 믿지 말라고 사람들에게 경고했어요. 분명히 들었습니다."

"거짓말 아니지?"

"절대로 아닙니다."

세 사람은 잠시 말이 없었다.

"텔레비전이 되면 저놈 말이 거짓말인지 알 수 있을 텐데. 여긴 전기가 안 들어오잖아."

안경의 말에 마른 얼굴이 대답했다.

"저런 놈 말을 왜 믿어? 형님 말을 믿어야지. 그리고 어차피 형님 오실 때까지는 데리고 있어야 하니까 형님 오시면 말해보지, 뭐. 저놈 말이 거짓이면 그때 죽이면 되는 거고."

붉은악마가 말했다.

"만약 저놈 말이 맞으면 어쩔 거야?"

세 사람은 한동안 말이 없었다. 표정으로 봐서는 분명 남자의 말에 동요하고 있었다. 남자는 입안에서 맴도는 쇠와 기름

맛 때문에, 지끈거리는 머리 때문에, 더위 때문에, 모르는 사람들 앞에서 알몸으로 무릎 꿇고 있어서 느끼는 수치심 때문에, 그리고 언제 죽을지 모른다는 공포 때문에 미칠 것만 같았다.

하지만 정신을 차리지 않으면 당장 총알에 머리가 날아갈 판이었다. 그는 사람의 목숨을 하찮게 여기는 놈들에게 간신히 시간을 얻은 것이다. 그리고 끝까지 기회를 엿봐야 했다.

"이 새끼는 뭐야?"

새로운 사람이 거실에 등장하자 세 사람은 소파에서 일어났다. 가장 나이가 많고 덩치도 컸으며, 특히 왼쪽 뺨을 가로지른 큰 흉터가 굉장한 위압감을 주는 사람이었다. 나머지 세 사람의 태도로 봐서는 아마도 그가 리더 같았다.

붉은악마가 말했다.

"집에 왔더니 이놈이 화장실에서 샤워하고 있지 뭡니까."

흉터는 남자에게 다가와 얼굴을 빤히 들여다보았다.

"야, 꼬마야, 너는 이름이 뭐냐?"

"김정수라고 합니다."

"뭐 하는 놈이야?"

"회사원입니다."

"여기선 뭐 하고 있었어?"

"부모님이 연락이 안 돼서 부모님을 찾으러 왔습니다."

"이게 너희 부모 집이냐?"

"아뇨, 여기는 도시를 빠져나가려다가 잠깐 들어왔습니다."

"여기로 사람을 찾으러 오면 어떡해, 이 도시 사람들은 다
○○○으로 갔어, 몰랐냐?"

"그런 건 저희가 다 이야기했습니다."

붉은악마가 말하고는 뭐가 재밌는지 킬킬 웃었다. 흉터도
그를 따라 웃었다.

"병신 새끼, ○○○으로 갔으면 부모를 만나고 우리는 안
만났을 텐데. 하지만 그랬어도 어차피 죽을 거야. 어차피 한
국에 남은 놈들은 다 죽은 목숨이지. 꼬마야, 차례가 조금 일
찍 왔다고 생각하고 편하게 눈감아라. 우리는 너를 미끼로 쓸
거야. 미끼가 뭔지 알아?"

"모, 모릅니다."

"검은 구는 사람을 한번 잡아먹으면 네 시간 동안은 사람을
안 먹어. 그러니까 우리는 너를 저 밖의 전봇대에 묶어둬서
지나가는 검은 구가 잡아먹도록 할 거야. 그러면 남아 있는
우리는 네 시간 동안 안전해지는 거야."

"아니에요, 구는 한번 사람을 흡수해도 바로 다른 사람을
흡수합니다. 네 시간 동안 흡수하지 않는다는 건 헛소문이에
요!"

남자가 외쳤다. 그러자 흉터의 얼굴이 일그러졌다.

"뭐가 어째, 이 새끼가. 네가 뭘 안다고 나한테 소리를 질러?"

그러자 안경이 말했다.

"안 그래도 저놈이 아까부터 계속 헛소리해서 귀찮아 죽겠습니다."

흉터는 세 사람에게 버럭 화를 냈다.

"귀찮으면 죽이면 되지 왜 여기 앉혀놨어? 그것도 보기 흉하게 다 벗겨서."

"옷은 자기가 알아서 벗었지 우리가 벗긴 거 아닙니다."

마른 얼굴이 넉살 좋게 대답했고, 세 사람은 웃었다. 남자는 그들의 웃음소리를 뚫고 더 크게 소리쳤다.

"제가 봤습니다. 구가 사람을 연이어서 흡수하는 걸 분명히 봤어요. 뉴스에도 나왔어요. 네 시간 동안 흡수하지 않는다는 건 헛소문이고 그런 소문 절대 믿지 말라고……."

갑자기 흉터의 주먹이 남자에게 날아왔다. 대단한 힘이었다. 턱을 얻어맞은 남자는 바닥을 굴렀다. 흉터는 남자의 머리를 잡아 일으켜 앉히며 말했다.

"꼬마야, 누가 너보고 마음대로 지껄이라고 하디?"

안경이 답답하다는 듯이 말했다.

"자꾸 저렇게 헛소리를 합니다. 아까는 뭐라고 했는지 아십니까? 구가 물을 건너간답니다. 텔레비전에도 나왔다고 끝까지 우겨대지 뭡니까."

안경의 말에 흉터는 코웃음을 쳤다.

"텔레비전 좋아하네. 텔레비전에 나오는 건 전부 정치인들이 퍼트린 헛소문이야. 자기들끼리만 일본에 가서 살아남으려고 뉴스에는 헛소문만 내보낸 거야. 자기들만 살겠다고 도망치고 국민들은 죽도록 놔둔 놈들이 하는 거짓말이라고. 알아, 꼬마야? 이 병신 같은 꼬마 새끼야, 대갈통을 확 터트릴까 보다."

안경은 말했다.

"그냥 두십쇼. 미끼로 써야죠. 이제 도시에 사람도 몇 없는데 제 발로 들어온 미끼까지 죽이면 우리는 어쩝니까."

흉터는 세 사람과 함께 소파에 나란히 앉았다. 네 사람은 남자를 보고 앉은 채 잡담을 나눴다. 마른 얼굴이 말했다.

"그런데 형님, 헬리콥터는 오늘 저녁에 오는 겁니까?"

흉터가 한숨을 쉬더니 대답했다.

"그것 때문에 일이 다 틀어졌어. 오늘 못 와. 일본에서 헬기 구하기가 힘들다고 우리보고 포항까지 내려오래. 거기에서 타고 일본으로 들어오라는 거야. 말도 안 되잖아? 내가 씨발 씨발 욕했더니 돈을 더 주면 다시 생각해 보겠다는 거야. 그 대신 헬기는 당장은 못 오고 내일 아니면 모레 저녁에나 온대. 일본도 지금 상황이 급박하게 돌아가는 모양이다. 오늘은

192

여기서 쉬었다가, 내일 돈을 더 모아서 떠나자."

안경이 짜증을 냈다.

"왜 그렇게 오래 걸립니까? 그저께는 된다더니 그저께도 안 되고, 어제도 안 되고, 오늘도 안 되고, 이제는 내일모레까지 기다려야 합니까? 아 진짜, 날도 더워 죽겠는데 언제까지 이래야 하는 겁니까?"

흉터는 안경에게 거칠게 소리쳤다.

"그럼 나보고 어쩌라는 거야? 너 이 새끼 불만이 많은가 보다? 고까우면 네가 일본까지 헤엄쳐서 가든가."

흉터는 화장실에 가겠다면서 자리를 비웠다. 그의 뒤를 붉은악마가 따라갔고, 소파에는 마른 얼굴과 안경만 남았다. 두 사람은 이 틈을 기다렸다는 듯 낮은 목소리로 재빠르게 이야기를 나눴다. 남자는 고개를 숙인 채 그들의 대화에 귀를 기울였다.

⋯⋯네 말이 맞아, 감추고 있어⋯⋯. 막내 죽일 때도⋯⋯ 돈 때문에 죽인 게 아니라지만⋯⋯. 그래, 그래서는 안 되지⋯⋯. 네 생각에도 그렇지⋯⋯. 우리 모르게 하는 이유가 있을 거라고⋯⋯. 어제는 정말 수상했어⋯⋯. 통화 내용도 우리가 못 듣게 하고⋯⋯ 돈을 따로 보관하는 이유가 있을 거야⋯⋯. 우리는 빵에서 나올 때나 필요했지, 그다음은 혼자 다녀도 상관없었잖아⋯⋯. 그렇지⋯⋯. 우리도 그런 꼴을

당할지 모르잖아…… . 그래, 네 말이 맞아…… . 확인을 해보
자고…… .

그리고 붉은악마와 흉터가 거실로 돌아왔다. 흉터가 거실
로 오자마자, 마른 얼굴이 따지듯 물었다.

"정말 구가 바다를 못 건너는 것 맞습니까?"

마른 얼굴을 돌아보는 흉터의 표정이 굳어 있었다.

"맞긴 뭐가 맞아?"

"저놈이 자꾸 아니라고 하잖습니까? 그래서 불안해서 물어
보는 겁니다. 정말 일본에는 검은 구가 없습니까? 저놈이 그
러는데…… ."

"아까부터 이 새끼들이 저놈 저놈 하면서 남의 말만 듣고,
너희는 곧 죽을 놈 말을 왜 믿어? 저 새끼가 안 죽으려고 무슨
거짓말을 하는지 알 게 뭐야?"

"거짓말이 아닙니다."

남자가 외쳤다. 네 사람이 논쟁에 빠져 있는 사이 남자는 등
뒤의 손을 움직여 손목이 움직이는 반경을 점점 넓혔다. 만약
손을 빼낸다면, 그리고 재빨리 움직여 총이라도 뺏으면, 빠져
나갈 기회가 생긴다. 남자는 필사적으로 시간을 끌었다.

"제가 텔레비전에서 봤어요. 뉴스에서 800여 개의 구가 해
외에서 목격되고 있다고 그랬습니다. 일본에도 분명히 있어
요. 확실합니다."

"야, 꼬마, 네가 직접 본 건 아니잖아."

"일본 상황을 본 건 아니지만 구가 물을 건너는 건 분명히……."

"검은 구가 어떻게 물을 건너? 금속이 물 위에 어떻게 뜨느냐고, 생각을 해봐, 이 좆만 한 꼬마야. 구는 다리를 타고 한강을 건넌 거야. 국회의원들이 제주도로 가 있는 건 알아? 대통령은 일본에 가 있는 건 알고? 내 정보가 정확해. 아니면 이집에는 구가 왜 안 오겠어? 우리는 이틀째 여기 머물렀지만 구가 온 적 없어. 그건 어떻게 설명할 거야?"

"구는 금속이 아닙니다. 만져보기라도 했습니까? 그게 쇠인지 돌인지 물에 가라앉는지 아닌지 어떻게 압니까? 텔레비전을 켜보세요. 라디오에도 나오고요. 그걸 들어보세요."

"라디오 방송이 끝난 지가 언제인데 어디서 거짓말을. 그리고 여기는 전기가 안 돼."

"저는 구가 사람 열댓 명을 한꺼번에 삼키는 것도 봤습니다. 저 혼자 살아서 도망쳤어요. 정말입니다."

남자는 하소연했다. 남자는 흉터를 바라보는 세 사람의 얼굴에 차츰 떠오르는 미덥지 않은 표정을 눈치챘다.

붉은악마가 흉터에게 말했다.

"저번에 우리가 준 3억은 어쨌습니까?"

흉터는 퉁명스럽게 대답했다.

"헬기 갖고 올 사람에게 전해줬다고 했잖아."

"정말 줬습니까? 우리는 그 사람이 누군지 만나지도 못했습니다."

"그러면 뭘 어쨌다는 거야? 내가 그 돈을 꼬불치기라도 했다는 거야 뭐야? 똑바로 말해, 이 새끼야."

이번에는 마른 얼굴이 말했다.

"이 집은 왜 전기가 안 되는 겁니까? 처음 들어왔을 땐 됐다가 아무 이유 없이 끊어졌잖습니까? 형님이 전기 끊은 거 아닙니까?"

안경도 목소리를 높였다.

"막내는 왜 죽인 겁니까? 걔가 형님 말을 안 듣긴 했지만, 굳이 죽일 필요 있었습니까?"

세 사람을 노려보던 흉터는, 갑자기 남자를 향해 명령했다.

"야, 너, 고개 숙여. 우리 처다보면 그대로 쏴버릴 테니까 고개 절대로 처들지 마. 그리고 입도 뻥긋하지 마. 아가리 처놀렸다간 좆될 줄 알아."

남자는 고개를 숙인 채로 그들의 목소리만 들었다. 그들의 대화는 바로 말다툼으로 변했다. 그동안 남자는 필사적으로 손목을 비틀었으나 곧 빠져나올 것 같던 손은 피부만 벗겨질 뿐 더 이상 움직이지 않았다. 제발 빠져라, 제발, 이렇게 죽을 순 없어. 제발······.

"지금 돈 때문에 하는 말이 아닙니다. 구가 물에 가라앉고 말고도 중요한 게 아니라는 겁니다."

"그럼 뭐가 중요한데?"

"막내는 왜 죽였습니까, 진짜 형님 허락 안 받고 여자 강간해서 죽인 겁니까? 아니면 돈 때문입니까?"

"씹새끼들아, 나도 막내하고 일본에 가고 싶었어. 너도 이야기하는 것 들었잖아, 씨발놈들아. 나 말고 정보를 아는 사람은 없어. 이 도시에 사람 빠져나가는 것도 내가 제일 먼저 알았잖아, 그런데 왜 못 믿냐, 이 미친 새끼들아! 내가 없었으면 너희들 빵도 못 나오고 그 안에서 경찰들한테 다 죽었을걸, 여기서 살아서 큰돈 챙기는 것도 다 내 덕이야."

"일본으로 연락한다는 핸드폰 줘보십시오."

"이 새끼들이, 내가 딴 꿍꿍이라도 벌이고 있다 그거야?"

"솔직히 돈 욕심나는 건 사실 아니냐고요. 정말 헬리콥터가 왔다 갔습니까?"

남자는 이상한 기분이 들었다. 몸과 마음을 점점 불쾌한 기분이 내리눌러서, 남자는 놀라 고개를 들었다. 그의 짐작이 맞았다. 그가 마주 보는 쪽, 그러니까 말다툼을 벌이고 있는 네 사람 뒤의 창문 너머에서, 검은 구가 다가오고 있었다. 검은 구가 대문을 통과해 마당을 가로질러 집 정면으로 다가왔다. 강도들은 서로 다투느라 등 뒤에서 구가 오는 줄도 몰랐다. 남자가 먼저 눈치챈 것이다. 남자는 비명을 간신히 삼켰다. 재빨리 판단했다. 만약 검은 구가 다가와 네 사람을 흡수하면 도망칠 수 있다. 이대로 강도들의 말다툼이 이어진다면, 그들은 미처 깨닫지도 못하는 사이에 구에 몸이 닿아 그대로 흡수될 것이다. 그러니 강도들의 시선을 남자 쪽으로 묶어둬야 했다.

그때 흉터와 남자의 눈이 마주쳤다. 남자가 내내 그들을 보고 있었다는 걸 알아차린 흉터는 버럭 소리 질렀다.

"야, 이 좆 같은 새끼야, 뭘 쳐다봐?"

"너희가 우리 부모님 죽였냐?"

남자는 외쳤다. 난데없는 질문에 놀랐는지 네 사람은 말싸움도 멈추고 남자를 바라보았다. 검은 구는 이제 마당을 거의 다 가로질러서 집에 닿을 듯했다. 곧 창문을 통과해 거실로 들어올 것이다.

"너희가 우리 부모님 죽였잖아, 이 개새끼들아!"

"저 새끼는 또 무슨 헛소리야?"

붉은악마가 소파에 놓인 칼을 집어서는 아까 그랬던 것처럼 칼날을 남자의 목에 들이댔다.

"목을 확 쳐버릴까 보다, 이 개새끼가."

"우리 부모님이 ○○동에 사셨어! 구가 나타난 날 저녁에 갑자기 연락이 안 되기 시작했어. 그때 이 동네에서 사람 죽이고 다닌 건 너희잖아, 그렇지? 도대체 몇이나 죽었어, 이 개새끼들아! 얼마나 사람을 죽였으면 누굴 죽였는지도 기억 안 나냐, 이 악마 같은 새끼들아!"

구는 창문을 통과해 거실로 들어왔다. 검은 구가 햇빛을 가리면서 거실이 어두워졌는데도 네 사람은 여전히 모르고 있었다.

남자는 계속 외쳤다.

"사람들이 죽어가는데 자기만 살겠다고 돈 챙겨서 도망가는 게 사람이 할 짓이냐, 이 씹새끼들아. 너희는 인간도 아니야!"

붉은악마는 허리를 뒤로 젖히고 칼을 높이 들어 올리더니 말했다.

"우리가 네 부모를 죽였으면 어쩔 건데? 어차피 다 죽을 목숨이야. 검은 구한테 죽은 사람이 한둘이냐? 한국에 남는 놈들은 결국 죽게 돼 있어, 알았어? 모두 다 죽을 거라고."

검은 구가 안경과 마른 얼굴에게 동시에 부딪혔다.

안경은 어깨가, 마른 얼굴은 다리가 먼저 구에 닿았고, 닿은 부분부터 그대로 끌려 들어갔다. 그들이 비명을 지르고서야 붉은악마와 흉터도 뒤를 돌아보았다. 안경은 어깨가 끌려 들어가면서 그대로 머리가 딸려 가는 통에 비명을 제대로 지를 틈도 없었다.

마른 얼굴은 양쪽 다리가 흡수되면서 앞으로 고꾸라졌다. 더 이상 구 안으로 들어가기 싫다는 듯, 그는 마루를 붙잡으며 앞으로 기었는데, 검은 구 역시 앞으로 다가왔기 때문에 흡사 마른 얼굴이 다리에 구를 매달고 기어 오는 것처럼 보였다.

남자는 바닥에서 일어났지만, 오랫동안 같은 자세로 그것도 긴장한 상태에서 앉아 있다가 갑자기 일어나려니 다리가 잘 움직이지 않았다. 마른 얼굴은 어느새 상체까지 구로 빨려 들어갔고, 그 순간 흉터의 무릎을 붙잡았다.

"살려줘!"

마른 얼굴은 도와달라며 비명을 질렀다. 흉터는 손으로 마른 얼굴을 떼어내려 했다가 오히려 마른 얼굴이 손을 붙잡아 잡아당기는 바람에 바닥에 넘어졌다. 흉터는 마른 얼굴을 떼어내려고 발로 걷어찼으나 그래도 마른 얼굴은 손을 놓지 않았다. 마른 얼굴의 손톱이 흉터의 손바닥을 파고들었고, 그 순간 남자는 흉터의 손뼈가 으스러지는 소리를 들었다.

붉은악마가 외쳤다.

"안 돼!"

붉은악마는 칼을 들어 마른 얼굴의 손목을 내리쳤다. 그러나 붉은악마의 서투른 칼질 때문인지, 혹은 흉터가 몸부림치고 있었기 때문인지, 아니면 마른 얼굴의 몸이 검은 구로 빨려 들어가면서 계속 움직였기 때문인지, 칼이 엇나가서 마른 얼굴의 손이 아닌 흉터의 손목을 잘랐다.

잘린 손목에서 피가 쏟아졌다. 마른 얼굴은 마지막 비명과 함께 구로 끌려 들어갔다. 그가 잡고 있던 흉터의 손은 구의 안으로 들어가지 않고 그대로 구의 표면을 흘러 바닥에 떨어졌다. 흉터의 손목에서 검은 구 표면으로 튄 피도 표면을 따라 미끄러져 마루로 떨어졌다.

"아아아악!"

손이 잘린 흉터의 비명은 구에 끌려 들어가던 안경과 마른 얼굴의 비명만큼이나 컸다. 붉은악마가 흉터에게 다가가며 다급하게 말했다.

"형님, 괜찮으십니까?"

고통 때문에 몸부림치던 흉터가 그를 붙잡으려던 붉은악마와 부딪쳤고, 붉은악마는 바닥의 피를 밟고 미끄러졌다. 들고 있던 칼은 저만치 날아가고 두 다리는 하늘로 높이 솟은 채, 마치 만화의 한 장면처럼 벌러덩 넘어졌다. 넘어진 붉은악마의 등이 구에 닿으면서 안으로 흡수되었다.

홀로 남은 흉터는 어리둥절한 얼굴이었다. 동료 셋은 죽고, 오른손은 잘리고, 손목에서는 피가 철철 흐르고 있었다. 남자는 빈틈을 놓치지 않았다. 그는 몸을 날려 흉터의 등을 들이받았다. 흉터는 넘어지면서 상체가 그대로 검은 구에 닿았다. 안으로 끌려 들어가는 마지막 순간 흉터는 고개를 돌려 남자를 보았다. 남자는 짐승처럼 으르렁거리는 목소리로 말했다.

"너 같은 새끼는 죽어도 싸."

거실에는 남자 혼자 남았다. 검은 구는 남자를 표적으로 삼고 다가왔다. 거실을 지옥으로 만든 구는 변함없는 속도로 움직여 남자에게 다가왔다.

손이 뒤로 묶인 채로 남자는 뒤뚱뒤뚱 거실을 가로질러 뛰었다. 땀과 눈물과 피와 먼지로 범벅 된 몸을 끌고 마당으로 나왔다. 구는 아직 거실에 있었다. 남자가 대문을 나왔을 때에야 검은 구는 마당으로 내려왔고, 구가 집 밖으로 나왔을 때쯤 남자는 도로로 뛰어가고 있었다.

맨몸으로, 손은 뒤로 묶인 채, 숨을 헐떡이며, 남자는 목이 터져라 외쳤다. 살려주세요, 저 좀 살려주세요, 제발, 다 죽었어요, 살려주세요, 남자는 소리쳤다.

12
마트

　그곳은 도시 외곽이었다. 남자는 눈앞의 대형 마트를 바라보며 주머니에서 담배를 꺼내 불을 붙였다. 마트 벽에 걸린 대형 현수막은 건물 지하 1층 식료품 매장의 할인판매 소식을 알리고 있었다. 도시 사람들이 ○○○으로 이동했다는 강도들의 말을 따라 남자는 ○○○으로 향하는 길을 찾아왔다. 오는 동안 너무 많은 구와 마주쳐 포기할 생각도 몇 번 했으나, 도시 외곽에 가까워지자 구의 수가 줄어들어서 남자는 계속 움직였다.

　담배꽁초를 던진 다음 가방에 마지막으로 남은 생수를 꺼내 벌컥벌컥 마시고 빈 병 역시 멀리 던졌다. 지난 며칠 동안 계속해서 그랬듯이 단 음식을 먹고 싶었다. 아니, 꼭 달지 않더라도 좋으니 여유 있게 앉아서 식사를 하고 싶었다. 하지만 그럴 날이 올까?

남자는 마트로 향했다. 회전문을 밀고 들어간 1층 의류 매장은 물건은 모두 정리되고 가게 문은 잠겨 있었다. 이곳 사람들은 도시의 다른 지역 사람들과 달리 가게 뒷정리를 할 시간적 여유가 있었다. 에스컬레이터도 셔터가 내려져 있어서, 그는 식품 매장으로 내려가는 비상구를 찾기 시작했다.

건물에 전기가 들어오는지 남자는 확신할 수 없었다. 전기가 없다면 식품 매장의 음식이 모두 상해서 썩고 있을 터였다. 하지만 그렇다고 해도 생수병과 통조림은 상하지 않았을 것이다. 아마도 그것들은 남자보다도 더 오래 지구상에 남을 것이다. 남자는 비상구를 찾아 매장을 한 바퀴 돌았다.

그때 위층에서 물건이 떨어지는 우당탕 소리가 들리더니 사람이 계단을 달려 내려가는 소리가 이어졌다. 남자는 걸음을 멈췄다. 이럴 수가, 도시에 사람이 남아 있었다니, 그것도 이런 곳에서 우연히 만나다니, 착한 사람일까 위험한 사람일까? 그는 소리가 들린 장소로 조심스럽게 다가갔다. 매장 구석의 비상구를 발견했고, 그곳 계단을 통해 2층으로 올라갔다. 계단의 비상등이 켜져 있는 것을 보고 건물에 아직 전기가 들어온다는 것을 알았다. 2층에는 우당탕 소리의 원인이었던 빈 박스가 어지럽게 매장에 흩어져 있었다.

남자는 가전제품 사이를 이리저리 돌아다니며 찾다가 다시 계단으로 돌아와 3층으로 올라갔다. 3층 계단은 창문이 활짝 열려 있어서 밖이 보였는데, 무심코 건물 아래를 내려다본 남자는 입구를 막 빠져나와 길을 달려가는 청년을 목격했다. 청년은 혼자였고 위험한 사람 같진 않았다.

남자는 다급하게 외쳤다.

"이봐요! 잠깐만요!"

청년은 움찔 멈추더니 남자를 올려다보았다. 그때 길모퉁이 너머로 검은 구가 다가오는 것이 3층의 남자에게 보였다. 한동안 보이지 않던 구가 이런 중요한 순간에 나타나다니 미칠 노릇이었다.

"이봐요! 그 길로 가면 안 돼요! 앞에 구가 있어요!"

남자의 외침에 청년은 길 앞을 바라보았고, 모퉁이를 지나 나타난 구와 마주치자 반대 방향으로 달려갔다. 남자는 계단을 통해 1층으로 내려가 밖으로 나왔다. 그리고 그를 향해 달려오는 청년과 마주쳤다.

"길 위아래가 다 막혔어요."

청년이 말했다.

젊은 청년이었다. 수염을 제대로 깎지 못해 꺼칠하고, 피부는 햇볕에 시커멓게 탄, 그리고 체구는 작고 마른, 검은 뿔테 안경을 쓴 청년이었다. 머리를 박박 깎았고, 며칠이나 제대로 먹고 자지 못한 고생이 드러난 초췌한 얼굴과 달리, 옷은 방금 가게에서 산 것 같은 깨끗한 새 옷을 입고 있었다.

청년은 공포에 질려 말했다.

"검은 구가 사방에서 다가와요."

길 왼쪽에서 구가 다가오고 있었고, 오른쪽으로 고개를 돌리니 두 개의 구가 있었다. 갑자기 구가 셋으로 늘어난 것이다. 청년은 건물 뒤편으로 돌아갔고 남자도 그를 따랐다. 뒤쪽으로 있는 좁은 길을 향해 달려가는데 땅에서 구가 솟아나 앞을 막았다.

남자는 청년을 붙잡고 말했다.

"다른 길 없어요?"

"마트 안으로 들어가서 돌아가는 출구로……"

청년은 마트를 가리키며 더듬거렸다. 남자는 청년을 따라 비상구로 들어갔고, 청년은 계단을 통해 2층으로 올라가 매장을 가로질러 다시 1층으로 내려왔다. 그들이 막 나온 곳은 마트 건물 뒤편, 그러니까 땅에서 솟아난 구 너머에 있는 출구였다.

하지만 그들이 골목으로 나오자 다른 구가 벽을 뚫고 다가와 그들 앞을 막았다. 앞에 있던 구도 방향을 바꿔 그들에게 다가왔다. 두 사람은 다시 건물로 들어갔다. 건물 1층 회전문을 통과해 오는 구가 보였다. 그렇다면 그쪽으로도 길이 없었다. 그들은 2층으로 올라갔고 그곳에서 우왕좌왕하다가 3층으로 올라가 밖을 내다보았다.

남자가 방금 청년을 내다본 3층 창문으로 확인한 구는 전부 여덟 개였다. 그것들은 마트 주변을 맴돌다가 점차 그들을 향해 다가왔다. 개중 몇은 공중으로 떠올라 3층으로 오고 있었다. 도망칠 길이 없었다.

청년은 떨리는 목소리로 말했다.

"차라리 여기서 뛰어내리는 게……."

"안 돼! 옥상에 완강기가 있을 테니 그걸로 아래로 내려가요."

남자가 말하자, 청년이 떨리는 목소리로 대답했다.

"하지만 4층부터는 계단이 막혔어요."

이제는 남자 역시 아무 방법도 생각나지 않았다. 그동안 구는 그들이 있는 계단을 향해 천천히 다가왔다. 두 사람은 3층 가구 매장으로 들어갔으나, 곧 바닥에서 구가 솟아올랐고 더 이상 피할 곳이 없었다.

두 사람은 마지막으로 남은 길인 4층으로 올라가는 계단을 밟았다. 5층으로 올라가는 계단은 청년의 말대로 문이 잠겨 있었다. 남자는 문을 걷어차기 시작했다. 청년도 남자를 따라 문을 걷어찼지만, 그런다고 두꺼운 쇠문이 열릴 리 없었다. 계단 밑에서 검은 구가 올라왔고, 그들과 점점 가까워지자 청년은 바닥에 주저앉았다. 결국 남자도 앉아 함께 몸을 웅크렸다.

등 뒤에서 터지는 폭탄을 피하기라도 하려는 것처럼, 그들은 서로에게 몸을 포개고 문에 바짝 기댔다. 남자는 덜덜 떨리는 청년의 팔을 손으로 잡았다. 그리고 구가 그들에게 닿았다.

남자는 머리와 등에 닿는 둔탁한 감각을 느끼고 이를 악물었다.

"……왜?"

잠시 후 남자는 청년의 목소리를 듣고 눈을 떴다. 청년이 중얼거리고 있었다. 왜라니? 그리고 남자는 청년의 '왜' 다음에 무슨 말이 생략되었는지 알았다. 왜 흡수되지 않지?

"도대체……."

남자는 주변을 돌아보고 중얼거렸다. 그들은 구에 끌려 들어가지 않았다. 구에 닿은 남자의 등과 머리, 그리고 청년의 발과 다리 모두 구에 기대고 있을 뿐 흡수되지 않았다. 집요하게 따라오던 구도 더 이상 움직이지 않았다. 움직이는 것이라고는 구 옆에서 벌벌 떨고 있는 두 사람뿐이었다.

그들은 한동안 그렇게 있었다.

남자는 구에서 몸을 뗐다. 구의 표면은 단단하고 서늘하며 미끄러웠다. 보이는 것처럼 금속과 비슷한 촉감이었다. 남자가 일어나자 벌벌 떨고 있던 청년도 그를 붙잡고 일어났다. 청년이 어찌나 떠는지 남자는 그가 기절하는 건 아닌가 싶었다. 긴장 때문에 남자의 이마에서 땀방울이 뚝뚝 떨어졌다.

두 사람은 구에서 떨어진 다음 서로의 얼굴을 보았으나 둘 다 할 말이 없었다.

왜 그들은 구에 흡수되지 않았나? 그리고 구는 왜 움직이지 않을까?

남자는 밖을 내려다보았다. 놀랍게도 건물 밖의 구도 움직이지 않았다. 여덟 개의 구가 모두 그랬다. 공중에서 그대로 멈춰버린 것도 있었다. 꼭 꿈을 꾸는 것 같았다. 남자는 이마에서 떨어지는 땀을 닦으려고 청년의 팔을 놓았다. 그 순간 구가 동시에 움직이기 시작했다. 청년은 놀라 소리를 지르면서 남자의 어깨를 잡아당겼고, 남자도 다시 청년의 팔을 잡았다. 다시 구가 정지했다.

그것으로 확실해졌다. 두 사람이 서로의 몸에 닿아 있는 동안 검은 구는 그들을 흡수하지 않는 것이다. 그렇게 생각할 수밖에 없었다. 두 사람이 문 앞에서 주저앉아 몸을 웅크린 순간 둘의 몸이 닿았고 그래서 구가 움직임을 멈췄던 것이다. 그리고 두 사람이 떨어지자 구도 다시 움직였다. 남자가 청년의 팔을 다시 놓자 구가 그들을 향해 다가왔고, 청년의 팔을 잡자 구는 정지했다. 이제는 청년도 깨달았다.

청년이 중얼거렸다.

"이럴 수가."

*

굵은 빗방울이 어두운 하늘에서 떨어졌다.

남자는 하늘을 보며, 험한 비바람이 될 것 같다고 생각했다. 두 사람은 여전히 3층에 있었다. 남자는 구들이 빗속에서 움직이는 광경을 관찰했다. 처음에는 여덟 개였던 구가 이제 스무 개가 넘었다. 그것들은 건물을 향해 다가오다가 건물 근방에 다다르면 불규칙적으로 움직이기 시작했다. 정지하는 것도 있었고, 제자리에서 빙빙 돌거나, 건물에서 멀어졌다가 가까워졌다가를 반복하는 것도 있었다. 어느 것도 남자와 청년을 향해 다가오지는 않았다.

남자는 주머니에서 담배를 꺼내 불을 붙였다.

"담배 피워요?"

남자는 청년에게 말을 걸었으나 청년은 대답하지 않았다. 그는 멍하니 구만 바라보았다. 그리고 갑자기 떨리는 목소리로 말했다.

"두 사람이 붙어 있으면 구가 사람을 흡수하지 않는다는 이야기는 들은 적이 없어요. 아니, 구가 사람을 흡수하지 않는다는 말은 아예 들은 적 없어요. 어떻게 된 걸까요?"

"그건 나도 모르죠."

두 사람은 서로의 손을 잡았다 놓았다 하며 실험해 보았다.

아무리 작은 면적이 접촉해 있더라도, 이를테면 손끝만 서로에게 닿아도 구는 움직이지 않았다. 하지만 조금이라도 거리를 두고 떨어지면 구는 일제히 그들을 향해 다가왔다.

청년은 말했다.

"서로 접촉해 있는 동안 구가 따라오지 않는다면, 그러면 애초에 왜 따라온 거예요? 3층으로 올라오는 동안 분명 팔을 잡거나 어깨를 잡거나 했는데 그때는 멈추지 않았잖아요."

"그때는 옷 위로 잡고 있어서 그런 것 아닐까요?"

남자는 청년을 붙잡았을 때 손이나 팔의 맨살을 잡은 적 있었는지 기억을 더듬었는데, 아마도 없는 것 같았다.

청년이 말했다.

"이제 우리는 살아남은 건가요?"

빗방울이 굵어졌다. 남자는 필터까지 다 탄 꽁초를 창밖으로 던졌고, 때맞춰 번개가 치더니 천둥이 요란하게 울렸다.

"일단 여기서 나갑시다."

"밖으로 나가자고요?"

"아니, 당장은 아니고, 일단 계단에서는 내려가야죠."

남자와 청년은 일어났다. 구가 계단을 꽉 채우고 있어서 두 사람은 간신히 구와 벽 사이의 틈으로 빠져나가 계단을 내려갔다. 청년은 겁이 났는지 남자의 팔을 계속해서 꽉 움켜쥐고 있었다. 좀 살살 잡으라고 하고 싶을 정도였다. 그런데 이 청년은 누굴까? 남자는 생각했다.

*

남자가 청년에게 물었다.

"건물 구조를 잘 아나 봐요?"

"이 근방에서 살았어요."

청년은 남자를 안내해 식품 매장으로 향했다. 남자는 중간에 2층의 전자제품 매장에서 걸음을 멈췄고 그의 팔을 잡고 있던 청년도 같이 멈췄다.

"저, 우리 통성명부터 합시다. 이름이 어떻게 돼요? 나는 김정수라고 합니다."

"저는 권종석이라고……."

"권종석, 알았어요. 나이는 어떻게 돼요? 나는 서른둘인데. 그쪽은?"

"스물…… 다섯이요."

"그러면 내가 형이네? 편하게 말 놔도 되지? 너도 나를 형이라고 불러. 불편해?"

"괜찮아요."

이런 상황에서 통성명을 하려니 어색했지만 그런 사소한 불편을 따질 때가 아니었다. 두 사람은 어색하게 악수했고,

계속 피부를 접촉한 상태로 있어야 해서 그대로 손을 잡고 있었다.

"이곳에서 살았다면 이 동네 사람이야?"

"몇 년 전까지는 그랬어요."

"그다음에는 어디에 살았는데?"

"서울에……."

"서울 어디?"

청년은 대답하지 않았다. 사생활에 대한 질문이 불편한 것 같았다. 남자는 친근하게 보이자는 생각에 얼굴에 미소까지 띠며 말했다.

"뭘 따지려는 게 아니라, 구가 나타난 다음에 무슨 일이 있었는지 다른 사람의 말을 들어보고 싶어서 그래. 나도 서울에서 살았는데……."

남자는 살던 동네를 말하려다가, 구가 최초로 목격된 장소임을 떠올리고 얼른 입을 다물었다. 자신이 그곳에서 왔다는 사실을 말하고 싶지 않았다. 화제를 돌리려는 그에게 매장에 있는 텔레비전들이 눈에 들어왔다. 그는 청년을 텔레비전 쪽으로 잡아끌었다.

"켜보자."

"텔레비전을 왜요?"

"정보를 얻어야지. 다른 사람은 어디에 있는지, 서로 연락할 방법은 없는지 뉴스를 봐야 하잖아. 여기서 무전기 같은 것도 팔까?"

청년은 남자의 얼굴을 빤히 보더니 말했다.

"텔레비전은 안 나온 지 꽤 됐잖아요. 정수 씨는 전혀 모르세요?"

"정수 씨라니, 그냥 형이라고 부르라니까. 어색해서 그래? 나를 형처럼 생각해. 나도 너를 동생처럼 생각할 테니까. 우리는 몸을 계속 붙이고 있어야 하니까 친하게 지내야지, 안 그래?"

청년은 고개를 끄덕였다.

"형은 텔레비전 뉴스 못 봤어요?"

"아니."

"얼마나 오랫동안 못 봤는데요?"

청년이 되묻자, 남자는 의아했다. 그게 중요한가?

"내 말은, 세상이 어떻게 돌아가는지 알아야 하잖아. 텔레비전부터 켜고, 라디오도 켜고, 다른 사람과 연락할 방법도 찾고, 그다음 어떻게 할지 의논하자는 거야, 알았어?"

매장에 진열된 텔레비전들의 전원은 멀티탭에 한꺼번에 연결되어 있었다. 남자가 멀티탭 플러그를 콘센트에 꽂자 벽에 걸린 대여섯 개의 텔레비전에 동시에 전원이 들어왔다. 커다란 텔레비전에 모두 똑같이 파란 바탕 위에 하얀 글자가 쓰인 화면이 나타났다.

세계는 멸망했습니다

"이게 뭐야? 세상이 멸망했다고? 누가 이런 장난을 치는 거야?"

"장난이 아니에요."

청년의 말에 남자는 머리가 멍해졌다.

"그게 말이 돼? 멸망하다니? 그럼 사람이 다 죽기라도 했다는 거야? 한국 인구가 5천만인데 그 사람들이 며칠 사이에 다 죽었다는 거야 뭐야?"

"이 뉴스 나온 지 꽤 됐어요."

"뉴스라니, 이게 뉴스라고?"

남자는 버튼을 마구 눌렀지만, 파란 화면 이외의 다른 채널은 잡히지 않았다. 그가 100개가 넘는 채널을 일일이 눌러보는 동안 그의 손을 조용히 잡고 있던 청년이 말했다.

"저, 형, 밥부터 먹는 게 어때요?"

"밥을 먹자고? 지금? 왜? 배고파?"

"네."

남자는 세상이 멸망했다는 뉴스를 본 충격이 컸다. 정말 멸망했을까? 사람들이 정말 다 죽었는지부터 확인해야 하지 않나? 그런데 청년이 밥부터 먹자고 해서, 남자는 말했다.

"하지만 다른 사람들과 연락할 방법부터 찾아야지. 도시를 나가서 조금만 가면 ○○○에 도착해. 그곳에 분명 사람들이 있을 거고 내 부모님도 있을지 몰라. 밥은 그 후에 먹어도 되잖아."

"이렇게 비가 오는데 가긴 어딜 가요?"

"차를 끌고 가면 되잖아. 몇 시간이면 도착할 거야."

"비가 그칠 때까지 기다렸다가 가도 늦지 않잖아요. 일단 밥부터 먹고 이야기해요. 저는 배가 고파서 기운이 없어요."

남자가 반박하려 하자 청년이 말했다.

"움직일 때 형 혼자 움직이는 게 아니잖아요. 내 의견도 존중해 줘요."

*

비와 바람 소리가 들리지 않는 지하 매장은 밖의 폭우를 짐작할 수 없을 만큼 적막했다. 청년은 능숙하게 벽의 스위치를 찾아 켰고, 완벽하게 정리된 식품 매장이 불빛 아래 드러났다. 인스턴트식품들의 번쩍이는 포장지들이, 과장이 심한 글씨체와 빈약한 내용물을 감추는 요란한 포장이 남자의 눈을 어지럽혔다.

"어떤 게 안 상했을까?"

청년은 중얼거리며 매장을 돌아다녔다. 통조림과 햇반과 반찬을 쇼핑하듯 고르고, 마지막으로 디저트인지 과자까지 집은 그는 태연하게 남자에게 물었다.

"형은 안 먹어요?"

그는 청년이 집은 것을 같이 골랐다. 두 사람은 시식 코너의 전자레인지로 밥을 데우고, 아이스크림 진열대를 식탁 삼아 앉았다.

항상 피부를 접촉한 채 이런 일을 하려니 쉽지 않았다. 행동 하나하나에 협동해야 했다. 어떻게 해야 피부를 맞댄 채 밥을 먹을 수 있는지 몰라 남자와 청년은 쩔쩔매다가, 마주 보고 앉은 다음 서로의 손을 내밀어 손등을 포갰다. 청년이 왼손잡이여서, 남자의 왼손과 청년의 오른손을 대고 마주 앉으니 식사하기는 어렵지 않았다. 그래도 식사 도중에 생각 없이 손을 떼었다가 구를 불러 모으는 일이 없도록 남자는 긴장을 늦추지 않았다.

매장 안에서는 이상한 냄새가 났다. 음식이 상하는 냄새가 아닐까 남자는 생각했다. 마트가 버려진 지 며칠이 흘렀으니 몇몇 음식은 부패했을 것이다.

"손을 쓸 때는 다리를 묶는 게 어떨까요? 밥 먹을 때처럼 양쪽 다 손을 써야 할 때나 아니면 앉아 있을 때는 발목을 묶고요, 걸어갈 때는 손목을 묶으면 훨씬 편하지 않을까요? 잡화 코너에 가면 붕대가 있을 테니 그걸로 묶어요. 그런데 잘 때는 어떻게 해야 하지. 형은 좋은 생각 있어요?"

남자는 청년의 말을 흘려들었다. 마트를 떠나 다른 지역으로 갈 계획을 세우느라 머리가 복잡했다. 남자는 음식도 거의 먹지 않았다.

"세상이 망하고 어쩌고 하는 그 텔레비전 뉴스 말이야. 며칠 됐어?"

"네?"

"나는 처음 보거든. 내가 마지막으로 본 뉴스는 구를 피해 네다섯 명이 짝지어 다녀라. 전 세계에서 800여 개의 구가 목격됐다. 그런 내용의 주의 사항이었어."

"그다음 저 뉴스로 바뀌었어요."

"나는 전혀 몰랐어."

"형은 어디서 살았다고 그랬죠?"

"나는 서울…… ○○동에."

"거기는 구가 제일 처음 나타난 곳 아니에요?"

"어…… 나는 회사에 가 있어서 전혀 몰랐어. 회사에서 점심때 뉴스 속보를 보고야 알았으니까. 그래서 부모님에게 전화를 걸었는데 연락이 안 되는 거야. 부모님이 이쪽에 사셔서 직접 찾아왔는데 결국 못 만났고, 계속 헤매다가 여기까지 왔어. 너는 뉴스 속보를 언제 봤어?"

남자의 질문을 못 들었는지, 청년은 엉뚱한 말을 중얼거렸다.

"비가 왜 이렇게 많이 오지? 장마인가?"

"장마는 지났잖아."

"그렇구나. 그럼 태풍인가요?"

"태풍은 아직 계절이 안 됐지."

"그래요?"

어린아이도 아니고 지금이 무슨 계절인지도 모르다니, 남자는 그를 찬찬히 뜯어보았다. 정말 스물다섯일까? 아무리봐도 그보다는 어려 보였다. 검게 탄 피부와 삭발한 머리, 가게에서 훔쳐 입은 것 같은 새 옷도 어딘가 수상했다.

"종석이 너는 머리를 왜 밀었어?"

"더워서요."

"아까 스물다섯이라고 했지. 그러면 학생이야? 대학생?"

"네."

"어느 대학교 다녀?"

"○○대학이요."

"전공은?"

"경영학이요."

"좋은 학교 다니고, 공부도 잘했네. 스물다섯이면 군대 갔다 와서 복학했겠네?"

"네……."

"나는 회사 다녀. 영업직이야."

"여기에 있는 동안 마트 음식으로 버티면 되니까 당분간은 먹는 건 걱정 없겠죠?"

청년의 느닷없는 말에 남자는 벌컥 화가 났다.

"뭐? 여기 있다니, 너는 마트에 계속 있을 거야?"

"여기 있지 그러면 어디로 가요?"

"비가 그치면 나가서 다른 사람을 찾아야 할 거 아니야? 아까 그러기로 했잖아. 너는 가족이나 친구가 걱정도 안 돼?"

"가족은 다 죽었어요."

남자는 잠시 할 말을 잃었다. 두꺼운 뿔테 안경 너머 청년의 눈에는 감정이 없었다. 목소리에도 감정이 실려 있지 않았다. 모든 걸 체념한 사람 같다고 남자는 생각했다. 가족이 죽었다는 말을 쉽게 내뱉고, 하지만 여전히 공포에 질려 있고, 며칠 굶은 사람처럼 밥을 허겁지겁 먹더니, 배가 부르자 기분이 좋아졌는지 느긋하게 과자 봉투를 뜯는 청년의 혼란스러운 행동 뒤에는, 그런 체념이 있었다.

그렇게 생각하니 세상이 멸망했다는 뉴스를 아무렇지 않게 받아들이는 것도 이해가 갔다.

"미안하다. 내가 모르고 실수했다."

"뭘 미안해해요. 우리 가족만 죽었나, 가족 안 죽은 사람이 어디 있겠어요?"

아냐, 내 부모님은 죽지 않았어, 남자는 생각했다.

"형 좀 눕지 그래요? 며칠 못 잔 거 아니에요? 눈이 완전히 풀렸어요. 한숨 주무세요."

"내가 피곤해 보여?"

"그럼요."

"전혀 피곤하지 않은데."

"지금 보기엔 금방이라도 쓰러질 것 같아요. 한숨 자고 난 다음에 비 그치면 그때 출발해요."

남자는 고개를 흔들었다.

"나도 네 마음 알아. 가족이 그렇게 되고, 마트가 안전하고, 밖은 비도 오고 하니까 가기 싫은 마음은 알겠어. 하지만 나는 부모님을 찾아야 해. 적어도 생사라도 알아야 한다고. 오래 걸리지 않을 거야. 차를 타고 가면 금방이라니까. 잠은 나중에 자도 되잖아, 안 그래?"

남자는 한순간도 더 미적대고 싶지 않았다. 그는 다른 사람을 설득하는 재주가 있었고, 실제로 회사에 다니면서 많은 사람의 마음을 쉽게 움직였다. 당연히 청년을 설득할 자신이 있었다. 그런데 청년은 뜻대로 되지 않았다.

"나는 쉬고 싶어요. 나중에 출발해요."

*

    두 사람은 3층의 가구 매장에 진열된 더블사이즈 침대에 누웠다. 붕대로 묶인 발목의 피부가 서로 닿아 있었다. 밖은 세상을 다 쓸어 갈 것처럼 폭우가 내렸지만 두 사람은 단단한 지붕 밑에서 좋은 침대에 누워 있었다.

    청년은 어젯밤에도 이 침대에서 잤다고 했다. 남자는 침대 옆의 가격표 팻말을 보고, 자신이 누워본 것 중 가장 비싼 침대라고 생각했다. 그들은 가전제품 매장에서 소형 에어컨도 가져와 침대 옆에 놓았다. 에어컨에서는 시원하고 쾌적한 바람이 흘러나왔는데, 찜통더위에 시달린 남자에게는 반가운 일이었다.

    하지만 좋은 것만 있지는 않았다. 3층 매장에는 군데군데 검은 구가 정지해 있었다. 개중에는 바닥을 반쯤 통과해 올라오다가 멈춘 것도 있었다. 가끔 검은 구가 다가오는 것처럼 보여서 남자는 흠칫 놀랐으나 그건 착각일 뿐, 피부를 맞대고 있는 한 그들은 안전했다.

    그는 안전했다. 살아남은 것이다.

    고개를 돌리자 몸을 웅크리고 있는 청년의 등이 보였다. 왜 저 녀석과 피부가 닿아 있는 동안은 구가 다가오지 않을까? 생각할수록 이상한 사람이었다. 생각이 복잡해져 담배를 피우려고 머리맡에 놓은 담뱃갑을 뒤졌는데, 담배가 한 개비뿐이었다.

"마트에 담배도 있나?"

청년이 대답하지 않자 남자는 청년의 어깨를 흔들었다.

"여기 담배도 있어?"

"식품 매장 코너에 있을 거예요."

청년은 깊이 잠들었는지 잠긴 목소리로 대답했다. 그가 몸을 일으켜 붕대를 풀자 미안해진 남자는 그를 말렸다.

"아니, 괜찮아. 나중에 가. 자는 거 깨워서 미안해."

"일어난 김에 가요."

청년은 발목의 붕대를 풀고 남자에게 오른손을 내밀었다. 두 사람은 서로의 왼손과 오른손 손목의 피부를 맞대고 붕대로 묶었다. 몇 번 묶었다 풀었다 했더니 벌써 익숙해진 동작이었다.

"너는 담배 안 피우는데 내가 옆에서 피워대서 미안하다. 간접흡연이 더 나쁘다는데."

"지금 이 상황에서 제 건강 걱정하는 거예요?"

청년은 말하더니 피식 웃었다. 종잡을 수 없는 녀석이라고 남자는 생각했다. 건물 밖으로 나가자는 제안은 거절하면서, 자는 걸 깨워서 담배를 가지러 가자는 말에는 흔쾌히 나서다니. 만약 다른 사람이 남자에게 그랬다면 남자는 무척 짜증을 냈을 것이다.

담배는 지하 1층의 식품 매장 한쪽에 있었다. 그들은 주방
용품과 한 무더기의 채소들을 지나 카운터로 다가갔다. 수십
가지 담배가 카운터 뒤의 진열장에 있었다. 남자가 카운터를
넘어 진열장으로 가는 동안 청년은 카운터 밖에서 오른손을
내민 채 왼손으로는 졸린 눈을 비볐다. 기왕 온 거 한꺼번에
가져가자는 생각에 남자는 담배를 열심히 주머니에 담았다.

"이상한 냄새가 계속 나네."

청년이 중얼거렸을 때 남자의 발에 무언가 물컹한 것이 밟
혔다. 무심코 바닥을 내려다보았다가 남자는 그대로 펄쩍 뛰
어올랐다. 남자는 소리를 지르면서 카운터를 나왔고, 그가 거
칠게 움직이는 바람에 손목을 묶은 붕대에서 남자의 손이 빠
졌다. 검은 구가 일제히 그들을 향해 움직였다.

청년은 남자의 팔을 잡고 버럭 소리쳤다.

"뭐예요? 조심해야죠! 구가 가까이 있기라도 하면 어쩌려
고……"

"저 뒤에……"

남자는 그 이상 말을 잇지 못하고 카운터 뒤편을 가리켰다.
뒤에 뭐가 있는데 그러냐고 중얼거리면서 청년은 카운터 너
머로 고개를 내밀었다. 그리고 그것을 발견하고는 비명을 질
렀다.

"이런 씨발, 어휴, 도대체…… 씨발……."

두 사람은 입을 막으며 욕지기를 참았다. 남자가 처음 본 것은 분홍색 샌들을 신은 어린 여자아이의 작은 발이었다. 그 위로 맨 무릎과 원피스를 입은 아이의 몸이 있었고, 몸 위에는 완전히 터져서 안에 있는 것이 다 흘러나온 머리가 있었다. 마트를 맴도는 이상한 냄새의 원인은 그 시신이었다.

남자가 소리쳤다.

"저런 게 왜 여기 있어?"

"낸들 알아요?"

청년도 남자에게 고함을 질렀다.

"너는 이틀 전부터 여기 있었다며, 시체가 있는 걸 몰랐어?"

"나는 담배 안 피우잖아요. 이 근처에 오지도 않았어요. 이상한 냄새가 난다고는 생각했는데. 아, 씨발, 이럴 수가."

남자는 카운터를 등진 채 한동안 서 있었다. 어떻게 어린아이가 이곳에 죽어 있는지, 누가 죽였고 왜 죽였을지, 시신은 어떻게 치울지, 그런 생각에 남자의 머리는 복잡했다. 그때 청년이 말했다.

"담배 안 꺼내 가요?"

"뭐?"

남자는 자신이 지금 제대로 들은 건가 생각했을 정도로 청년의 말에 놀랐다. 청년이 재차 말했다.

"담배 안 가져가요? 빨리 돌아가요."

"너 지금 제정신이야? 어린애가 죽어서 저기 누워 있는데 나보고 담배 안 꺼내느냐고 묻는 거야?"

"왜 나한테 화를 내요? 내가 담배 피워요? 그리고 어린아이 죽은 게 뭐 어때서? 죽은 사람 처음 봐요?"

"너 미쳤냐? 사람이 죽어 있는데 담배 꺼내서 빨리 돌아가 자고?"

"사람이 한둘 죽은 줄 알아요? 우리 가족도 죽었고 더 끔찍하게 죽은 사람이 수도 없어요. 내가 알던 사람, 당신이 알던 사람 모두 다 저렇게 죽었어요! 당신 부모도 저렇게 죽었을 거라고!"

남자는 청년의 얼굴에 주먹을 날렸다. 청년이 쓰러졌고, 남자는 그 위에 올라타 얼굴을 후려갈겼다. 청년도 주먹을 휘둘렀지만 힘이 약했다. 남자는 그를 실컷 두들겨 팬 다음 멱살을 움켜잡고 얼굴을 끌어올렸다.

"미친 새끼야! 저기 애가 죽어서 누워 있는데 너는 네 생각만 해? 네가 사람이냐? 네가 제정신을 가진 사람이라면 한번 생각을 해봐, 이 개새끼야!"

"내가 ○○○에서 왔어!"

놀란 남자가 멱살을 놓았다. 순간 두 사람의 피부 접촉이 끊어지면서 검은 구가 다가오기 시작했다. 남자는 얼른 다시 청년의 목을 잡았다.

청년이 말했다.

"여기 도시 사람들이 구를 피해서 ○○○으로 이동할 때 우리 가족도 따라서 가다가 나타난 구에 모두 흡수돼서 죽었어. 수십 개도 넘는 구가 떼 지어서 사람을 덮쳤어! 부모가 자식을 버리고 도망치고 자식이 부모를 밟고 도망쳤어. 구에 흡수돼서 죽고, 사람에 깔려 죽고, 차에 치여 죽고, 다리에서 떠밀려 죽고, 전부 죽었어. ○○○엔 아무도 없어. 다 죽었어!"

남자는 청년의 얼굴을 쳤다.

"병신 새끼, 거짓말하지 마. 네가 뭘 알아? ○○○에 가기 싫어서 거짓말 지어내는 거 내가 모를 줄 알아? 개새끼야, 증거를 대봐!"

"거기로 간 사람들 다 죽었어. 당신 부모도 죽었을걸. 남쪽으로 내려간 사람도 다 죽었을 거야. 우리도 진작 죽어야 했는데 운 좋게 살아 있는 거야."

"그럴 리가 없어, 부모님은 안 죽었어. 너 같은 거짓말쟁이 따위가 한 말에 내가 속을 줄 알면, 내가 그런 바보인 줄 알면……."

그러나 남자의 눈앞에는 수백 개의 구가 사람을 따라다니는 모습이, 땅에서 솟아나고 하늘에서 떨어지는 구를 피해 사람들이 이리 뛰고 저리 뛰는 모습이 보이는 것 같았다. 남자의 부모님은 힘도 없고 나이도 많으니 구를 피하지 못했을 것이다. 남자는 허리가 불편한 어머니가 다른 사람들에게 밟혀 비명을 지르는 모습을 상상했다.

남자는 일어나 잡화 코너의 물건을 닥치는 대로 부쉈다. 청년과의 접촉이 떨어지면서 구가 다가왔다. 청년이 그를 잡아 넘어뜨렸지만 남자는 그를 밀치고 다시 물건을 부쉈다.

그럴 리가 없어, 그럴 리가 없어, 남자는 반복해서 외쳤다. 청년은 남자의 다리를 잡은 다음 아무리 걷어차여도 놓지 않았다. 남자는 다리를 붙잡힌 채 팔을 휘두르다가 중심을 잃고 바닥에 넘어졌다.

누워서 고함을 질렀다. 그럴 리가 없어, 부모님은 살아 계실 거야, 분명히, 살아 있을 거야. 그는 외치고 또 외쳤다. 그러나 기운이 없었다. 남자는 갑자기 잠이 몰려오는 것을 느꼈다. 그리고 배도 무척 고팠다.

13
싸움

　청년이 아이의 시신을 마트 냉동고에 넣자고 했을 때 남자
는 버럭 화를 냈다. 땅에 묻어야 할 시신을 어떻게 고기가 있
는 냉동고에 처박아 둘 생각을 하는지 기가 막혔다. 반대로
청년은 비가 많이 오는데 어떻게 땅을 파고 시신을 묻을 거냐
고 되물었다. 일단 냉동고에 넣은 다음 비가 그칠 때까지 기
다리는 게 현명하다고 말했다. 남자가 현명하고 어쩌고의 문
제가 아니라 죽은 아이에 대한 예의의 문제라고 답하자 청년
은 비웃었다.

　"예의를 차릴 자신은 있어요? 시신을 제대로 쳐다보지도
못하면서 어떻게 밖으로 가지고 나가서 묻을 거예요?"

　그때 남자는 정말 청년을 죽여버리고 싶었다. 하지만 청년
의 말이 맞았다. 아이의 시신을 다시 보자 남자는 배 속에 있

는 것을 모조리 토했던 것이다.

더러워진 바닥은 청년이 치웠다. 시체도 모자라서 토한 것까지 치우게 됐다고 청년은 끊임없이 짜증을 냈다. 그러면서도 끝까지 청소는 해서, 남자는 청년이 정말 이상한 사람이라는 생각을 거듭했다. 청년이 시신을 싣고 가겠다며 쇼핑 카트를 끌고 왔을 때 남자는 그냥 별말 않았다. 카트를 끌고 앞장선 청년을 남자는 말없이 따라갔다.

계단 중간에 구가 틀어막고 있어서 카트가 내려갈 수 없는 곳이 있었다. 시신을 안고 구 사이를 빠져나가는 것은 청년의 몫이었다. 손이 묶인 채 뒤를 따라가던 남자의 팔에 아이의 무릎이 잠깐 스쳤는데, 그 차가운 살 느낌에 다시 욕지기가 치밀었다.

비옷을 입었건만 폭우 속으로 나오자 남자와 청년은 곧 속옷까지 다 젖었다. 두 사람은 잡화 코너에서 가지고 나온 삽을 가지고 주변을 돌아다니다가, 마트 뒤편의 공터에 아이를 묻기로 결정했다. 땅은 남자가 팠다.

청년은 남자가 일하는 모습을 옆에 서서 보기만 했다. 거센 비를 맞으면서 땅을 파기가 쉽지 않았는데, 괜히 악에 받친 남자는 이제 그만 파라고 청년이 말릴 때까지 깊이 땅을 팠다.

그동안 검은 구는 그들의 주변을 맴돌며 불규칙적으로 움직였고, 어떤 때는 두 사람이 무슨 일을 하는지 구경하는 것처럼 구멍 옆에 멈춰 있기도 했다. 청년이 아이를 땅에 내려 놓고 남자가 흙으로 덮었다.

건물로 돌아왔을 때 남자는 생애에서 가장 긴 몇 시간을 보냈다고 생각했다.

비 맞은 몸을 씻고 마른 옷으로 갈아입을 차례였다. 두 사람은 남성복 매장에서 옷을 찾은 다음 힘들게 매장을 헤맨 끝에 3층 한쪽에서 직원 전용 샤워실을 발견했다. 화장실 구석에 벽을 세워 만든, 샤워 꼭지가 두 개 달린 그 초라한 샤워실에서 찬물로 덜덜 떨면서 씻었다. 손목과 발목을 묶었다가 풀었다 하는 귀찮은 일 끝에 간신히 옷을 입었다.

그들은 가구 매장으로 돌아와 침대에 누웠다. 막 눈을 감았을 때, 남자는 정작 식품 매장에서 담배를 가져오지 않았다는 것을 깨달았다. 그는 머리가 깨질 것 같은 두통을 느끼며 잠이 들었다.

*

다음 날 남자는 몸살에 걸렸다. 전날 비를 맞으면서 땅을 파는 무리를 했기 때문일 것이다. 아니면 계속 잠을 못 자고 식사도 제대로 못 해서 결국 탈이 났을 것이다. 여간해서는 아픈 적이 없던 남자는 자기 자신에게 화가 났다. 늘 자신이 건강하다고 생각했는데 전날 비 좀 맞았다고 몸살이 나다니 답답했다.

심한 몸살이었다. 남자는 침대에 누워 꼼짝도 못 했다. 그건 두 사람에게 큰 문제였다. 한 사람이 움직이려면 다른 한 사람도 반드시 움직여야 하기 때문이었다.

남자는 말했다.

"하룻밤 자고 나면 낫겠지. 나는 병에 잘 안 걸려. 학교도 12년 내내 개근했고 회사도 결근한 적 없어. 금방 나을 거야."

하지만 남자는 계속되는 오한과 현기증과 구역질 때문에 괴로웠다. 청년은 최선을 다해 남자를 간호했다. 남자가 끙끙대며 누워 있는 동안 청년 역시 침대에만 붙어 있어야 했는데도 귀찮아하지 않았다. 이마의 물수건을 갈아주고 이불을 덮어주었다.

지하 매장에 내려가지 않아도 되도록 며칠치 밥을 3층으로 가지고 올라왔고, 비상용으로 지니고 다녔다는 종합감기약까지 주머니에서 꺼내 건넸다. 남자의 오한 때문에 에어컨을 틀지 못해도 불평 한마디 없었다. 청년은 몸살치고는 지나치게 심한 것 같다고 걱정했다. 감기가 아니라 폐렴 같다면서, 의사도 없으니 이런 상황에서는 어찌해야 좋을지 모르겠다고 말했다.

"다 나으면 남쪽으로 떠나요."

청년의 위로를 듣고, 남자는 그가 자신의 병을 진심으로 걱정하고 있음을 알았다. 맞다, 둘 중 한 사람이 죽으면 남은 사람도 죽을 것이다. 두려움 앞에서 청년도 남자도 성질을 누른 것이다.

*

나흘이 지나서야 남자는 정신을 차렸다.

"이제 괜찮아요?"

침대맡에 앉아 있는 남자에게 청년이 물었다. 아침 해가 밝아오자 침대 주변도 환해졌다. 남자가 돌아본 청년의 얼굴은 지쳐 보였다. 아마 자신의 모습도 그럴 것이다.

"응."

남자가 일어나 창문으로 다가가자 청년도 그 뒤를 따랐다. 비가 그치고 하늘이 파랗게 개었는데, 맑은 하늘이 괜히 무서워 보였다. 아마도 지상에 깔린 수없이 많은 검은 구 때문인 것 같았다. 수십 개의 검은 구가 건물을 빽빽이 둘러싼 채 멈춰 있었다.

"100개도 넘는 것 같아요. 그리고 계속 몰려들고 있어요. 얼마나 더 몰려들지 모르겠어요. 건물 뒤로는 더 많아요."

"왜 몰려드는 거지?"

남자가 질문했지만, 당연히도 청년은 답을 몰랐다.

두 사람은 나흘 만에 지하로 내려가 밥을 먹었다. 식료품 매장에서는 음식들이 본격적으로 썩기 시작하면서 냄새가 심해졌다. 시간이 나면 썩은 음식을 찾아내 버리자고 두 사람은 합의했다. 그들은 차가운 통조림과 밥으로 식사를 때우고 가구 매장으로 올라가 씻었다. 두 사람은 한 개의 샤워 꼭지 밑에서 같이 샤워를 했는데 몸을 맞댄 채 샤워를 하려면 그것이 가장 빠르고 안전한 방법이었다. 샤워 중에 청년이 말했다.

"큰일 날 뻔했어요."

"왜?"

"심한 병이었으면 어쩔 뻔했어요. 의사도 없고 약도 없고. 나아서 다행이에요. 그래도 아직 안색이 창백해요."

"얼굴 안 좋아진 것쯤이야 하루이틀 잘 먹으면 원래대로 돌아와."

"언제 마트를 떠날 거예요?"

"잘 모르겠어."

두 사람은 욕실용품 코너에서 가져온 수건으로 몸을 닦고, 남성복 매장에서 가져온 옷을 입었다. 그 두 가지 일이 가장 어려웠다. 다른 일상적인 일들, 걷거나 밥을 먹거나 씻고 화장실에 가는 행동은 익숙했다. 매일 같은 일을 반복하면서 서로의 동작에 익숙해진 것이다.

걸어갈 때는 남자가 오른쪽에 청년이 왼쪽에 서서 걸었는데, 그래야 오른손잡이인 남자와 왼손잡이인 청년이 손을 사용하기에 편했다. 구 사이를 비집고 걸어갈 때는 항상 청년이 앞섰다. 침대에 앉으면 손에서 붕대를 푸는 것은 남자의 일이고 허리를 굽혀 두 사람의 발목에 붕대를 묶는 것은 청년의 일이었다.

하지만 샤워하려고 옷을 벗었다가 다시 입는 일은 여전히 불편했다. 보통은 남자가 옷을 입는 동안 청년은 손을 그의 어깨에 댔고, 청년이 옷을 입는 동안 남자가 청년의 머리에 손을 대고 있었지만, 그래도 여전히 불편했다. 옷을 벗고 입을 때면 두 사람은 항상 허둥댔다.

침대에 돌아온 두 사람은 등을 맞대고 걸터앉았다. 남자는 담배를 피웠는데, 앓는 동안 입에 대지 않았다가 오랜만에 연기를 들이켜자 머리가 핑 돌았다. 바닥에 재를 털면서 돌아보니 침대 주변이 지저분했다.

"엉망이네. 거지 소굴이야. 언제 청소 한번 하자."

"어차피 떠날 거면 뭐 하러 치워요?"

"그래도 사람이 좀 치우고 살아야지."

매장은 형광등의 윙 소리 외에 아무 소리도 나지 않았다.

남자가 청년에게 말했다.

"그 이야기 해봐."

"무슨 이야기요?"

"○○○에서 있었던 이야기."

"아……."

"거기에 어떻게 갔어?"

"가족이 있어서 갔죠. 거기서 만나기로 했거든요. 검은 구가 나왔다는 소식을 듣고 집에 전화했어요. ○○○에 부모님이 사시거든요. 저는 학교 근처에서 자취하고 있어서……."

"아니, 내 말은 뭘 타고 갔느냐고."

"차 타고 갔죠."

"차 안 막혔어? 도로가 피난민 때문에 꽉 막혔잖아."

"지하철을 탔다가 나중에 버스로 갈아탔어요."

"지하철이라. 지하철은 움직였구나. 왜 지하철 탈 생각을 못 했을까?"

"제가 거의 마지막으로 지하철로 이동한 사람일걸요. 저도 지하철이 중간에 운행을 멈춰서 다 못 가고 내렸어요. 그다음에 간신히 버스를 탔는데 버스도 가다가 길이 막혀서 못 움직였죠. 그래서 걸어갔어요."

"○○○에 가서 어떻게 됐어?"

"막상 도착하니까 통제가 돼서 들어가지 못하고 기다리다가 아침에야 풀려서 안으로 들어갔죠. 다음 날까지 가족들하고 집에 있었어요. 사람들이 점점 몰려왔는데, 정말 그 수가 끝도 없이 많았어요. 나중에는 시내가 너무 혼잡해져서 이러다가는 검은 구가 오기도 전에 무슨 일 나겠다 싶었어요. 이상한 소문도 많이 돌았어요. 서울에 있는 구가 경기도로 온다는 소문이 그때부터 있었어요. 소문 정말 빠르죠? 불안해진 사람들이 너도나도 남쪽으로 떠났고, 우리 집도 떠났지만 막히지 않은 길이 없었어요. 그렇게 가다가 구를 만났어요."

"그게 어디쯤이었어?"

"○○○대교 알아요?"

"아니, 몰라."

"그 다리를 지나야 ○○○에서 나와 고속도로로 갈 수 있어요. 정말 중요한 길인데, 피난 행렬이 정말 길었고 우리 가족도 그 길로 걸었어요. 그런데 이상하게 길이 너무 막히는 거예요. 알고 보니 다리 입구에서 군인들이 못 지나가게 막고 있었어요. 검문을 한다나? 총을 둘러멘 놈들이 사람들 소지품을 검사하고 있는데 기가 막히더라고요. 그 병신 같은 놈들이……."

갑자기 청년이 울음을 터트렸다. 담담하게 말하다가 갑자기 몸을 부들부들 떨면서 엉엉 울어서 남자는 놀랐다. 그는 다 큰 어른이 그렇게 오열하는 모습은 처음 보았다.

이윽고 청년은 말했다.

"바보 새끼들이…… 가는 길은 다리밖에 없고…… 그리

고 뒤쪽에서 구 수십 개가 나타났는데…… 수천 명이 놀라서 뛰기 시작해서…… 고함과 비명이…… 그 공포에 질린 얼굴들…… 순식간에 가족들이 다 흩어졌어요……. 나는 어머니 손을 잡고 있었는데 그 손마저 놓치고…… 군인들이 구에 총을 쐈는데…… 어차피 아무 소용 없잖아요……. 총을 쏠 때 앞에 사람이 있는데도…… 총도 제대로 못 쏘는 병신 새끼들……. 어차피 그 새끼들도 다 죽었겠지……. 사람이 다리에서 밀려서 떨어지고…… 터지고 뼈가 부러지고 질식하고…… 10분도 안 되는 시간에 그 많은 사람이…… 그렇게 죽었어요……. 나는 사람을 밟고 넘어서 계속 뛰었어요…… 아무것도 안 들리고 안 보일 때까지…….”

청년은 더 이상 아무 말 않고 울기만 했다.

*

“우리 술 한잔 마실까?”

청년은 울음을 그쳤지만, 표정은 여전히 겁에 질려 있었다. 남자는 청년을 위로하자고 마음먹었다. 그가 앓는 동안 청년이 간호했으니 이번에는 그의 차례라고 생각했다.

“네?”

“술 한잔하자고.”

"술이요? 왜요? 왜 대낮부터 술을 마셔요?"

"못 마실 건 또 뭐야. 왜? 저녁에 다른 약속이라도 있어?"

청년은 멍한 표정으로 남자를 보았다.

"왜 아무 말도 안 하고 쳐다보기만 해?"

"몸은 다 나았어요? 술 마실 수 있어요?"

"나아야 마시는 게 아니라 마시다 보면 낫는 거지."

"글쎄, 술이라면 지하 매장에 주류 코너가 있어요."

두 사람은 지하 매장으로 내려갔다. 주류 코너를 둘러보며 남자는 청년에게 어떤 종류의 술을 좋아하느냐고 물었다.

"술을 잘 안 마셔요."

"그래도 약간은 할 수 있지?"

"한두 잔은 할 수 있지만······."

"조금만 마셔봐. 기분이 나아질걸. 소주로 할까 맥주로 할까?"

"글쎄요······."

"아무거나 말해봐."

"글쎄요······."

청년은 미적거렸다. 수동적인 성격답게 결정도 잘 내리지 못했다. 그래서 남자가 자신이 좋아하는 양주를 찾아 두리번거리는데, 청년이 말했다.

"저 와인 비싼 건데."

그는 와인 매장을 가리켰다. 그곳은 최근의 와인 붐을 반영하듯 인테리어에 상당히 신경을 써놓았고, 진열대와 바닥도 와인 저장통을 연상시키는 나무 재질로 돼 있었다. 남자는 가장 좋은 자리에 놓여 있던 와인을 꺼냈다. 청년은 주변을 두리번거리더니 말했다.

"오프너가 어디 있지?"

맞다, 와인은 오프너가 있어야 하지.

"와인 좋아해?"

"조금요."

"술은 안 한다면서."

"이건 비싼 거 같아서 마시려고요."

남자는 웃음을 터트렸는데, 청년이 왜 웃느냐고 물었지만 대답하지 않았다. 카운터에서 오프너를 찾았고, 매장에 있던 와인 잔을 옷에 대충 문질러 먼지를 닦았다. 바닥에 주저앉아 서로의 잔에 술을 따른 다음 멋지게 건배까지 했다. 청년은 안주로 치즈가 있으면 더 좋겠다고 말했다.

"술은 못 마신다더니 잘만 아네?"

"그냥 뭐……."

남자의 말에 청년은 우물우물 대답했지만 표정에는 긴장이 많이 풀려 있었다. 점차 취기가 오르자 청년은 점점 말이 많아졌다. 남자끼리 친해지는 데 술만 한 건 없지, 남자는 생각했다. 오랜만에 마시는 술이었다. 그는 접대 업무가 많아서 술을 마시지 않고 사흘을 넘기는 적이 없었다. 일하다가 술 마시고 술에서 깨고 일하다가 또 술에 취하는 일상이었는데, 이제는 오래전 같아서 기분이 이상했다.

와인 코너 옆에는 검은 구 하나가 벽에서 반쯤 튀어나와 있었다.

"저건 정체가 뭘까?"

"뭐가요?"

남자는 구를 가리켰다.

"검은 구요?"

"응."

"가설이야 여러 가지가 있잖아요."

"그래? 가설이 있어? 이야기 좀 해줘."

남자는 청년에게 두 잔째 와인을 따랐다.

"뉴스에도 많이 나왔잖아요. 형은 뉴스 안 봤어요? 인터넷에도 많이 올라왔었는데."

"전혀 못 봤어."

"처음에는 사람들이 유에프오라고 생각했어요. 그렇잖아요, 인간의 기술로 만들 수 없는 물체잖아요. 그러니 우주에서 날아왔다고 생각했죠. 하지만 사람을 흡수하는 걸 보면 유에프오라고 하긴 이상하죠."

"흠."

"일종의 무기가 아니냐는 거죠. 사람만 공격하는 건 무기의 특성이잖아요. 총이나 포탄 같은 다른 무기가 통하지 않는 이유도 구가 무기로 개발됐기 때문이라는 거죠. 그래서 미국에서 만든 무기인데 우리나라에서 실험하다가 외부로 유출된 거라는 추측이 있었어요. 미국 정부에서 공식적으로 부인했지만요. 그 후로 구의 성질이 계속 밝혀졌는데, 사람을 노리는 것은 맞지만 죽은 사람은 흡수하지 않고……."

"죽은 사람은 흡수하지 않아? 그건 처음 듣는다."

"중국에서 실험했대요. 죽어서 숨이 넘어가면 바로 흡수하지 않는대요. 몰라요? 전 세계에서 별 실험을 다 했어요. 미국에서는 구를 없애기 위해 핵폭탄을 썼다는 말까지 있었어요. 몰랐어요?"

"라디오에서는 그런 말 안 나왔어."

"뉴스에서야 방송 안 하죠. 개새끼들. 자기들만 알고 있고, 국민들을 위해 일할 생각은 안 하고. 나쁜 새끼들. 아무튼, 그 다음에는 구가 블랙홀이라는 이야기도 있었어요."

"블랙홀이 뭔데?"

"블랙홀은 우주에 있는 특이한 물체인데 모든 걸 흡수해요. 빛까지도 흡수하기 때문에 완전히 검은색이에요."

"그건 검은 구랑 비슷하네."

"그렇죠? 우주에 있는 아주 큰 별은, 그러니까 태양보다 훨씬 질량이 큰 별은 폭발하면서 초신성이 돼요. 그다음 우주로 날아가고 남은 물질이 중심을 향해서 수축하는데, 중력이 너무 크기 때문에 한없이 작게 수축해서 결국 분자의 양자와 전자 구분까지 무너질 정도가 돼요. 그렇게 한없이 쪼그라드는 동안 여전히 중력은 강해서……."

"야, 너무 어렵다. 무슨 말인지 하나도 모르겠다."

남자가 머리를 긁적이자 청년이 웃었다.

"형도 참, 이 정도를 어려워하면 어떡해요, 다 고등학교 때 배우는 거예요."

"뭐, 아무튼, 내가 보기엔 그 블랙홀이 가장 그럴듯해 보이는데, 그것에 대한 정보를 더 얻을 수 없을까? 좀 쉬운 걸로."

청년은 생각에 잠겼고, 남자는 그를 위해 세 잔째 와인을 따랐다.

"맞다, 마트 안에 서점도 있을 텐데. 아마 전자제품 매장 옆에 있을걸요. 거기에 블랙홀에 관한 책도 있을 거예요."

*

두 사람은 지하 매장에서 양주와 와인과 마른안주를 챙긴 다음, 서점을 뒤져 블랙홀에 관한 책을 찾아 3층으로 올라갔다. 남자는 침대에 앉아 어린이용으로 쉽게 풀어 쓴 학습 만화를 읽었다. 청년은 그를 보며 계속 웃었는데, 술에 취해 얼굴이 붉어진 채 만화를 열심히 읽는 모습이 이상하다는 것이었다.

"어린애들이나 읽는 책을 왜 읽어요? 그 정도는 고등학교 때 다 배우잖아요."

"고등학교 때 블랙홀을 배워?"

남자는 되물었다.

"네."

"나는 왜 기억이 없지."

"학교 다닐 때 뭐 했어요?"

"나는 머리가 나빠서 공부를 못했어."

청년은 침대에 등을 돌리고 누웠다. 그가 중얼거리듯 하는 말이 들렸다.

"나는 공부 잘했어요."

"부모님이 좋아했겠다."

"차라리 못했으면 하고 바랄 때가 더 많았어요."

"배부른 소리 한다."

"형 부모님은 형을 안 좋아했어요?"

"공부 못하는 자식을 누가 좋아해. 대신 나는 속 안 썩이려고 진짜 노력했어. 학교 졸업하고 나서는 필사적으로 노력해서 남들보다 빨리 취직하고, 개같이 일해서 결국 출세했지."

"멋있네요."

"남자로 태어났으면 멋있게 살아야지, 안 그래? 군대에서 배운 게 그거야. 좋은 학교 나온 게 다가 아니다. 군대에 오면 부자도 가난한 놈도 배운 놈도 못 배운 놈도 다 이등병이듯이, 사회에 나가면 다 새로운 선에서 새롭게 출발한다는 거. 그래서 진짜 열심히 했어. 남보다 두세 배 더 노력했어. 내가 원래부터 술 잘했는지 알아? 나도 너처럼 술 못했어. 하지만 영업 일이 술을 안 마실 수가 없어서, 억지로 주량을 늘렸어. 지금은 누구보다도 잘 마셔. 너랑 같이 마셨는데 나는 멀쩡하잖아."

"나도 멀쩡해요."

"미친 새끼, 너 지금 혀 꼬인 소리 내는 거 알기나 해?"

"나는 억지로 해야 하는 일이 싫어요. 억지로 술 마시는 것도 싫고."

청년은 반쯤 잠든 목소리였다.

"싫어도 할 건 해야지 어쩌겠어? 자기 하고 싶은 일만 하면서 사는 사람이 몇이나 되냐? 피할 수 없으면 즐겨야. 학교 다닐 때 친구들 사이에서 내가 공부도 못하고 성격도 어수룩해서 다들 나보고 바보라고 그랬어. 하지만 이제는 내가 돈도 제일 많이 벌어. 공부 잘한다고 잘난 척하던 친구들 다들 취직 못 하고 괜히 유학 가고 대학원을 두세 번 다니고 그래. 걔네가 날 얼마나 부러워하는데. 부모님도 얼마나 자랑스러워하시는데. 나는 차도 있고, 집도 있고, 저번에는……."

남자는 말을 멈췄다. 그가 잘나가는 게 무슨 소용인가. 세상이 멸망했지 않은가. 며칠 전에야 재산과 직업과 인간관계가 자랑스러운 일이었겠지만 지금은 아무 소용 없었다. 부정하고 싶지만 사실이었다.

남자는 발치에 놓은 빈 양주병을 홧김에 걷어찼다. 병은 요란한 소리를 내며 바닥을 굴렀다.

남자는 더 이상 아무 말 않고 만화책을 읽었다. 소년과 소녀와 똑똑한 개가 우주선을 타고 우주를 여행하는 내용이었다. 우주선이 블랙홀을 만나 끌려 들어갈 위험에 처하자, 개가 탈출 방법을 설명했다. 개는 블랙홀의 특징이라는 '사건의 지평선'에 대해 길게 설명했는데, 남자는 이해하려고 애썼지만 술에 너무 취해 있어서 문장이 머릿속에 들어오지 않았다. 그때 청년이 코를 고는 소리가 들렸다. 남자는 책을 내던진 다음 침대에 누웠고 두 사람은 잠이 들었다.

*

그 후 두 사람은 대부분의 시간 동안 술에 취해 있었다. 처음에는 아침에 일어나 밤에 자고 하루 세끼 밥을 먹고 세수도 하면서 규칙적으로 생활하려 애썼다. 하지만 평범한 일상을 되풀이할수록 세상이 사라졌다는 공허만 더 깊이 느꼈다. 술은 허무를 잊는 가장 확실한 도구였다. 두 사람은 술에 취해 잠들었고, 잠에서 깨도 침대에서 끝없이 뭉그적거리다가 참을 수 없이 배가 고프거나 화장실에 가고 싶어져야 일어났다. 침대에서 내려가지 않으려는 상대방을 설득하는 데 갈수록 애를 먹었다. 남자가 안 일어나려는 청년을 깨워서 화장실에 갈 때마다, 반대로 밥 먹자고 하는 청년에게 귀찮다며 남자가 돌아누울 때마다, 남자는 정말 한심한 인간들이 따로 없다고 생각했다. 하지만 달리 할 일이 없었다.

오후 늦게 일어나면 두 사람은 창으로 다가가 밖을 내다보고 전날보다 많이 모여 있는 검은 구를 확인했다. 그리고 지하 매장으로 내려가 식사하거나 내려가지 않고 전날 가지고 올라온 음식으로 때웠다. 둘 다 씻기 귀찮아해서 세수는 자주 건너뛰었다.

두 사람은 침대에 누워 에어컨 바람을 쐬며 빈둥거리다가 배가 고파지면 입맛을 돋울 만한 음식을 찾았다. 청년은 고기를, 남자는 단것을 찾았다. 이상한 일이었다. 남자는 원래 단것을 즐기지 않았고, 청년도 고기를 그다지 좋아하지 않았다고 했다. 서로를 배려하던 마음도 사라졌다. 남자는 청년이

고기를 찾아 정육점 매장을 돌아다니는 걸 귀찮아했고, 청년은 남자가 가지고 온 과자를 어린아이처럼 빼앗기도 했다.

두 사람은 자주 다퉜으며 대부분 유치한 싸움이었다. 남자는 담배 연기를 일부러 청년 쪽으로 뿜었고 청년이 화를 내면 그를 놀렸다. 신경질이 난 청년은 삐쳐서 남자에게 말을 걸지 않았다. 그렇게 밤이 오면 두 사람은 술을 마셨다. 남자는 청년에게 담배도 권했다. 청년은 결국 담배를 배우지 못했고 술도 별로 늘지 않았지만, 어쨌든 그렇게 시간을 보냈다.

"갈수록 엉망이 돼가요."

청년이 말했다. 침대 주변에서 시작된 더러움이 건물 전체로 번졌다. 빨지 않고 바닥에 던진 옷이 굴러다니는 남성복 매장, 먹다 남긴 음식과 쓰레기를 버린 식품 매장, 청소하지 않아 더러운 화장실, 먼지 쌓인 복도, 계단, 창문, 바닥, 침대, 모두가 엉망이었다.

검은 구는 건물을 향해 몰려들다 못해 땅에 두 겹 세 겹으로 쌓이기 시작했다. 검은 구가 있지 않은 땅은 더 이상 보이지 않았다. 이러다가 전 세계의 구가 다 모여들어 건물을 둘러싸는 것은 아닌가 싶어 남자는 숨이 막힐 것 같았다. 그리고 더 많은 술을 마셨다.

평소에는 구를 무서워하던 둘은 술에 취하면 갑자기 용기가 솟아 구를 물리칠 사람은 그들뿐이라는 사명감을 가지고 구를 없앨 방법을 찾아 헤맸다. 물론 모든 방법이 소용없었다. 어떤 물건으로 아무리 세게 두들겨도 구에는 흠집 하나 나지 않았다.

처음 방망이로 구를 쳤을 때 구가 내는 기묘한 파열음에 남자는 깜짝 놀랐다. 날카로운 송곳으로 찔러보기도 하고 사포로 표면을 갈아보기도 했지만 소용없었다. 겉에 기름을 칠한 다음 계단에서 밀면 구가 굴러 내려가지 않겠느냐고 남자가 말했을 때 청년은 맞장구쳤고, 두 사람은 한동안 그 방법으로 구를 움직여 보려 했다. 나중에 청년은 그 말도 안 되는 방법이 술에 취했을 때는 이상하게도 그럴듯하게 들렸다고 남자에게 고백했다.

두 사람은 구에 이것저것 뿌려봤지만 아무것도 묻지 않았다. 먼지조차 앉지 않았다. 어떤 것이든 천천히 표면에서 미끄러져 바닥으로 떨어졌다. 청년은 그것이 구가 물체가 아니라 힘으로 뭉쳐진 에너지 덩어리라는 증거로 여겼다. 구의 표면은 그 에너지의 장막이라는 것이다. 구가 다른 물체를 통과하는 것도 그 때문이라고 했다.

남자는 청년의 말을 이해하지는 못했으나 왠지 그럴듯하다고는 생각했다. 그러면 에너지 장막을 없애려면 어떻게 해야 할까? 그 방법은 청년도 몰랐다. 두 사람은 소화기를 구에 분사했다가 잘못 쏘는 바람에 그들이 분말을 뒤집어썼고, 엉망이 된 서로의 모습을 보면서 킬킬 웃었다.

그러다가 지쳐 침대로 돌아오면 청년은 잠이 들고, 그동안 남자는 침대 옆에 쌓아둔 책을 천천히 읽었다. 책을 완전히 이해하지는 못했지만 그래도 안에 실린 사진은 찬찬히 들여다보았다. 태양계의 행성이나 우주를 촬영한 컬러 사진들을 보며, 지구 밖에 또 다른 세상이 있고 남자의 지식으로 이해 못 할 것으로 가득하다는 사실에 경이로움을 느꼈다. 이전에는 해본 적이 없는 생각이었다.

남자는 술에 취하면 만화책에서 읽은 내용을 청년에게 반복해서 말했다.

"나는 사건의 지평선이라는 개념이 마음에 들어. 블랙홀에는 사건의 지평선이라는 게 있는데, 그 안에서 일어나는 일은 이해할 수 없대. 그래서 마음에 들어. 인간의 지식으로는 이해할 수 없는 게 밤하늘 어딘가 있다, 이거지. 나같이 멍청한 놈은 죽었다 깨어나도 이해 못 할 것이 우주에 있는 거야. 나는 그게 마음에 들어."

"검은 구와 비슷하네요."

"그렇지? 그래서 호기심이 생기나 봐."

남자가 블랙홀에 대해 말하면, 청년도 구에 대한 이런저런 추론을 늘어놓았다. 자신이 알고 있는 지식과 그동안의 생각을 엮은 가설을 풀어놓으면 남자는 귀를 기울였다. 남자는 청년의 지식에 감탄하면서도 한편으로는 그가 너무 많은 것을 아는 건 아닌지 의심스러웠다. 평범한 대학생이 저 정도로 박식할 수 있나? 혹시 청년은 구에 대해 직간접적으로 관련이 있던 사람은 아닐까? 특히 청년이 검은 구는 에너지가 뭉쳐진 상태인 것 같다고 말했을 때, 다른 사람들도 그런 추론을 해낼 수 있을까 남자는 곰곰이 생각에 잠겼다.

"그런데 중요한 것은 구의 성질이고 뭐고가 아니라 우리가 점점 조심성이 없어진다는 거예요."

청년이 말하자 남자는 웃었다.

두 사람은 갈수록 구를 무서워하지 않게 되었다. 특히 술에 취했을 때는 너무 겁이 없어진 나머지 붕대를 대충 묶고 다니거나 다리를 제대로 묶지 않고 잠들 때도 있었다. 아무리 취했어도 붕대를 잘 묶었는지 확인하고 자자고 다짐했지만, 그러지 않는 날이 점점 늘어갔다. 두 사람은 그 정도로 술에 취해 있었다.

"붕대로 감는 걸 잊어버리고 잠들면 어쩌죠?"

"그러면 진짜 큰일 나는데."

"그렇죠, 조심해야죠."

둘은 앞으로라도 조심하자고 약속했건만 그런 다짐도 늘 잠시뿐이었다.

*

　검은 구에 둘러싸인 채로 항상 붙어 있어야 하는 이상한 상황에서 오는 스트레스가 두 사람의 성격을 천천히 비틀었다. 사이가 좋다가도 바로 다음 순간 사이가 틀어지고 또 사이가 좋아지곤 했다.

　사이가 좋지 않은 형제가 생긴 기분이라고 청년은 그 관계를 표현했다. 그들은 별것 아닌 일로 으르렁거리고 신경질 내고 시비를 걸다가 또 금방 화해했다. 화해를 안 할 수가 없었다. 둘은 떨어져 있지 못하니까 말이다.

　남자는 청년이 죽이고 싶을 만큼 짜증이 나다가도 곧 다음 순간에는 청년처럼 착한 사람과 같이 지내는 것이 행운이라고 생각했고, 그런 복잡한 감정 상태를 오가는 자신이 이상하게도 느껴졌다. 그즈음 청년은 이런 말을 자주 했다.

　"다 죽어도 싸."

　새벽이었다. 전자제품 매장은 텔레비전만 켰을 뿐 조명은 모두 꺼놓아 어두웠다. 청년은 소파에 앉아 텔레비전으로 디브이디를 보고 있었고, 옆에서 잠들었던 남자는 청년의 말에 잠이 깼다.

　"너는 요즘 시도 때도 없이 그 말을 하더라. 왜 그러는데?"

　그즈음 남자는 게임에 청년은 영화에 빠져 있었다. 그들은 전자제품 매장에서 게임기와 디브이디 플레이어를 꺼내 가장 좋은 텔레비전과 연결하고 스피커까지 세팅한 다음, "세계는 멸망했습니다" 파란 화면이 사방에 켜진 그곳에서 시간을 보냈다. 두 사람은 자신의 취미에 열광하면서도 서로의 취미는 싫어했다.

남자는 영화가 지루하다고 여겼고, 청년은 게임은 쓸데없는 일이라고 생각했다. 사실 남자에게도 게임은 아무 의미 없었다. 그는 전쟁 슈팅 게임을 좋아했는데, 미친 듯이 열을 내면서 총을 쏘고 적군을 죽이다가도 내가 지금 뭘 하나 하는 생각에 사로잡혀 멍해지곤 했다.

청년은 영화에 몰두해서 두세 편씩 연속으로 보았고, 그동안 남자는 옆에 앉아 술을 마시며 지루하다고 투덜거렸다. 남자는 영화를 좋아한 적이 없었다. 모든 것이 사라진 지금, 사람들이 웃고 울고 열심히 살아가는 모습을 영화를 통해 지켜보자니 고통스러웠다.

청년은 공포 영화를 좋아해서 괴물이 사람을 잡아먹거나 살인마가 사람을 무참히 죽이는 영화에 열을 올렸는데, 왜 그런 감성을 좋아하는지 남자는 이해가 가지 않았다. 그 순간에도 청년은 좀비가 사람의 목을 물어뜯는 영화를 보고 있었다. 비명을 지르는 사람의 배에 좀비가 손을 넣어 내장을 꺼내 막 씹으려는 순간, 남자가 리모컨을 빼앗아 텔레비전을 껐다.

청년은 화를 냈다.

"뭐예요, 보고 있는데."

"너는 왜 사람 죽는 걸 보면서 웃고 그러냐? 안 징그러워?"

"좀비 영화가 얼마나 재밌는지 형이 몰라서 그래요."

"사람이 다른 사람 내장을 뜯어먹는 게 재미있어?"

"다 죽어도 싸니까요."

"왜 그런 말을 하느냐니까?"

두 사람 사이에는 잠시 정적이 흘렀다.

"솔직히 그렇잖아요, 환경 파괴하고 서로 전쟁하고 죽이기나 하고. 인간이야말로 죽어도 싼 존재예요."

"너는 네 가족이 죽었는데도 그런 말이 나와?"

"형은 형 가족이 죽었는데도 게임이 하고 싶어요?"

남자는 리모컨을 청년에게 집어던졌고, 청년은 리모컨을 집어서 다시 남자에게 던졌다. 남자는 청년의 얼굴을 주먹으로 쳤다. 청년은 남자를 치지 않았다. 힘으로는 남자에게 못 당한다는 걸 알기 때문에 청년은 맞아도 반항하지 않았다.

"때려서 미안하다."

남자가 말했고, 그것으로 사과는 끝이었다.

"다 죽어도 싼 놈들이에요."

"너 지금 나한테 맞았다고 그런 말로 화 푸는 거지?"

"다 잘 죽었어요. 동물 멸종시키고 자원은 낭비하고 환경

오염 만들고. 싸우고 고문하고 강간하고 죽이고. 인간이야말로 추한 존재예요."

"나는 사람이 그리워. 어제는 사람들이 마트로 찾아오는 꿈을 꿨어. 우리처럼 서로 손을 묶은 사람들이 찾아와서, 구에 흡수되지 않는 방법을 찾아냈습니다, 서로 손을 묶으면 구에 흡수되지 않습니다, 그러니 모여서 같이 삽시다, 그러더라. 그중에 부모님도 있었는데, 내가 부모님에게 막 다가가려는 순간 꿈에서 깼어. 네가 오줌 마렵다고 화장실 가자고 깨워서. 개새끼, 너만 아니었으면 꿈에서 부모님하고 얘기도 좀 해봤을 텐데."

"누구도 우리를 찾아오지 않을 거예요."

"희망을 가져야지. 너는 이렇게 사는 게 좋아?"

"누가 좋대요?"

청년은 목소리를 높였고, 그의 고함이 조용한 매장에 울려 퍼졌다. 청년은 다시 목소리를 낮췄다.

"우리는 죽어도 여길 나가지 않을 거예요."

"나는 나가고 싶어."

"그런데 왜 안 나가요?"

"네가 나가길 싫어하잖아."

"억지로 끌고 나가면 되잖아요."

"그래서 얼마나 가겠어. 서로 협동해야지. 그래야 살 수 있

255

잖아."

"내 생각에 형은 술이 다 떨어지면 나갈 것 같아요."

"다른 술을 찾아서? 하기야, 여긴 양주가 별로 없어. 나는 양주가 좋은데. 진짜 이러다가는 아예 나가지 못하겠다. 지금도 나갈 방법이 있을까? 구가 완전히 건물을 둘러싸고 있는데 문으로 나가면 구 사이를 비집고 걸어갈 수 있을까? 모르겠어. 아, 씨발, 아무것도 모르겠어."

청년이 말했다.

"형처럼 배려할 줄 아는 사람하고 남아서 다행이에요. 나를 학대하고 개처럼 부리는 놈과 남았다면 나는 어떻게 됐을까요? 끔찍해요."

"나는 예쁜 여자랑 남았으면 정말 좋았을 거란 생각을 매일 하는데. 그건 몰랐지?"

"형이 술 취하면 항상 말하잖아요."

"그런가?"

두 사람의 시선은 발목을 묶은 붕대에 향해 있었다.

"우리는 왜 구에 흡수되지 않을까요?"

"낸들 아나."

남자가 대답하자, 청년은 말을 이었다.

"내 생각에는 우리 둘 중 한 사람이 구에 흡수되지 않는 사람인 것 같아요. 그래서 같이 붙어 있는 나머지 사람도 구에 흡수되지 않는 거고요. 그렇지 않을까요?"

남자는 말도 안 된다고 생각했다. 두 사람은 분명 처음 만났을 때 같이 구를 피해 도망쳤고, 둘이 몸을 맞댄 다음 구에 닿았을 때야 흡수가 안 됐다. 그건 청년도 아는 사실이었다.

"하지만 나는 형이 구를 피해서 도망치는 건 못 봤어요. 처음 만났을 때 기억 안 나요? 나는 형을 보고 도망쳐서 길로 나갔다가, 구가 나를 따라와서 그다음부터는 형하고 같이 도망쳤어요. 그러니 나는 형이 구를 피해 도망치는 거는 못 본 거잖아요."

"그렇게 따지면 나도 네가 도망치는 건 못 본 거지. 구가 나를 따라온 건지 너를 따라온 건지 어떻게 알아? 나는 네가 더 수상해. 너는 구에 대해 너무 많이 알아. 너 구를 만든 거랑 무슨 관계 있는 사람 아니야?"

"그게 말이 돼요?"

"네 말이나 내 말이나 다 말이 안 돼."

"확인하는 방법은 딱 하나뿐이에요."

청년이 무슨 방법을 말하는지 남자도 잘 알았다. 그 역시 자주 하는 생각이었다. 붕대를 풀고 구에 손을 대보는 것이다. 흡수되지 않는 사람은 그대로 남고 나머지 사람은 안으로 빨려 들어갈 테니까. 하지만 그건 죽기로 작정했을 때나 해볼 방법이었다.

"그런 생각 하지 말자. 어쨌든 우리는 한배를 탄 거니까."

청년은 리모컨으로 텔레비전을 켰고, 남자도 같이 좀비 영화를 지켜보다가 잠이 들었다. 청년은 끝까지 영화를 보고 나서 잠들었다. 그리고 시간이 흘렀다. 계속 흐르고 흘렀다.

그리고 그 일이 터졌다.

*

그 일은 두 사람이 예상치 못한 순간에 조용히 일어났다.

청년과 남자는 싸우고 때리고 욕하면서 하루를 보내느라 지쳐서 깊이 잠들었다. 그래서 발목을 감은 붕대가 거의 풀려 있다는 것을 몰랐다. 남자가 둥그렇게 몸을 웅크렸을 때, 청년이 남자에게서 멀어지려고 몸을 뒤척일 때마다 두 사람의 발목이 떨어졌고, 그때마다 천천히 구가 그들에게 모여들었다. 그리고 피부가 다시 닿으면 구는 멈췄다.

밤새도록 건물을 둘러싼 모든 구가 동시에 움직였다가 멈췄고, 어느덧 3층 전체에 구가 가득 찼다. 두 사람은 검은 구가 코앞에 다가왔을 때까지도 상황을 알지 못했다.

마지막으로 접촉이 떨어졌을 때 검은 구가 청년의 오른팔에 닿았다. 청년은 그 부분부터 구에 흡수되었다.

"아아아악!"

잠에서 깬 남자는 그를 돌아보는 청년의 얼굴과 천천히 흡수되고 있는 청년의 팔을 보았다. 그리고 주변을 둘러싼 시커먼 구들을 보았다. 남자는 청년의 왼팔을 잡아당겼다. 하지만 한번 구에 흡수된 사람을 다시 끌어내는 것은 불가능했다. 이어서 청년의 머리가 구 안으로 들어갔고, 상체가 구로 흡수되었다.

남자는 안 돼, 죽으면 안 돼, 라고 외치며 울부짖었다. 청년은 곧 다리까지 흡수되었다. 두 사람의 접촉이 떨어졌기 때문에 남자도 구에 닿으면 흡수될 테지만 남자는 절박한 나머지 그 점을 생각하지 못했다. 마지막으로 청년의 발목이 흡수되면서 발목을 잡아당기고 있던 남자의 손도 구에 닿았다. 남자의 손바닥이 구에 부딪쳤고, 남자는 그제야 놀라 흠칫 몸을 떨었으나 그것으로 끝이었다.

남자는 안으로 흡수되지 않았다. 손바닥은 구의 단단한 표면과 접촉해 있을 뿐 안으로 들어가지 않았다. 그리고 주변의 모든 구가 움직임을 멈췄다. 청년의 추측이 맞았다. 둘 중 한 사람은 구에 흡수되지 않기 때문에 나머지 사람도 신체를 접촉해 있는 동안은 구에 흡수되지 않은 것이다. 그리고 흡수되지 않는 사람은 바로 남자였다.

남자는 세상에 홀로 남았다.

14
고독

깨진 창문으로 바람이 몰아치면서 머리맡의 양초가 꺼졌다. 남자는 눈을 가늘게 떴다. 손으로 주변을 더듬어 담배를 찾아 입에 물었다. 라이터로 불을 붙이고 연기를 깊이 들이마셨다.

침대 주변에 모인 구들이 덜컹덜컹 서로 부딪치다가 조용해졌다. 남자는 신경 쓰지 않았다. 그동안에도 그는 계속 눈을 감은 채였다. 무슨 생각인가가 떠올랐으나 곧 잊었다. 가구 매장은 어두웠다. 일어나 침대에 걸터앉았는데, 왜 일어나 앉았는지 기억나지 않았다. 다시 바람이 불었다. 남자는 옷깃을 여몄다.

지금이 아침인지 낮인지 확인하려 주변을 둘러보았고, 어딘가 시계가 있으리라 생각했지만 보이지 않았다. 시선마다 검은 구가 앞을 틀어막고 있었다. 침대 주변을 둥글게 둘러싸고 있는 그것들은 그를 내려다보며 말을 걸 것만 같았다. 너는 언제 죽을 거야? 우리가 기다리고 있잖아, 죽으려면 빨리 죽어. 그러면 남자는 대답했다.

"죽이고 싶으면 죽이든가."

그러나 그의 말에 대답하는 사람은 없었다.

누군가 그의 옆에 있었던 것 같았다. 그것도 긴 시간 동안 함께 있었다. 지금은 왜 없지? 그런 생각을 하면 이상하게도 남자는 발목을 내려다보게 되었다. 그리고 발목에 항상 붕대가 감겨 있었다. 이게 뭐지? 남자는 붕대를 묶으며 생각했다. 내가 붕대를 왜 묶는 걸까? 발목을 다쳤던가? 남자는 단단히 묶였는지 확인한 다음 침대에 누웠다.

배가 고팠다. 아, 배가 고프구나. 음식은 어디에 있나? 그는 다시 일어나 앉았고, 머리가 핑 돌았다. 그는 일어나면 현기증을 느끼거나 두통을 느끼거나 둘 중 하나였다. 침대에서 내려오다가 빈 술병을 밟고 미끄러질 뻔했고, 옆에 있는 구를 짚고 간신히 중심을 잡았다. 구와 구 사이의 좁은 틈을 걸어 가구 매장을 나왔다.

다시 구가 움직이며 덜컹덜컹 소리를 내다가 조용해졌다. 남자는 신경 쓰지 않았다. 그런데 음식은 어딜 가야 있더라? 아, 지하로 내려가서 가지고 왔지. 남자는 아래층으로 내려가는 길을 찾았다. 어디가 계단이었지? 그런데 밑으로 내려가는 이유는 뭐지?

1층에는 군데군데 배설물과 토사물이 있었지만 그런 것을 봐도 별다른 기분을 느끼지 못했다. 화장실과 화장실이 아닌 곳을 구별해서 쓰지 않은 지 꽤 되었다. 그는 1층을 돌아다니며 버릇처럼 세 개의 출구를 확인했다. 모두 오래전부터 그랬듯 구가 꽉 틀어막고 있어서 나갈 틈이 없었다.

여전히 건물에 갇혀 있다고 생각하니 남자는 갑자기 건물 옥상으로 올라가 뛰어내리고 싶은 충동에 휩싸였다. 하지만 그러면 안 된다. 그러면 죽으니까. 남자는 1층을 두리번거리다가 자신이 왜 그곳에 내려왔는지가 기억나지 않았다.

1층에 왜 내려왔지? 그는 졸렸고, 목이 말랐다. 3층으로 다시 올라갔고, 구석으로 걸어가 그곳에 쌓아놓은 생수병을 하나 들고 물을 마셨다. 그리고 옷을 벗었다. 그곳은 어두웠다. 남자는 초를 켜야겠다고 생각했다. 하지만 초가 떨어져 가고 있어서 아껴 써야 했다. 그런데 한편으로, 초가 떨어져도 어려울 것은 없다는 생각도 들었다. 빛이 꼭 필요한가?

옷을 모두 벗은 그는 생수병의 물로 몸을 씻었다. 차가운 물을 피부에 끼얹고 문지르려니 몸이 덜덜 떨렸다. 이제는 날이 많이 서늘해져 아침이면 차가운 바람이 불었다. 바닥에 떨어진 물이 한곳으로 흘러갔다. 남자는 주변에 널린 천을 주워 몸을 닦은 다음 옷을 입었다. 옷은 더러웠다. 내려가서 새 옷을 입자고 생각했다. 그리고 배도 고팠다. 옷을 가지러 내려가는 김에 먹을 것도 가지러 가야겠다고 남자는 생각했다.

식품 매장은 음식이 부패하는 냄새로 지독했다. 남자는 처음에는 역겨웠다가 갑자기 아무것도 느끼지 못했다. 그는 썩은 음식들 사이에서 썩지 않은 것을 골라 품에 안고 올라왔다. 1층 남성복 매장에 더러운 옷이 잔뜩 쌓여 있었다.

누가 쌓아놨지? 아, 내가 그랬지. 남자는 계단을 걸어 2층으로 올라왔다. 그리고 막 모퉁이를 도는데 복도 맞은편에서 누군가 다가와서 흠칫 놀랐다. 그것은 그 자신이었다. 코너에 붙어 있는 전신 거울을 볼 때마다 남자는 자기 모습을 다른 사람으로 착각하고 깜짝 놀랐다.

그가 봐도 낯선 모습이었다. 얼굴은 꺼칠하고 수염이 덥수룩했다. 그리고 특히 눈이 아주 이상했다. 뭘 보는지 알 수 없는 멍한 눈빛이었다. 남자는 거울을 들여다보다가 뭘 하려고 했는지 다시 잊어버렸다. 품에 안은 음식을 내려다보고 그제야 그걸 먹어야겠다고 생각했다. 그는 조금 추웠다. 왜 그렇지? 비라도 맞았나?

남자는 2층에서 걸음을 멈춰 물끄러미 전자제품 매장을 둘러보았다. 텔레비전으로 다가가 버튼을 눌러보았다. 전기는 들어오지 않았다. 전기가 끊긴 지 꽤 됐고 다시는 들어오지 않을 것이다. 남자는 3층으로 올라갔다. 복도 창문으로 밖이 보였다.

수천 개의 검은 구가 건물 주변에 있었다. 어떤 것은 공중에 떠 있기도 했다. 그는 3층으로 들어가 바닥에 주저앉았다. 천천히 음식을 씹었다. 갑자기 울음이 터졌다. 남자는 음식을 삼키면서 엉엉 울었다. 그가 우는 소리가 건물에 울렸다. 최근 그는 무얼 먹을 때면 이상하게도 끝없이 눈물이 솟았다. 그리고 그때마다 참지 못하고 꺽꺽 소리를 내며 울었다.

남자는 어렸을 때의 일이 생각났다. 그는 외동아들이어서 형제 없이 외롭게 어린 시절을 보냈다. 어느 날 부모님이 외출하면서 남자 혼자 집에 남았는데, 그는 큰 집에 홀로 있는 것이 너무 무서워서 울기 시작했다. 하지만 아무리 울어도 부모님은 나타나지 않았다. 남자는 울음을 멈추고 잠들었다가 다시 일어났고, 아무도 없어서 또 울었다. 뒤늦게 돌아온 어머니가 남자가 울면 쓰느냐고 타일렀다. 울면 안 되지, 그러면 안 돼, 무서워도 울지 말고 참아야지, 어머니는 남자를 달랬다. 그래서 남자는 자신에게 말했다.

울면 안 돼, 정수야, 울면 안 돼. 남자는 울음을 멈췄다. 남자는 밥을 다 먹고 눈물로 얼룩진 얼굴을 닦았다. 한동안 바닥에 앉아 있다가 졸음이 몰려와서 잠시 누웠다. 바람이 불었다. 남자는 딱딱한 바닥이 불편해서 일어나 침대에 앉았다.

눈을 감았지만 심장이 터질 것처럼 빨리 뛰었다. 끝없이 무서웠다. 그는 눈을 뜨고 중얼거렸다.

"다 죽어도 싸, 개새끼들."

가끔 입에서 이런 말이 튀어나왔다. 주로 자려고 누웠을 때 그랬는데, 왜 그런 것인지 자신도 몰랐다. 남자는 잠을 자고 싶었다.

하지만 혼란스러웠다. 그는 돌아누웠다가, 침대 왼편에 누군가 누워 있는 환각을 잠시 보았다. 맞아, 내 옆에 누군가 있었어. 하지만 다시 바라보니 아무도 없었다. 대신 그곳에는 네모반듯하게 접힌 쪽지가 있었다. 남자는 쪽지를 물끄러미 바라보면서 청년을 생각했다. 청년이 기억났다. 맞아, 같이 붙어 있어야 했던 사람이 있었어. 같이 있는 동안 슬픈 일도 많았지만 재밌는 일도 있었어.

그런데 어떻게 됐더라? 다시 눈물이 솟았지만 꾹 참았다. 정수야, 혼자 남았다고 울면 안 돼. 어디선가 어머니의 말이 들리는 것 같았다. 부모님은 어디 있을까? 부모님뿐 아니라 다들 어디 있을까? 나는 지금 여기 혼자 있는데. 남자는 생각했다.

청년이 구에 흡수되자 이제 그는 세상에 홀로 남았다. 그 사실을 깨닫자 공포에 질려 건물을 나가려고 했지만 방법이 없었다. 건물 주변에 몰려 있던 검은 구가 출구와 창문을 모두 막고 있었던 것이다. 설령 밖으로 나가더라도 길에 구가 이중 삼중으로 깔려 있어서 걸어갈 틈이 없었다.

남자는 건물에 갇혔다. 그것도 홀로. 그는 끝없이 자책했다. 왜 청년과 확실히 접촉하지 않았을까? 붕대 묶은 것만 확인하고 갔어도 이런 일은 일어나지 않았을 것이다.

이제 나는 이곳에서 죽을 때까지 혼자 살아가야 하나? 아, 안 돼. 제발, 그것만은 안 돼. 남자는 생각했다. 어째서 나는 구에 흡수되지 않을까? 남자는 검은 구가 나타난 이후 모든 일이 남자를 중심으로 벌어졌다는 걸 알았다. 그는 구를 최초로 목격한 사람이고 구에 흡수되지 않는 유일한 사람이었다. 그러나 검은 구는 말을 하지 않으니 이유를 알려줄 사람이 없었다.

그는 침대 주변에서 덜컹거리는 구에 손을 얹고 생각에 잠기곤 했다. 청년이 죽은 것은 남자의 잘못일까? 결국 청년의 목숨은 남자에게 달려 있었으니까. 세상 사람들이 모두 죽은 것도 남자의 잘못인가? 그들이 모두 남자와 연결되어 있었다면 아무도 죽지 않았을 것이다.

남자는 수도 없이 되풀이 생각했다. 만약 처음 남자가 골목에서 구를 목격했을 때, 옆에 있던 아저씨가 아닌 남자가 구를 만졌다면 어떻게 됐을까? 학교 사람들과 남자가 계속 둥글게 손을 잡고 있었다면 구에 닿아도 죽지 않는다는 걸 알게 됐을까? 그가 부모님을 만났다면 부모님도 살릴 수 있었을까? 그가 사랑했던 다른 사람도 모두 살릴 수 있었을까?

그런데 왜 남자는 구에 흡수되지 않는가? 구가 세상에 나타난 것이 남자 때문인가? 남자는 과거를 끊임없이 되짚었으나 그의 어떤 행동 때문에 구가 나타났는지 전혀 짐작도 되지 않았다. 생각과 고독에 파묻힐수록 남자의 이성은 망가졌다. 죽고 싶다는 생각도 자주 했다. 그러나 다음 순간 그냥 버텨보자고 마음먹었다. 어쨌든 살아야 할 것 아닌가. 그러나 다시 다음 순간 모든 걸 견딜 수 없어지는 것이다.

침대 옆에 놓인 종이는 남자가 아플 때 청년이 줬던 해열제에 첨부된 설명서였다. 청년은 빈손으로 마트에 도착했고 남긴 것도 없어서 청년을 추억할 만한 물건이 없었다. 그가 남기고 간 것은 해열제뿐이었다. 남자는 설명서를 침대 옆자리에 두고 청년을 잊지 않으려 애썼고, 더 이상 못 견딜 만큼 고독할 때면 그것을 읽었다. 남자는 쪽지를 펼쳐 내용을 읽었다.

쇼크 및 아나필락시양 증상이 나타날 수 있으므로 충분히 관찰하여 이상이 나타나는 경우에는 투여를 중지하고 적절한 처치를 하십시오. 이 약은 천식 발작을 유발할 수 있습니다. 드물게 혈소판 감소, 과립구 감소, 용혈성 빈혈, 메트헤모글로빈혈증, 혈소판 기능 저하 등이 나타날 수 있으므로 관찰을 충분히 하고 이러한

증상이 나타날 경우에는 투여를 중지하십시오. 또한 청색증이 나타날 수 있습니다. 바르비탈계 약물, 삼환계 항우울제 및 알코올을 투여한 환자는 다량의 아세트아미노펜을 대사시키는 능력이 감소되어 아세트아미노펜의 혈장 반감기를 증가시킬 수 있습니다.

"다 죽어도 싸, 개새끼들."

남자는 종이를 내려놓았다. 그는 시계를 찾아보려다가 눈앞의 많은 구를 보고 포기하고는 그냥 침대에 누웠다. 시간이 많이 흐른 것 같았다. 몇 시간이 지났나? 하루가 지났나? 혹은 며칠이 지난 건가? 바람이 불었다. 남자는 옷깃을 여몄다.

무심코 손목을 내려다보았다가 긴 흉터를 발견하고 깜짝 놀랐다. 언제 손목을 다쳤지? 아니, 내가 직접 칼로 그은 건가? 자살하려고 했던가? 자살을 시도한 기억은 있다. 한번은 몸에 기름을 붓고 불을 붙이려고 했었다. 결국 불은 켜지 못했다. 칼로 손목을 그은 것은 그다음인가? 워낙 기억이 뒤죽박죽이라 무슨 일이 먼저 일어났는지 확신이 없었다.

지금은 몇 시지? 침대 주변의 구가 덜컹덜컹 소리를 내며 움직였으나 남자는 신경 쓰지 않았다. 왼편에 놓인 작은 종이가 보였다. 이게 뭐지? 왜 이걸 침대에 뒀지? 남자는 종이를 버리려다가, 그가 소중하게 여기는 물건인 것 같아 다시 그 자리에 두었다. 그런데 왜 소중한지 이유는 기억나지 않았다.

남자의 발목에는 붕대가 묶여 있었는데, 그것도 왜 묶여 있는지 기억이 없었다. 남자는 붕대를 단단히 묶은 후 침대에서 일어났다.

배가 고팠다. 그가 음식을 가져오려고 지하로 내려갈 때였다. 1층에 도착한 남자는 무언가 이상하다고 생각했는데 이유를 알아차리지 못했다. 그는 지하로 내려갔고 음식이 부패하는 냄새가 역겨웠으나 곧 아무렇지도 않았다. 그곳에서 음식을 골랐다.

담배를 피워 물었다. 담배는 곧 꽁초가 되었고 남자는 그것을 버리고 새 개비를 입에 물었다. 그리고 1층으로 올라갔다. 바람이 불었고, 남자는 옷깃을 여몄다. 옷이 더럽다는 생각에 매장의 새 옷을 골라 갈아입었다. 남자는 문득 변화를 알아차렸다. 문이 열려 있었다.

남자는 건물 정문으로 다가갔다. 회전문이 열려 있었다. 예전에는 막혀 있었는데, 그는 생각했다. 꿈을 꾸는 기분이 되어 천천히 건물 밖으로 나갔다. 정오의 환한 햇빛이 아스팔트에 반사되어 눈이 아팠다. 시원한 바람이 불어서, 남자는 길게 숨을 들이마셨다. 그가 눈을 돌리는 어디에도 구는 없었다.

구의 숫자가 줄었다. 그것이 남자가 그제야 알아차린 변화였다. 남자는 놀라서 마트로 돌아왔다. 그곳에는 군데군데 구가 있었으나 개수가 확연히 줄었다. 열려 있는지 버릇처럼 계속 확인했던 세 개의 출구에 갔고 그곳에도 구가 없었다.

어디로 사라졌을까? 언제 사라졌을까? 남자는 마트를 나와 멀리 나가보았다. 이제 마트를 밖에서 볼 수 있었다. 군데군데 창문이 깨지고 간판은 먼지가 쌓여 더러웠다. 주변의 다른 건물도 마찬가지였다. 남자는 더 걸어가려다가 공포를 느끼고 다시 마트로 돌아왔다. 너무 오래 한곳에 갇혀 있었더니 밖으로 나가기가 무서웠다.

남자는 3층으로 올라가 침대에 누웠다. 그리고 잠시 눈을 감고 있다가 일어났다. 누워서 자고 있을 때가 아니야. 본능이 말했다. 본능은 이곳을 떠나라고 부추겼다. 구가 사라지고 희망이 보이면서 망가졌던 이성이 제대로 돌아오기 시작했다.

그는 마트를 떠나기로 마음먹었다. 그가 그동안 원해왔던 일이었다. 처음 마트에 왔을 때 가지고 있던 가방을 침대 밑에서 꺼냈다. 필요한 물건을 잡히는 대로 가방에 넣고 둘러메자, 묵직한 무게가 어깨를 누르면서 새로운 기분이 들었다. 그는 침대에 둔 설명서는 잊은 채 1층으로 내려갔다.

그리고 남성복 매장에 불이 난 것을 보고 깜짝 놀랐다. 그가 떨어뜨린 담배에서 불똥이 옷에 옮겨붙었고, 곧 불이 크게 번진 것이다. 천에 붙은 불은 순식간에 커지면서 연기가 건물에 차오르기 시작했다. 그는 얼른 출구를 통해 밖으로 나갔다. 마트가 불에 타는 모습을 지켜보다가, 화염이 점차 커지고 독한 연기가 사방으로 솟기 시작해서 남자는 건물에서 멀리 떨어졌다. 불이 붙은 건물이 그렇게 무섭게 타는지 미처 몰랐다.

남자는 연기를 피해 걷다가 건물 뒤편의 공터로 나왔다. 그곳을 둘러보니 기분이 착잡했다. 담배 카운터 밑에 누워 있던 소녀의 시신을 묻은 공터이기 때문이었다. 남자는 소녀가 묻힌 곳을 찾아다니다가 청년이 끌고 온 카트를 발견했다. 그 옆이 소녀의 무덤이었다. 그리고 무덤 위에는 신기하게도 고양이 한 마리가 앉아 졸고 있었다. 정말 오랜만에 보는 동물이었다. 고양이는 남자를 경계하는 표정으로 쳐다보다가 재빨리 어디론가 도망갔다. 남자는 살아 있는 생물체를 목격했다는 것에 흥분했다. 그는 또 다른 생물체를 찾아 걷기 시작했다. 그런데 생물체 대신, 어딘가로 움직여 가는 구를 발견했다.

구가 한 방향으로 천천히 움직이고 있었다. 남자는 구가 사람을 쫓아가는 건가 싶어 따라갔다. 그러나 아니었다. 구는 길에 멈춰 있는 다른 구를 향해 움직였다. 남자는 그 광경을 겁에 질려 지켜보았다. 구가 다른 구를 향해 다가갔고, 이윽고 부딪혔으며, 서로의 속으로 사라지면서 한 개로 융합되었다.

그것은 구가 둘로 늘어나는 모습의 정확한 역이었다. 검은 구는 늘어났던 방식과 정반대의 방법으로 줄어들고 있었다. 그렇게 마트 주변의 수많던 구가 줄어들었던 것이다. 남자는 한 개로 줄어든 구가 다시 다른 구를 향해 천천히 움직이는 것을 보고 뒤를 따라갔다.

저렇게 세상의 모든 검은 구가 계속 융합하고 있을까? 만약 그렇다면 검은 구가 결국 단 하나로 줄어드는 것인가? 그다음에는 어떤 일이 일어날까?

15
사람

언덕을 천천히 올라가던 검은 구는 언덕 중간에 있던 다른 구와 부딪히자 하나로 융합되었다. 새로운 구는 또 다른 구를 향해 다가갔다. 남자는 오토바이에 몸을 기댄 채 그 광경을 지켜보았다. 모든 구가 같은 방법으로 움직였다. 두 개의 구는 접촉하면 하나가 되고 그것은 또 다른 구를 찾아갔으며 같은 방식으로 수가 줄어들었다. 왜 줄어드는 것일까, 남자는 검은 구를 따라가며 질문했지만 당연히 대답은 몰랐다. 구는 나타났을 때처럼 이유 없이 사라졌다.

남자는 마트에서 읽었던 과학 만화책을 떠올렸다. 책에서는 우주가 빅뱅 이후 계속 팽창하고 있지만 언젠가 다시 한 점으로 수축한다고 설명했다. 그것은 커다랗게 부풀었던 고무풍선의 바람이 빠지는 것과 비슷한 원리라고 했다. 지금 구도 그렇게 움직이는 것일까? 구는 전 지구를 덮을 만큼 늘어났다가, 모든 사람을 집어삼키고, 원래대로 돌아가는 것인가?

이동하는 동안 그는 마트에 머물 때 보지 못했던 많은 동물을 보았다. 고양이와 개와 참새와 비둘기 그리고 미칠 듯이 많은 파리 떼가 있었다. 떼를 지어 날아다니며 부패한 음식과 썩어가는 시체에 내려앉았다. 그는 집으로 돌아가면서 많은 시체를 목격했고, 얼마나 많은 사람이 어떤 사연으로 죽었을지 짐작도 가지 않았다. 그리고 서울의 공기가 상당히 깨끗하다는 생각도 했다. 매연을 내뿜는 차가 없으니 그럴 것이다.

구를 따라가던 남자는, 구가 그저 가장 가까이에 있는 다른 구를 향해 가는 것이 아니라, 정확한 목적지를 향해 움직이면서 융합한다는 것을 어느 순간 깨달았다. 그 목적지는 남자에게 익숙한 장소였다. 남자는 그다지 놀라지 않았다. 검은 구와 관련된 일이 그 자신을 중심으로 이뤄지고 있음을 받아들인 후였으므로, 남자는 별로 놀라지 않았다. 그러므로 그가 집으로 들어가는 골목 앞에 도착했을 때도 별 감흥이 일지 않았다.

그리고 검은 구가 길을 막은 채 멈춰 있었다.

하늘에서 다른 구가 그것 위에 천천히 떨어지면서 하나가 되었다. 꼭 물방울에 다른 물방울이 떨어지는 것 같았다. 남자는 골목을 가로막은 구를 응시했다. 처음 구를 목격했던 밤의 일이 떠올랐다. 어두운 골목 밑 가로등 너머에 서 있던 검은 구처럼, 지금 이것도 같은 위치에서 골목을 막고 있었다. 그때는 밤이었고, 지금은 낮이라는 점만 달랐다. 그리고 세상에 그 혼자 남았다는 사실도 달랐다. 처음 구에 흡수된 아저씨를 남자는 떠올렸다. 아저씨가 떨어뜨린 쓰레기봉투는 골목 한쪽에서 바싹 말라 있었다. 남자는 구에게 다가갔고, 이제 구와 남자는 마주 보았다. 만약 그가 세상에 남은 마지막 사람이고 그것이 마지막 남은 검은 구라면, 지금이 대답을 들을 마지막 기회였다. 왜 사람을 삼켰는가? 그리고 왜 다시 사라지는가? 남자는 묻고 싶었다.

남자는 구가 나타난 날 저녁 아버지에게서 왔던 전화가 기억났다. 전화를 받지 않는다고 화를 내던 아버지의 목소리가 생각났다. 남자와 상의하려던 문제가 있었다고 한 아버지의 말도 생각났다. 그런데 무슨 문제였을까? 그 후로 남자는 아버지를 만나지 못했고, 그래서 아버지가 왜 전화를 걸었는지 듣지 못했다. 그 생각에 잠시 정신이 팔려 있다가 다시 구로 눈을 돌렸다. 그리고 눈앞에는 검은 구가 없었다. 사라졌던 것이다. 골목에는 아무것도 없었다.

세상에는 단 한 개의 구도 남지 않았다. 그리고 사람이 돌아왔다.

아아아아아아아아아아아아아아아아아아아아아
아아아아아아아아아아아아아아아 아아아아아아아아.

고함들, 신음, 울부짖음, 땅에서 솟아올라 하늘로 울려 퍼
지는 소리들, 남자는 소리에 휩쓸려 비틀거렸다. 사람의 소
리였다. 사라졌던 사람들이 돌아와 비명을 질렀다. 그의 발에
사람이 채였다.

남자는 흠칫 놀라 뒤로 물러났다. 검은 구에 흡수됐던 아저
씨였다. 구에 흡수됐을 때 본 반팔에 반바지 차림이었다. 아
저씨는 몸을 비틀며 신음했고 얼굴도 고통으로 일그러져 있
었다. 어디에서 갑자기 나타난 건가? 방금까지 세상엔 아무
도 없었다. 남자는 무릎을 꿇고 아저씨의 어깨를 잡았다.

"어떻게 된 거예요?"

남자가 물었다. 아저씨는 더 크게 신음할 뿐이었다. 남자는
그를 놓고 일어나 다른 신음 소리를 찾아서 길을 둘러보았다.
바닥에 누워 웅크린 사람이 보였다. 가게 주인 할머니와 그
옆에 할아버지, 그리고 또 다른 할머니였다. 그날 흡수된 사
람들이 길 구석구석에 있었다. 모두 ▓고 신음하고 고통스러
워했다. 남자는 길을 내려갔다. 더 많은 사람이 있었다.

"어떻게 된 거예요?"

어떻게 된 거냐니까, 남자는 소리치며 달려갔다. 집에서 걸

어 나오는 사람들, 길에 누워 있는 사람들, 비틀거리며 걷는
사람들. 그들은 외쳤다. 살려줘요, 아이고, 아야, 아파, 끔찍
해, 무서워. 그들은 외쳤다. 살려줘, 살려줘, 살려줘.

*

집에는 구석구석 먼지가 뿌옇게 쌓여 있었다. 화장실에 갔
다가 물이 말라붙은 변기를 보자 오랫동안 집을 비웠다는 사
실이 실감 났다. 물은 나오지 않았다. 전기도 되지 않았다. 냉
장고를 열어보니 음식이 완전히 썩어 있었다.

남자는 문과 창문을 모두 잠그고 밖에서 들리는 소리에 귀
를 기울였다. 가방을 품에 끌어안고 신발까지 신은 채로 거실
에 앉아 있었다. 사람들이 어떻게 행동할지 몰라 걱정이 돼서
긴장을 놓을 수 없었다. 밖에서는 누군가 물건을 부수는 소리
와, 숨이 넘어갈 것 같은 비명이 번갈아 들렸다. 구에 흡수됐
던 사람들이 다시 세상에 돌아왔다. 그들은 죽지 않았던 것이
다. 아니면 죽었다가 다시 살아났다. 그리고 사람들은 길바닥
에서 뒹굴며 신음하고 울부짖고 비명을 질렀다.

"이봐요! 여기로 와요! 이야기 좀 합시다!"

밖에서 소리가 들렸다. 남자를 부르는 소리처럼 들려서 누
가 왜 부르는가 확인하려고 조심조심 창문으로 다가갔는데,

그게 아니라 골목에 있는 두 사람이 대화하는 소리였다. 남자는 귀를 창에 바짝 붙이고 대화를 엿들었다.

"무슨 말을 하려고 그러세요?"

"아뇨, 그냥, 제 말은…… 이게 어떻게 된 걸까요? 나는 모르겠습니다. 아무것도 짐작 가지 않아요."

"우리는 구에 흡수됐잖아요, 기억나요?"

"꼭……."

"숨이 멎을 것처럼 괴롭고, 아주 긴 터널에 갇혀서, 어둠에 갇혀서 가위에 눌린 것처럼……."

"그런데 다시 나왔어요."

"그 상태에서 벗어났어요."

"그러면 죽은 사람이 모두 깨어났을까요?"

"아마도…… 그럴 겁니다."

"우리 가족은 다 어디 갔을까요?"

"내 아이들도 어디로 갔는지 모르겠어요."

그 말을 듣는 순간, 남자는 부모님을 생각했다. 구에 흡수됐던 모든 사람이 돌아왔다면 부모님도 돌아왔을 것이다. 지금 부모님은 어디 있을까? 집에서 흡수되었다면 다시 집에 나타났을 것이다. 다른 사람들처럼 고통스러워하며 비명을 지르고 있을지 모른다. 부모님의 집으로 가야 한다.

삐, 삐, 삐, 삐, 전자음에 놀라 남자는 거실로 고개를 돌렸다. 텔레비전 위에 장식으로 올려놓은 낡은 전자시계에서 나는 알람이었다. 회사에서 받은 것인데 어찌나 조잡한지 내다 버리려다 귀찮아서 그냥 둔 탁상 전자시계였다. 시계에 표시된 연도와 월과 일과 시각을 보고 구가 나타난 날로부터 지금까지 며칠이나 지났는지 확인할 수 있었다. 82일이었다.

82일, 그는 중얼거리며 가방을 챙겼다. 남자는 집을 나왔고, 열쇠로 문을 잠갔으며, 그동안에도 82일, 82일 만이다, 라고 중얼거렸다. 문 옆에 세워둔 오토바이를 타려는데 웬 꼬마 아이가 오토바이를 걷어차면서 욕을 하고 있었다. 남자는 아이를 끌어냈다.

"저리 가!"

아이는 울음을 터트렸다. 오토바이 시동 소리가 아이의 울음소리를 덮었다. 살려줘요, 살려줘요, 살려주세요, 라고 울며 한 아주머니가 골목에서 걸어 나왔다. 남자는 오토바이를 타고 그 옆을 지나쳤다. 아직도 길에서 쓰러진 채 몸을 못 가누고 있는 사람들을 지나쳤다. 그리고 부모의 집으로 가는 여행을 다시 시작했다.

*

부모의 집에 도착했을 때, 남자는 집에 사람이 있는 것을 보고 흥분했다. 그러나 부모님이 아니었다. 생전 처음 보는 아주머니가 엉거주춤 거실에 서 있어서 남자는 버럭 화를 냈다.

"당신 누구야? 남의 집에서 뭐 하는 거야?"

"그쪽은 누구예요?"

"대답부터 해! 어떻게 들어왔어? 당장 안 나가?"

"진정해요. 이 집 아들이에요? 나는 저 앞 마트 주인이에요. 이 집 아줌마하고 친했어요. 부모님은 아직 안 돌아왔어요? 걱정이 돼서 와봤어요. 집 문이 열려 있어서 들어왔는데. 미안해요."

오토바이를 타고 오는 동안 남자는 험한 광경을 많이 목격했다. 도시는 거대한 혼란의 덩어리였다. 사람들이 싸우고 때리고 물건을 불에 태우고 무리를 지어 어디론가 몰려갔다. 남자는 부모의 동네도 그럴 것이라고 생각했다. 집에 무슨 일이 생기지는 않았는지 걱정하던 차에, 낯선 사람을 집에서 마주치자 화가 폭발했던 것이다.

남자는 말했다.

"부모님을 아세요?"

"친한 이웃이에요. 구가 나타나던 날도 같이 ○○○으로 가려고 했어요. 그런데 아주머니가 아들이 집으로 올 거라고, 오면 만나서 가겠다고 그래서 할 수 없이 따로 출발했어요. 그때쯤 정부에서 도시를 떠나라는 명령이 떨어지고 총 든 군인들이 돌아다녀서 무서웠어요. 그래서 우린 먼저 떠났어요."

"그게 언제쯤이었죠?"

"정확한 시간은 기억 안 나는데 밤이었어요. 자정 가까이."

"저는 다음 날 정오쯤 도착했습니다."

"정오면 너무 늦었죠. 그때는 대부분의 사람이 ○○○에 있었어요."

차가 없는 것을 보면 아주머니의 말대로 부모님이 떠난 후 남자가 집에 도착한 것 같았다. 부모님은 어디쯤에서 구에 흡수되었을까? ○○○에서? 그렇다면 부모님도 그곳에 있을까? ○○○에서 구에 흡수된 사람은 지금 각자의 집으로 돌아가는 중일까?

아주머니가 말했다.

"총각은 어디에서 그렇게 됐어요?"

"그렇게 되다니요?"

남자는 되물었다가, 어디에서 구에 흡수되었느냐고 물어본 것임을 깨달았다. 하지만 남자는 구에 흡수되지 않았다. 그는 구에 흡수되지 않은 유일한 사람이었다. 그 사실을 알면 사람들은 어떻게 생각할까?

남자는 거짓말을 했다.

"시내 중심가에서요. 집을 향해 걸어오다가 갑자기 여러 개의 구가 나타나서 미처 피하지 못했어요."

"부모님은 곧 돌아오실 테니 걱정하지 마요. 사람들은 집으로 돌아오는 중이에요. 부모님 돌아오시면 연락해요. 나는 저 앞에 있는 마트 주인이에요."

남자는 돌아서려는 아주머니에게 물었다.

"그런데, 그 기분이 어땠습니까? 구에 흡수될 때의 기분이요."

아주머니가 말했다.

"흡수됐었으니까 알잖아요."

"저는 흡수되면서 바로 정신을 잃어서 자세한 기억이 없습니다."

아주머니는 웃음을 터트렸다. 남자가 어리둥절해서 바라보는 동안에도 그녀는 무엇이 재미있는지 깔깔 웃었다.

"믿을 것이 없으니까, 나는 그래요. 거기 있잖아요. 몰라요. 아니니까요. 진짜예요. 정말 그거 알아요? 사람은 다 똑같아지는 거예요. 나는 교회에, 뒤로 건너가서, 바쁘더라도 위험하게 가보려고 해요. 기도하려고. 아마 그 안에서 모두 다 흩어졌을 거예요. 사람 정신이라는 게 같진 않겠지만, 아마도요. 그 아이들이, 글쎄, 무섭다는 게, 다 똑같이 느껴져서, 고마워요. 정말 그렇죠. 그런 건 없으니까. 우리 남편이 그러는데, 아마 운명일 거래요. 그런데 나는 교회에 자주 나가니까, 남편은 좀 운명을 믿는 사람이에요. 하지만 어차피 죽고 사는 건, 어렸을 때 친구가 죽었는데, 그건 참 운명 같았는데, 하지만 내 말은 그게 아니고, 사는 게 그렇고, 방향이라는 것도, 꼭 그럴까요. 우리는 차에서 나왔거든요, 너무 아팠는데, 비명이라는 게, 아무리 그래도 그렇지, 하지만 나는, 맞아요, 누가 도와주지 않더라도, 우리 아이들은 연락이 없어요. 다른 사람 걱정하기에는 나도 몸이 좀 안 좋아요, 내가 얼마나 잘하는데 그래요. 말이 그렇다는 거죠. 우리 남편은, 총각도 그렇겠지만, 믿음이란 게 중요해요, 안 그래요?"

아주머니는 마지막으로 청년에게 이렇게 말하고 떠났다.

"부모님은 꼭 돌아오실 거예요."

*

남자는 아주머니의 말투를 곰곰이 되새겼다. 처음 사람들이 돌아왔을 때 골목에서 두 사람이 나누던 대화도 그렇고 아주머니도 그렇고 말투가 이상했다. 구에 흡수됐던 사람들은 충격 때문에 제정신이 아닌 것 같았다. 비명을 지르던 사람들, 오토바이를 걷어차던 아이도 그랬다. 부모님도 다른 사람들 같은 상태일까? 지금도 정신을 추스르지 못하고 ○○○에서 헤매고 있을까?

시간이 지날수록 남자는 초조해졌다. 해가 지고 있었다. 더는 기다릴 수 없다고 판단한 남자는 집을 나왔다. 대문을 잠그려다가 열쇠가 없음을 깨닫고 잠시 당황했다. 남자는 문 옆의 화분을 들어보았고, 화초가 말라죽은 화분 아래에 숨겨놓은 대문 열쇠를 찾았다. 그곳은 부모님이 집 열쇠를 두는 곳이었다.

부모님은 열쇠를 가지고 가지 않았다. 남자가 올 것을 생각해서 그랬을까? 그는 오토바이를 타고 길을 나섰다.

*

가로등도, 간판 조명도, 건물의 전등 빛도 없는 시내는 어두웠다. 하지만 어둠과 반대되는 거대한 소란이 길을 뒤덮고 있었다. 남자는 북적대는 사람들 때문에 더 이상 앞으로 나아가지 못하고 오토바이를 멈췄다. 끝이 보이지 않을 만큼 많은 사람이 거대한 행렬을 이루고 있었다. 도시를 떠났던 사람들이 돌아오는 것이다.

그들은 아무 말 없이 천천히 걷기만 했고, 어두운 그곳에서는 사람들의 표정이 잘 보이지 않았으나 움직임과 발소리만으로 남자를 압도했다.

남자가 그들에게 말했다.

"어디서 오셨습니까?"

누군가, ○○○에서 오는 사람들이에요, 라고 남자에게 말했다. 그리고 그 누군가는 남자가 채 다른 것을 물어보기도 전에 인파에 밀려 사라졌다. 남자는 행렬 속에 부모님이 있을까 해서 그들 사이를 돌아다녔다. 하지만 얼굴도 제대로 보이지 않는 어둠 속에서 부모님을 확인할 방법은 없었다.

아버지, 어머니, 저 정수예요, 라고 외쳐봤지만 대답도 없었다. 저벅저벅, 발소리만 도시에 울렸다. 남자는 사람들이 내뿜는 기묘한 기운을 느꼈다. 사람들의 눈은 정신 나간 사람처럼 초점이 풀려 있었다. 걸음도 단지 기계적으로 걷고 있는 것만 같았다.

그다음부터 남자는 사람들에게 말을 걸 엄두도 내지 못하고 그냥 바라보기만 했다. 모두 아무 말이 없었고 지쳐 있었고 눈빛은 공허했다. 그리고 행렬 군데군데에서 이상한 일이 벌어졌다. 한 무리의 사람들이 한 장소만 빙빙 맴돌고 있었다. 앞 사람의 뒤를 따라가며 열심히 걷고 있었지만 그저 같은 자리에서 원을 그리며 빙빙 돌 뿐이었다.

같은 곳을 맴도는 사람들도 괴상했지만 그들을 그렇게 두는 다른 사람들도 이상했다. 평소라면, 그러니까, 검은 구가 나타나기 이전이라면 지나가던 사람이 모두 놀라 걸음을 멈출 만큼 이상한 일이었다. 그러나 지금은 누구도 그들에게 관심을 두지 않았다.

남자는 결국 부모를 찾지 못하고 집으로 돌아왔다. 부모님이 혹 집에 먼저 와 있지는 않을지, 그래서 집으로 돌아오는 그를 맞아주지는 않을지 기대했으나, 집에는 아무도 없었다. 남자는 텅 비고 어두운 집에 도착하자 그대로 쓰러져 잠이 들었다.

*

다음 날 아침에도 부모님은 돌아오지 않았다. 오전 내내 누가 문 두들기는 환청을 들었으나 문을 열고 나가면 아무도 없었다. 정오까지 기다리다가 남자는 다시 밖으로 나가 부모님을 찾기로 결심했다. 생수로 얼굴을 씻고 수염도 깎고 옷장을 뒤져 새 옷도 입었다. 옷을 찾으려고 옷장을 뒤지다가, 그곳에 부모님이 보관한 가족 앨범을 발견했다.

아버지와 어머니의 결혼사진을 시작으로, 남자가 백일과 돌 때의 기념사진, 학교에 들어가고 커가는 사진과, 그만큼 나이 들어가는 부모님의 사진이 앨범에 담겨 있었다. 사진을 천천히 펼쳐보고 있으니 이상하게도 눈물이 날 것 같았다. 하지만 지금은 울고 있을 때가 아니었다. 그는 가장 최근 사진을 앨범에서 꺼냈다. 등산을 가서 산 정상에서 찍은 사진이었다. 두 분이 언제 따로 등산을 갔었을까? 그것은 남자도 모르는 부모님의 모습이었다.

남자는 사진을 들고 나가 사람들에게 물어보기 시작했다. 옆집 문을 두들겼고, 파리한 얼굴의 젊은 여자가 문을 열고 그를 내다보았다. 눈 밑은 퀭하고 머리는 산발에 피부는 꺼칠한 것이 잠을 제대로 못 잔 사람의 얼굴이었다.

"옆집 사는 사람이에요. 부모님을 찾고 있습니다. 부모님이 집으로 돌아오시지 않아서 생사를 확인하려고요. 이분인데, 구가 나타난 날 혹시 못 보셨습니까?"

여자는 남자가 내민 사진을 힐끗 보고는 고개를 흔들었다.

"혹시 차라도 못 보셨나요? 은색 아반테인데 번호가……."

여자는 고개를 돌리고 집 안으로 사라졌다. 문이 닫혔고, 그것으로 끝이었다.

그다음 집에서는 할아버지가 나오더니 그가 뭐라고 말하기도 전에 대뜸 남자에게 말했다.

"내가 말을 잘 못 해요."

"저, 안녕하세요. 옆집 사는 사람입니다. 부모님을 찾고 있습니다."

"나는 말을 잘 못 해요."

남자는 같은 말만 반복하는 할아버지의 눈빛을 보고 정신이 온전하지 않음을 알았다. 그대로 등을 돌려 집을 나왔다. 등 뒤에서도 나는 말을 잘 못 해요, 라고 반복해서 말하는 소리가 들렸다.

그다음 집은 문을 두들겨도 아무도 나오지 않았다. 문을 흔들었더니 열려 있었고, 잠시 망설이다가 안으로 들어갔다. 하지만 집에는 사람이 없었다. 완전히 빈집이었다. 구를 피해 떠났다가 아직 돌아오지 않은 것일까? 혹시 부모님이 이 집 사람들과 같이 이동한 것은 아닐지 잠시 생각했다. 가까운 이웃집이니까 그랬을 수도 있다. 부모와 함께 못 돌아오고 있는 것일까?

남자는 다음 집으로 향했고, 초인종을 눌렀다.

"누구세요?"

문이 열리고 나이 많은 남자의 목소리가 들렸지만 밖으로 얼굴은 내밀지 않았다. 남자는 부모를 찾고 있다고 설명했다. 사진을 보여주려 하자, 문 뒤의 목소리가 말했다.

"흡수된 사람은 다 돌아왔어."

"네?"

"흡수된 사람은 다 돌아왔어. 돌아올 사람은 다 돌아왔다고."

"하지만 제 부모님은 아직 돌아오지 않았어요."

"죽은 사람이 돌아올 리 없지."

"그게 무슨 말이에요? 부모님은 아직 돌아오지 않았다니까요."

"구에 흡수되지 않고 죽은 사람은 돌아오지 않아. 아직도 모르나?"

구에 흡수되지 않고 죽은 사람이라면, 살해됐거나 사고로 죽은 사람을 말하나? 돌아오지 않는 건 남자의 부모님이 그렇게 죽었기 때문이라는 건가?

"공원으로 가봐. 소식이 있을지도 몰라."

목소리는 말하더니 문을 쾅 닫았다.

골목을 걸어가는 남자는 몸에서 기운이 빠져나가는 것 같았다. 정말 부모님은 구에 흡수되지 않고 죽었을까? 그래서 행방을 알 수 없나?

*

도시 중앙의 공원에는 남자처럼 다른 사람의 행방을 찾는 인파가 모여 있었다. 공원 한쪽에 있는 게시판에 사진과 인상 착의를 적은 종이가 수도 없이 붙어 있고, 그 앞에 사람 수백 명이 모여 종이를 둘러보고 있었다. 텔레비전이 되지 않으니 공원에서 모여 정보를 공유하는 것 같았다. 남자는 사람들에게서 종이와 펜을 빌려 종이에 부모님의 사진을 붙이고 이름과 인상착의를 썼다. 그리고 종이를 들고 다니면서 부모를 아는 사람을 찾아다녔으나 별다른 성과가 없었다.

부모님이 정말 돌아가신 건 아닐까, 그런 생각을 하면 남자는 심장이 터질 것 같았다. 문득 강도 일당이 생각났다. 사람을 죽이고 다니면서 금품을 뺏던 강도들이 떠오르자 몸서리가 쳐졌다. 부모님이 설마 그들과 마주쳤을까? 아니다, 부모님은 그들이 도시를 돌아다니기 전에 집에서 출발했다. 그러니 마주치지는 않았겠지.

그나저나 강도들도 다시 살아났을까? 구에 흡수됐으니 다시 돌아왔다면, 손이 잘린 채 흡수된 그 두목은 손이 잘린 채로 돌아왔을까? 그리고 손목에서 피를 흘리다가 결국 죽었을까? 나머지 강도는 살아서 돌아왔을 테고, 그들은 지금 어디에 있을까? 그 집에서 흡수됐으니 아직 그곳에 있을까? 다른 곳으로 도망갔나? 이 일을 경찰에 신고해야 하나?

그때, 남자에게 청년도 돌아왔겠구나 하는 생각이 들었다. 구에 흡수된 사람이 돌아왔다면 청년도 살아 있을 것이다. 하지만 마트는 불에 타버렸는데, 그러면 청년은 마트의 잿더미 위에 다시 돌아왔을까? 그리고 무서운 생각이 떠올라 남자는 온몸에 소름이 돋았다. 청년은 남자가 구에 흡수되지 않은 사람이란 사실을 알고 있었다!

"아니야, 확실하지 않아."

남자는 중얼거리며 고개를 흔들었다. 청년은 남자가 흡수되지 않은 것을 직접 보지는 못했다. 단지 그렇다고 추측만 할 수 있을 뿐이다. 남자가 구에 흡수되지 않은 마지막 사람이라는 사실은 오직 남자만 알고 있었다. 그리고 반드시 그래야 했다.

*

집으로 돌아온 남자는 부모님을 기다렸으나, 밤이 되어도 소식이 없었다. 기나긴 기다림이었다. 낮에는 여전히 여름처럼 더웠는데 해가 지자 가을처럼 서늘해졌다.

창밖으로 고양이 한 마리가 골목마다 돌아다니는 모습이 보였다. 쓰레기봉투를 뒤지고 먹을 것을 찾고 있었다. 골목에는 집마다 내놓은 온갖 썩은 음식이 구석마다 쌓여서 악취를 풍겼다. 사람들이 냉장고에서 꺼내 버린 것들이었다. 남자도 역시 냉장고의 썩은 음식을 집 마당에 버렸다. 골목의 쓰레기 더미는 보기에는 추할망정 사람들이 집 안에 살아 있고 청소하며 움직인다는 신호였다. 사회는 천천히 정상으로 돌아오고 있었다.

그리고 퍽, 소리가 나더니 거실의 조명이 켜졌다. 이어서 집 안의 조명이 일제히 켜졌다. 전기가 들어오는구나. 남자는 창밖을 보았고, 가로등이 깜박깜박하다가 켜지자, 골목의 고양이가 놀라 어딘가로 도망가는 것이 보였다. 이웃집도 하나

둘 창문에 불이 들어왔다.

멀리 보이는 도심의 건물 간판들도 번쩍였다. 도시가 깨어
나고 있었다. 남자는 텔레비전을 켜보았다. 브라운관에 전기
가 통하면서 푸른 화면이 드러났고, 흰 글자로 이렇게 씌어
있었다.

수도권은 통제가 불가능한 혼란스러운 상황입니다. 남쪽으로
대피하시기 바랍니다.

현재 800여 개의 구가 전 세계에서 목격되고 있습니다. 정부는
시민에게 다음과 같이 권장합니다.

홀로 이동하는 것은 극히 위험합니다. 4, 5명이 조를 이뤄 협동
하면서 이동하십시오. 수도권은 치안이 마비되어 혼란스러우므
로 주의하십시오.

절대로 한 장소에 머물지 말고 자동차를 이용해 기동성을 확보
한 후 지속적으로 이동하십시오.

선박을 이용해 외국으로 이동하는 일은 극히 위험하니 삼가주
십시오. 검은 구는 물 위로도 이동합니다.

남쪽으로 이동한 후 군의 통제에 적극 협조해 주십시오.

행운을 빕니다.

"행운을 빕니다"라니. 정말 어이없는 일이었다. 차라리 "세

계는 멸망했습니다" 화면이 덜 황당해 보였다. 어떤 멍청한 놈이 저런 문장을 경고랍시고 썼단 말인가? 누군지 몰라도 잡아서 두들겨 패주고 싶었다. 사람이 죽고 사는 마당에 행운을 빈다고?

"다 죽어도 싸, 개새끼들."

남자의 입에서 욕설이 튀어나왔다.

*

다음 날도 공원으로 향했다. 어제 부모님의 사진과 인상착의를 적어놓은 종이를 공원 게시판에 붙여놓았으니 오늘은 소식이 있을까 해서였다. 그러나 공원에 도착하기 전에 남자는 길에서 무시무시한 광경과 마주쳤다. 사람들이 모여서 가로등을 올려다보며 웅성거리고 있기에, 호기심이 생긴 그도 가로등으로 다가갔다가 놀라 걸음을 멈췄다.

시체가 매달려 있었다. 밧줄로 목이 졸리고 손은 등 뒤로 묶인 시체는 바람을 따라 맥없이 흔들렸다. 사람들은 시체를 구경하고 있었다. 시체가 훼손된 정도로 봐서는, 사람들에게 맞아 죽은 다음 가로등에 목을 매달린 것이 분명했다. 그 밑에 사람들이 모여서 하는 말이 남자에게 들렸다.

"저놈이 도시를 돌아다니면서 사람 수십 명을 죽이고 돈을 훔친 강도래."

남자는 시체의 얼굴을 알아보았다. 남자의 목을 칼로 베어 죽이려고 했던 강도 일당 중 한 명이었다. 남자는 강도들의 얼굴이 차례대로 기억났다. 붉은악마 티셔츠를 입고 있던 녀석이 있었고, 안경을 낀 녀석이 있었고, 얼굴이 마른 녀석이 있었고, 흉터가 난 두목이 있었다. 가로등에 매달린 건 아마도 붉은악마 같았다.

남자는 정확히 확인하기 위해 가로등으로 다가갔다가, 보도블록에 누군가 페인트로 휘갈겨 쓴 글씨를 보았다.

　　정부는 살인마 일당을 신속히 처벌하라

어제 남자가 행방이 궁금했던 강도를, 오늘 시체가 되어 길 한가운데 매달린 모습으로 마주친 것이다. 끔찍한 광경을 견딜 수 없어 남자는 서둘러 주변을 벗어났다. 시체도 끔찍했지만 그걸 바라보는 사람들도 무서웠다. 누군가 "저놈이 살인마라면 저렇게 죽어도 싸지."라고 시체를 손가락질하며 말하자 다들 고개를 끄덕였다. 남자는 길거리에 매달린 시체를 보게 될 줄은, 그리고 사람들이 시체를 보고 놀라거나 역겨워하기는커녕 손가락질하면서 잘됐다고 말할 줄은 전혀 몰랐다.

남자는 혼란과 불안에 어지러운 마음을 안고 공원으로 향했다. 어제보다 사람이 더 많이 모여 있었다. 공원은 분위기가 훨씬 거칠었다. 사람들의 목소리도 컸고 표정도 불편해 보였다. 그는 사람들에게 휩쓸리지 않도록 조심하면서 게시판에 붙여놓은 종이를 찾아 헤맸는데, 어찌 된 일인지 종이가 사라지고 없었다. 그가 붙여놓은 부모의 사진도 온데간데없고 대신 그 자리에는 다른 사람들이 붙여놓은 종이가 서너 장 있었다.

누가 부모의 사진을 뜯어서 버렸을 것이라는 생각이 들자 화가 났다. 남자는 다른 사람들의 종이를 뜯어버린 후 새로운 종이를 구해 부모님의 이름과 인상착의와 남자의 연락처를 쓴 다음 게시판에 붙였다. 그동안에도 점점 더 많은 사람이 공원으로 모여들었다.

*

집으로 돌아오는 길에 남자는 한 무리의 사람들이 각목을 들고 골목으로 우르르 몰려가는 광경을 보고 깜짝 놀랐다. 사람들이 골목을 지나 어디론가 사라졌는데, 언뜻 본 그들의 얼굴에 있는 살기등등한 표정을 보고 남자는 겁을 먹었다. 골목에는 어슬렁거리는 아저씨도 몇 있었다. 그들은 각목을 든 채 골목을 위아래로 훑어보면서 잡담을 나눴다.

남자는 그들에게 말을 걸었다.

"아까 그 사람들 어디 가는 건가요? 무슨 일 때문에 그러는 거예요?"

"청년은 죄지은 거 없어?"

"죄라뇨?"

"요즘 예전에 해코지한 사람에게 복수하는 게 유행이야."

"유행이요?"

"그래, 유행이야. 그러니 잘못한 거 없나 원수진 사람 없나 생각하고 조심히 행동해. 조심하라고."

복수가 '유행'이라니, '유행'이라는 단어가 그런 곳에 쓰이나? 남자는 사람들의 뒤를 따라갔다. 사람들은 문이 닫힌 가게 앞에 모여 떠들고 있었다. 남자가 부모의 집에 도착한 첫날 만났던 아주머니의 마트였다. 각목을 든 사람과, 들고 있지는 않지만 표정은 각목 든 사람들 못지않게 화가 난 사람들이 잔뜩 모여 주인을 욕하고 있었다.

남자는 그들의 불평에 귀를 기울였다.

"자기들만 살겠다고 가게 문 걸어 잠그고 배부르게 먹고 있고, 굶고 있는 다른 사람은 생각 안 하고 말이지, 정말 못돼 처먹었어. 빨리 문 부수고 들어가서 혼 좀 내요."

그러니까 가게 주인이 가지고 있는 물건을 내놓지 않는다는 불평이었다. 누군가, 정부에서 시중에 있는 식량을 모두

압수해 사람들에게 공평하게 나눠줘야 한다고 주장하자, 사람들은 옳다면서 맞장구쳤다. 다들 배가 고픈가? 식량이 그 정도로 모자라나?

"우리는 쫄쫄 굶고 있는데 정부에서는 아무 대책도 없어. 정치인들도 죽여야 해. 자기들만 처먹고 말이지. 다 목을 매달아야 해. 혼쭐을 내야 한다고."

사람들은 분노에 차서 떠들었다. 외침은 정치인에 대한 비난으로 옮겨 갔다. 구가 나타나자 정치인들이 나라에서 가장 먼저 도망쳤다며 화를 냈다. 국민들이 구에 흡수되는 동안 국회의원들이 일본으로 도망갔다는 것이다. 심지어 빨리 들어가려고 일본 정부에 돈을 건넸는데 그게 모두 세금이었다고 누군가 외치자, 사람들은 더 크게 분노했다. 대단한 분노였다. 이 정도 분노라면 정말 정치인들의 목숨이 위험하겠구나, 남자는 생각했다.

누군가가 외쳤다.

"집에 먹을 게 없어서 우리 아이가 굶고 있어요. 누구 남는 쌀 있으면 죽어가는 아이 하나 살린다고 생각하고 도와주세요."

사람들은 갑자기 침묵했다. 모두 분노하고 있었지만, 그것은 자신을 위한 분노였다. 누구도 선뜻 다른 이를 도울 마음은 없어 보였다. 어색한 침묵이 이어지다가, 누군가 가게 문을 걷어차기 시작하자 다시 욕설이 터져 나왔다. 문을 뜯어내서 가게를 털자, 사람들은 외쳤다.

남자는 서둘러 집으로 돌아왔다. 창문을 잠그고, 문을 잠그고, 불도 껐다. 그리고 부엌에 남아 있는 쌀을 안방으로 가져가 침대 밑에 넣었다. 무기가 될 만한 것을 찾아 집을 돌아다녔다. 다용도실에 녹슨 쇠 파이프가 있어서 거실로 가지고 나왔다. 그리고 부모가 돌아오기를 기다렸다.

몇 시간이 흘렀을 때였다. 쇠 파이프를 앞에 놓고 창밖만 보다가 어디선가 시끄러운 소리가 들려서 고개를 돌렸더니, 텔레비전에서 소리가 나고 있었다. 파란색 "행운을 빕니다" 화면이 사라지고 노이즈 가득한 회색 화면으로 바뀐 것이다.

잠시 후 "화면조정 중"이라는 글자로 바뀌었다. 그다음 "곧이어 뉴스 속보를 시작합니다"라는 자막이 화면 아래에 나타났을 때 남자는 흥분했다. 화면에 날짜와 시간이 표시됐고, 전자시계로만 알았던 날짜를 이제 텔레비전을 통해 직접 보았다. 세상이 원래대로 복구되고 있음을 실감했다. 남자는 초조한 마음으로 뉴스를 기다렸다.

아나운서는 말했다.

"'우리는 절망을 배웠습니다.'라는 교황의 말로 방송을 시작하려 합니다. 지난 석 달간 인류를 절망에 빠뜨린 검은색의 괴물체를, 교황은 '절망의 구'라고 명명했습니다. 절망의 구는 모든 사람을 흡수했고, 저 역시 흡수되었습니다. 우리는 죽음, 고통, 슬픔, 좌절, 한계, 절망을 느꼈습니다. 그리고 재앙은 어느 날 갑자기 다가온 것처럼 어느 날 갑자기 사라졌습니다.

81일이라는 긴 시간 동안의 재앙이었습니다. 재앙에서 벗어난 지금도 우리는 어째서 절망의 구가 나타났는지 알지 못합니다. 인간이 지닌 지식으로는 알 수 없을 것입니다. 과학자들이 노력하고 있으나 밝혀낼 가능성은 적다고 봅니다. 대한민국의 서울에서 시작된 이 재앙은 대한민국의 잘못도 서울의 잘못도 어떤 개인의 잘못도 아닙니다. 그 이유를 모르기 때문입니다. 종교 지도자들은 검은 구가 신이 우리에게 던진 커다란 시험이었으며, 우리는 이를 바탕으로 더 성숙해져야 한다고 말합니다. 지식인들은 이 재앙이 인간성의 가치가 완전히 무너질 뻔한 시련이라고 표현했습니다. 각국의 지도자들은 국민들에게 고통을 잊고 일상으로 돌아가길 촉구했습니다. 유엔은 이번 사태로 희생된 사상자를 100만 명으로 추산합니다. 대한민국 정부는 오늘 81일 동안의 재앙으로 3천여 명의 사상자가 발생했다고 공식적으로 발표했습니다. 사실 이 재난에서 살아남은 사람은 없습니다. 우리 모두가 죽음을 겪었기 때문입니다.

그러나 우리는 다시 돌아왔습니다. 정부는 시민들이 분노를 가라앉히고 이웃의 슬픔을 위로해 주기를 기대하고 있습니다. 저는 방송 차량과 함께 구를 피해서 도망치다가 결국 흡수되었습니다. 마지막까지 시청자 여러분께 생생한 방송을 전달하고 싶었습니다만 고속도로에 갇힌 채로 구를 피하지 못해 결국 흡수되었습니다. 다시 정신을 차렸을 때 제 주변에는 같이 흡수되었던 방송국 동료들이 있었습니다. 저는 동료들과 같이 다시 일을 시작하려 합니다.

과학자들은 검은 구가 나타난 지 단 한 달 만에 인류가 지구상에서 모두 사라졌던 것으로 추산하고 있습니다. 인류가 지구 위에 없던 시간 동안 어떤 일이 일어났는지는 정확히 모릅니다만, 사람이 사라진 동안에도 수많은 카메라가 움직이며 세상을 촬영하고 있었고, 인공위성은 궤도 밖에서 지구를 지켜보고 있었습니다. 그 카메라들의 영상으로 오늘의 뉴스를 시작하겠습니다."

뉴스에는 도시의 폐쇄회로 카메라가 녹화한 영상이 흘러나왔다.

검은 구가 들판을 까맣게 뒤덮은 모습, 도시를 완전히 덮은 검은 구, 길 위에 두 겹 세 겹으로 쌓인 구들, 바다 위를 뒤덮은 구, 바닷가에서 파도를 맞으며 해변을 모두 덮고 있는 구들, 그런 영상이 차례로 지나갔다. 남자에게는 놀라운 광경이 아니었다. 마트에서 나와 서울로 오면서 이미 많이 봤기 때문이다. 그런데 구가 나타났던 시간이 81일이라니? 그렇지 않다. 82일이다. 왜 사람들은 하루 적은 날짜로 알고 있을까?

혹시 사람들은 남자가 처음 구와 마주쳤던 사건을 모르기 때문에 그다음 날 새벽에 구가 나타났다고 알고 있는 것인가? 생각이 꼬리를 물고 이어졌다. 사람들이 그가 최초 목격자임을 알아낼 날이 올까? 증거가 있나? 남자는 그날 밤을 되짚었다. 처음 구와 마주쳤을 때 옆에 있던 아저씨, 가게에 있던 할머니들과 할아버지, 그들은 남자가 구를 최초로 봤다는 것을 알고 있을까? 그가 도시에서 마주친 자전거 파는 할아버지나 놀이터에 묶여 있던 아주머니는 어떨까? 학교에서 마주친 사람들은? 그들은 자신을 버리고 도망쳤던 그를 어떻게 생각할까? 각목을 들고 돌아다니는 동네 사람들처럼 그들도 남자를 증오하고 있지는 않을까? 그리고 청년은? 청년은 정말 남자가 흡수되지 않았다는 것을 모를까?

두 사람이 지냈던 마트는 이곳에서 멀지 않았다. 남자는 한번 가볼까도 생각했다. 하지만 지금은 불에 타서 남은 것도 없을 것이다. 청년은 3층 가구 매장에서 구에 흡수됐는데, 그러면 다시 그곳으로 돌아왔을까도 생각해 보았다. 만약 건물이 전소되어 무너졌다면, 그는 3층 허공에 나타났을까? 그래서 잿더미가 쌓인 땅 위로 추락하고 죽었을까?

청년이 아직 살아 있다면 혹시 남자를 찾고 있을지도 남자는 고민했다. 청년은 남자의 이름도 알고 나이도 알고 어디 사는지도 대충 안다. 설마 찾아오진 않겠지. 믿을 수 없는 사람이 자신에 대해 속속들이 알고 있는 사실에 남자는 갑작스레 불안했다. 같이 지내는 동안 신상에 대해 어느 정도는 거짓말을 했어야 했나? 하지만 이런 일이 일어나리라고 누가 예상이나 했을까?

어쨌든 마트는 모두 불탔으니 남자가 머물렀던 흔적이나 시시티브이 등은 남아 있지 않을 것이다. 불에 타서 다행이었다. 남자는 자신이 꽤 운이 좋다고 생각했다. 그리고 앞으로도 행동을 조심해서 사람들에게 들키지 말자고 마음먹었다.

*

뉴스에서는 정부가 '절망의 구' 재난의 수습을 서두르고 있다고 보도했다. '절망의 구'라는 낯선 단어가 사람들 사이에서는 벌써 정식 명칭이 된 것이다. 정부는 아직도 곳곳에 널려 있는 시신을 처리하는 동시에 실종자 파악에 나섰다고 했다. 뉴스에서는 전국 대부분의 관공서와 병원이 정상적으로 운영 중이라는 소식도 전했다. 곧 통신 서비스도 재개된다는 소식이 이어져서 남자는 핸드폰을 충전했다.

화창한 아침이었다. 날은 맑았지만 남자의 기분은 그렇지 않았다. 여전히 부모님이 돌아오지 않았기 때문이다. 마냥 기다리지 말고 적극적으로 찾자고, 공원과 근방의 병원과 경찰서를 가보고 ○○○에도 다시 가보자고 결심했다. 그래서 아침 일찍 집을 나섰다.

옷장에서 새 옷을 꺼내 입어보니 옷이 헐렁했다. 그동안 살이 많이 빠졌고, 체중이 줄어든 것뿐 아니라 건강이 전반적으로 나빴다. 자주 두통이 왔고 소화도 잘 되지 않았다. 술을 너무 마셨어, 남자는 생각했다. 석 달 동안 생지옥 속에서 살았으니 건강이 좋다면 그게 더 이상한 일이었다.

건강에 골몰하며 길을 걷던 남자는 누군가 자신의 뒤를 밟는다는 것을 깨달았다. 남자는 당황했다. 처음에는 착각인 줄 알았으나, 분명 발소리가 계속 따라오고 있었다. 남자는 힐끗 뒤를 돌아보았다. 따라오던 사람은 놀라더니 걸음을 늦췄다. 남자가 시험 삼아 걸음을 멈추자, 그도 걸음을 멈췄다. 화가 난 남자가 그를 향해 뛰어가자 이제 그는 도망치기 시작했다. 몰래 따라올 때는 언제고 대놓고 도망을 가다니 어처구니없는 미행이었다.

남자는 모퉁이 너머로 사라진 그를 따라 모퉁이를 돌았고, 흠칫 놀라 걸음을 멈췄다. 그 사람은 다른 사람 셋과 같이 있었다. 그리고 아무 일도 없었다는 듯 태연히 이야기를 나누더니 물끄러미 남자를 바라보았다. 정말 뻔뻔스러운 표정이 그들의 얼굴에 있었다. 그리고 곧 고개를 돌려 어딘가로 가버렸다. 남자는 황당해서 아무 말도 못 했다.

잠시 고민하던 남자는 바로 집으로 돌아왔다. 문과 창문을 잠갔다. 다시 녹슨 파이프를 들고 거실에 앉았다. 그들은 왜 나를 미행했을까? 남자는 지난 며칠간 주변에 이상한 일이 있었는지 되짚었다. 부모님이 돌아오는지 확인하려고 자주 창문으로 골목을 내다봤지만, 누군가 집을 올려다보는 광경은 본 적 없었다. 도대체 무슨 일이 일어나고 있는 걸까?

고민에 잠긴 채로 남자는 하루 종일 텔레비전 뉴스를 보았다. 정부가 야간 통행 금지를 고려 중이라는 소식과, 물과 식량을 배급한다는 소식이 있었다. 그리고 많은 사상자를 낸 사고에 대한 소식도 나왔다. 검은 구 때문에 생긴 지하철 사고와 추락한 비행기에 대한 뉴스가 있었고, 이 같은 사고의 사상자 신분이 확인되는 대로 뉴스에서 알린다는 소식도 이어졌다. 뉴스는 해외에서 벌어지는 전 세계적인 소요 사태, 시위, 폭동, 내전 등도 전했다. 미국에서 검은 구를 없애기 위해 핵 실험을 했음이 공식적으로 확인됐고, 중국 역시 핵 실험을 했다는 소문이 있어서 만약 사실로 확인될 경우 정부가 대책을 고심 중이라고 했다.

많은 나라가 제대로 통제되지 않고 있지만, 한국은 외국에 비해 상당히 빠르게 안정을 찾았다고 아나운서는 말했다. 하지만 방송을 들을수록 정말 안정을 찾았는지 의아했다. 남자가 보기에 사람들은 언제 폭발할지 모르는 분노에 차 있었다.

그러면 나는 얼마나 안전한 걸까? 오늘 겪은 미행 사건이 일종의 위험 신호라면 어쩌지?

핸드폰에서 벨소리가 울려서 남자는 놀랐다. 통화가 재개됐음을 알리는 통신사의 공지 문자였다. 액정에도 전파 수신 가능 표시가 있었다. 남자는 떨리는 손으로 핸드폰 버튼을 눌러 아버지한테 전화를 걸었다. 핸드폰이 꺼져 있거나 배터리가 다 됐다는 안내 음성이 돌아왔다. 부모님이 전화를 받으리라고 기대하지는 않았지만, 남자는 마음이 답답해졌다.

이후 몇 시간 동안 여기저기서 전화가 오기 시작했다. 제일 처음 회사 팀장에게서 전화가 왔다. 남자는 받으려고 했다가 아무래도 조심하자는 생각에 그만뒀다. 지금 그가 어디 있는지를 아무에게나 말해서는 안 된다고 판단했다. 팀장이 그동안 어떻게 지냈는지 회사가 어떻게 됐는지는 나중에 알아도 된다. 그다음 직장 동료에게 전화가 왔고 친구들에게서도 전화가 왔으나 받지 않았다. 열심히 걸려 오던 전화는 저녁이 되니 오지 않았다. 그리고 밤이 늦은 시간이 되어도 부모님의 전화는 없었다.

그동안에도 텔레비전 뉴스는 새로운 소식을 전하다가, 잠시 방송을 중단하고 클래식 음악만 내보내다가, 다시 뉴스를 내보내기를 반복했다. 남자는 집에 남은 음식으로 저녁 식사를 때웠다. 며칠 안으로 쌀이 떨어질 것 같아서 그때부터는 어디서 쌀을 구할지 고민했다.

몇 시간 후 다시 핸드폰으로 문자가 도착했다. 이번에는 누구지? 남자는 핸드폰을 확인했다. 이상한 내용의 문자가 와 있었다.

인터넷에서 떠도는 소문 도대체 뭐야?

남자는 발신자를 확인하고 충격을 받았다. 옛날 여자 친구가 보낸 문자였다. 어째서 갑자기 문자를? 게다가 인터넷에 떠도는 소문이라는 게 무슨 말인가? 지금 인터넷에 접속할 수 있나? 뉴스에서는 그런 말이 없었다. 게다가 그녀는 인터넷 소문을 왜 남자에게 묻는 걸까?

남자는 아버지의 서재로 들어가 컴퓨터를 켰다. 그는 정말로 인터넷이 연결되는 것을 확인하고 깜짝 놀랐다. 익스플로러의 즐겨찾기 메뉴에는 아버지가 모아놓은 건강 관련 웹사이트가 한가득 있었다. 남자는 천천히 자판을 두드려 포털 사이트로 접속했다. 포털의 메인페이지는 간결한 텍스트만으로 뉴스를 정렬했다. 이런저런 검색어를 입력했고, 절망의 구 재앙 이후 사람들이 가장 많이 모여서 이야기를 나눈다는 사이트의 링크를 발견했다. 그곳은 느리고 때로는 페이지가 잘 열리지 않았지만, 남자는 참을성 있게 그곳에 등록된 게시물을 읽었다.

벌써 많은 이야기가 오가고 있었다. 뉴스나 길에서 듣는 소문보다 더 빠르고 정확한 소식이 그곳에 있었다. 그리고 옛날 여자 친구의 문자 내용처럼, 여러 소문이 있었다. 그에 대한 소문도 있었기 때문에 남자는 충격을 받았다. 그녀는 소문의 진위 여부를 문자로 물었던 것이다. 그는 두려움을 억누르며 인터넷의 소문들을 읽기 시작했다.

16
소문

　'절망의 구'라는 명칭 정말 잘 정하지 않았냐? 교황 대단하다. 그래, 우리가 느낀 것은 절망이지. 그 느낌을 절망 아니면 뭐라고 표현하겠어.

　사상자 3천 명이라는 정부 발표를 믿으십니까? 저는 믿지 않습니다. 3만 명이라면 모를까 3천 명은 말도 안 됩니다. 서울 지하철에서 죽은 사람만 해도 몇천이랍니다. 지하철이 들어오는 순간 구가 선로에 나타났다고 합시다. 구는 지하철을 통과하겠죠, 지하철 안에 탄 사람들 구에 닿을 거고요. 아시겠지만, 구에 닿으면 절대로 몸을 뺄 수 없지 않습니까? 하지만 지하철은 계속 앞으로 나아가고 있습니다. 그러면 구에 붙은 사람은 어떻게 되겠습니까? 지하철을 따라 끌려가 결국 칸막이에 부딪혀 몸이 찢어지는 겁니다. 그렇게 떨어져 나간 머리와 팔과 다리가 지금 역마다 수북이 쌓여 있습니다. 계속 부패해서 악취를 풍기고 있습니다. 지하철을 운행하지 않는 게 이 시체 때문입니다. 정부에서 사망자 숫자를 축소하려고 이 사실을 밝히지 않고 지하철도 운행하지 않고 있습니다.

지하철이 안 다니는 건 물에 잠겨서거든요? 뭘 알고나 말하세요. 그동안 비가 와서 지하철이 다 물에 잠겼어요. 그래서 안 되는 건데 무슨 시체 타령?

우리 동네는 물도 안 나오고 전기도 안 들어와요. 먹을 것도 마실 것도 없고 미치겠어요. 계엄령 선포된다고 하던데 그러면 친척 집으로 못 가는 건가요? 우리 동네 같은 곳에 사는 사람은 어쩌라고 계엄령을 내리나요? 병원도 환자를 안 받고 이러다가 병이라도 나면 어떡해요?

전기가 안 들어오는데 인터넷은 어떻게 해? 뻥치시네, 병신.

미국에서 핵 실험한 동영상 여기 가서 봐라. 핵폭탄이 떨어지니까 주변에 있던 사람이 막 녹아. 그래도 구는 그대로 있다. 정말 신기해. 모두 꼭 봐라. 지금 이 지역은 방사능 때문에 아무도 가지 못해. 미국 놈들 핵무기 가지고 있다고 잘난 척 하더니 꼴좋다. 유엔에서 조사해서 핵 실험한 나라는 모두 제재를 취해야 한다.

서울 한복판에 쥐 떼가 나타났다는데 사실입니까? 사람이 없는 동안 쥐가 무시무시한 속도로 불어났다는데 정말인가요? 답변 부탁합니다. 그러면 벌레도 늘어났나요? 사람 없는 빈집에는 바퀴벌레가 들끓고 있을까요? 무서워요. 이러다가 페스트라도 발병하는 거 아닌가요? 동남아에서는 전염병이 돌고 있다는데 정부에서는 제대로 대처하고 있나요?

동물도 사람이랑 같이 흡수됐잖아. 너는 그동안 인터넷에서 정보 안 읽어보고 뭐 했니?

나는 길을 걸어가다가 구를 만났어. 뭐지? 하고 고개를 내밀었다가 얼굴부터 구에 닿아서 흡수됐어. 그리고 까만 암흑에 갇혔는데, 꼭 가위에 눌린 것 같은 기분이었어. 몸이 없는데 생각은 있고, 죽은 것 같은데 이상하게 의식은 있는, 그런 상태였어. 아주 긴 시간 동안 그랬어. 그리고 다시 살아나더라. 깨어보니 길바닥이었어. 얼마나 불쾌한 기분이었는지 바닥에 누워서 엉엉 울었어.

나는 자다가 구에 그대로 흡수됐어. 다시 나오니까 여전히 침대 위더라. 그래서 다시 누워서 잤어.

나는 똥 싸다가 당했는데…….

방금 남편이 자살했습니다. 우리 가족은 구를 피해서 친척 집에 내려가 있었습니다. 6층 건물인데 옥상에 있으면 괜찮을 줄 알고 거기 숨어 있는데 구가 하늘도 날더군요. 구가 사방에서 날아와서 도망갈 곳이 없었습니다. 남편은 구에 흡수돼 죽게 둘 순 없다면서 아이 둘을 옥상 밖으로 던졌습니다. 그리고 우리는 구에 흡수됐죠. 그런데 우리는 다시 살아나고 밖으로 던진 아이들은 시체가 되어 다 썩어 있더군요. 방금 아이를 땅에 묻고 돌아오는 길인데, 남편이 미안하단 말을 남기고 창문에서 뛰어내려 자살했습니다. 이제 저는 어떻게 살아야 할까요? 아무 희망이 없습니다.

행운을 빕니다!

'행운을 빕니다' 진짜 웃긴다! 나도 텔레비전에서 처음 보고 열 받아서 미치는 줄 알았어. 그거 뉴스에 내보내자고 한 놈 잡아서 족쳐야 해.

아이가 돌아오지 않아요. 구가 서울에 나타났을 때 아이는 어린이집에 있었거든요. 그런데 찾으러 가기 전에 제가 구에 흡수됐어요. 저는 다시 돌아왔으니 아이도 어린이집에 있어야 하는데, 이상하게 찾을 수 없어요. 유괴된 것 같아요. 경찰에 신고했는데 경찰도 실종자가 너무 많다면서 수사가 어렵대요.

동물도 구에 흡수됐다는 증거는 어디에도 없습니다. 과학자들이 연구 중입니다. 당신은 뭘 안다고 함부로 지껄이는 겁니까? 구에 대한 동영상을 다 찾아봤지만 구가 동물을 흡수하는 건 없었습니다. 동물이 사라진 것은 맞는데 왜 사라졌는지는 모릅니다. 그리고 어떻게 다시 돌아왔는지도 모릅니다. 아는 것도 없으면서 정확하지 않은 정보 퍼트리지 마세요.

저 학생인데 내일 학교 가야 하나요? 지금 학교는 휴학하지 않았나요? 엄마가 자꾸 학원 가라고 해서 싫어요. 이런 상황에서 무슨 공부를 하라는 건가요? 그런데 영어 학원은 내일부터 한다고 자꾸 전화해서 나오라고 그래요. 그럼 지난 석 달 동안 못 다닌 건 학원비를 다시 받아야 하는 거 맞죠? 아닌가? 학교 가야 하는지 아닌지 아는 사람은 답변 좀 달아줘요.

정말 구가 나타난 이유는 아무도 모르는 거야?

우리 교회 목사님이 절망의 구는 하나님이 싼 똥이라고 했습니다.

복수하고 싶은 사람이 있습니다. 검은 구가 나타났을 때 저는 차를 타고 도망치고 있었습니다. 어떤 남자가 차 앞에 나타나 같이 도망치면 안 되냐고 해서 차에 태웠습니다. 번갈아 운전하면서 구를 피해 도망쳤습니다. 그리고 중간에 제가 잠깐 차에서 내렸는데 그사이 남자가 차를 몰고 도망쳤습니다. 저는 이틀 동안 죽을 고생을 하고 도망쳤지만 결국 구에 흡수됐고 그때의 고생 때문에 건강이 많이 나빠졌습니다. 차 도둑을 붙잡아서 혼쭐내고 싶습니다. 어떻게 복수하면 좋을까요?

살해된 사람은 정말 안됐다. 구에 흡수된 사람은 돌아왔지만 살해된 사람은 안 돌아오잖아. 걔네들은 진짜 죽은 거잖아. 안됐다. 어휴, 나는 살아남기라도 해서 다행이야. 앞으로 열심히 살아야지.

방금 정부에서 배급한 쌀 받아 오는데 창고에서 몇 년 된 걸 주나 봅니다. 더럽게 맛없습니다. 군인한테도 안 주는 걸 준

것 같습니다. 정치인들 정말 개새끼들입니다. 다 죽여야 합니다. 저번에는 물 배급한다고 해서 나갔더니 아리수를 줘서, 놈들 면상에다 던져버리고 왔습니다. 수돗물을 먹으라고 주냐 이 개새끼들아! 이렇게 말하고 왔습니다.

정부는 살인마를 처단하라. 정부는 살인마를 처단하라. 정부는 살인마를 처단하라. 정부는 살인마를 처단하라. 정부는 살인마를 처단하라. 정부는 살인마를 처단하라. 정부는 살인마를 처단하라. 정부는 살인마를 처단하라. 정부는 살인마를 처단하라. 정부는 살인마를 처단하라. 정부는 살인마를 처단하라. 정부는 살인마를 처단하라. 정부는 살인마를 처단하라. 정부는 살인마를 처단하라. 정부는 살인마를 처단하라. 정부는 살인마를 처단하라.

떡 치다가 죽은 사람은 기분 어떨까? 떡 치고 있는데 구에 흡수됐으면 다시 나타났을 때도 그대로 떡 치고 있는 중이잖아. 하던 거 계속했을까? 아니면 그냥 찍 쌌을까? 진짜 궁금하다.

석 달 사이 서울 공기가 정말 좋아졌어요. 사람이 없어져서 그런가 봐요. 바다도 강도 정말 깨끗해요. 돌고래들은 정말 좋겠어요. 나도 고래가 되고 싶어요. 하늘을 나는 새라면 좋겠어요. 자연으로 떠나고 싶어요.

정치인들을 모두 죽입시다. 정부에서 제대로 대처만 했다면 서울 시민이 그렇게 많이 죽진 않았을 겁니다. ○○시 사는 사람을 군인들이 모두 쫓아내서 도시를 텅 비웠던 것 아십니까? 정부에서 절망의 구를 그 도시에 몰아넣고 군사 무기로 만드는 실험을 하려고 그랬답니다. 얼마나 멍청한 놈들입니까? 그리고 구가 계속 늘어나서 통제가 안 되니까 자기들만 살길 찾아서 외국으로 도망갔습니다. 지금 정치인들 다 일본과 미국에서 못 돌아오고 있습니다. 그놈들 공항에 도착하면 다 잡아내서 쳐 죽입시다. 나라가 위험할 때 자기 먼저 살겠다고 도망간 놈들이 무슨 살 가치가 있습니까? 다 죽여야합니다. 우리 모두 모여 청와대로 쳐들어갑시다. 무기를 손에듭시다, 여러분!

저 새끼는 누군데 저렇게 정치인을 못 죽여서 안달이야? 너나 죽어 X신아. 죽었다 깨어나도 X신은 X신이구나. X신들.

나 취직해야 하는데…… 취직할 수 있을까? 나 지방대 나왔는데…… 정말 취직 안 될까……? 학점도 좋고 토익 점수도 꽤 되는데…… 희망이 없는 걸까…….

    구가 나타난 이유는 정말 아무도 모를까? 앞으로도 알 수 없나? 구가 ○월 ○일 아침에 서울 여기저기에서 동시다발적으로 나타난 것 맞지? 구를 최초로 본 사람은 누굴까? 그 사람이 신고만 제대로 했어도 초기에 희생이 크진 않았을 것 같아, 안 그래? 내 생각에는 바로 신고받은 경찰이 구를 한곳에 모았으면 이렇게 사람들이 우왕좌왕하다가 빨리 죽지는 않았을 것 같아, 안 그래? 너희들 생각은 어때?

    절망의 구 재앙 기간 동안 다른 사람에게 금품을 갈취당했거나 폭행, 강간 등을 당한 분은 이메일로 연락하세요. 복수를 도와드립니다. 싼 가격에 해드립니다. 지금 경찰은 사회 시설 복구에 바빠서 시민을 통제하지 못하고 있고, 그래서 개인적인 복수를 하기 쉽습니다. 시간이 흐르면 복수가 어려우니 지금 바로 이메일 보내주세요. 어려운 문제 모두 해결해드립니다. 확실히 책임져 드립니다.

    재앙 발생 초기에 정부의 잘못된 대처로 크나큰 피해를 입었습니다. 치안이 제대로 이뤄지지 않아 수많은 범죄가 벌어졌고 그 피해자들은 지금도 눈물 흘리고 있습니다. 그러나 정부는 어떤 공식적인 사과도 하지 않고 있습니다. 계엄령을 선포한다는 협박으로 시민들 사이에 불안감만 조성하고 있을 뿐입니다. 공안정국, 민주주의의 힘으로 물리칩시다. 뒤집어진 탱크 앞으로 모입시다. 이제 맞서 싸워야 할 때입니다. 될 때까지 모입시다.

나는 오늘 사람을 죽였어. 구를 피해서 도망칠 때 나를 강간했던 놈이거든. 나와 같이 강간당한 여자들이 모여서 녀석을 찾아서 죽일 계획을 세웠고, 결국 성공했어. 같이 산에 올라가서 시체를 파묻고 방금 내려왔어. 이 게시물을 신고하고 싶으면 마음대로 해. 나는 복수하니까 기분이 후련하고 더 이상 후회도 없어. 사회 정의를 내가 직접 실현했다고 생각할래. 이제 강간당했던 그 끔찍한 순간을 잊을 수 있을 것 같아.

광화문에 그 탱크 아직도 뒤집어져 있냐? 안 치웠어? 80일 넘게 있었으면 다 녹슬었겠다.

나는 오늘도 야근이구나. 야근하기 싫다. 차라리 죽었으면 더 속 편했을 거 같아. 왜 다시 살긴 살아가지고.

구에 흡수되지 않은 사람이 있었을지도 모른대요. ○○시에 있는 마트가 불이 나서 전소됐는데, 경찰에서 조사하니까 화재 원인이 담배꽁초였대요. 화재 발생 시기가 2주 전쯤이래요. 그렇다면 누군가 그때까지 살아 있다가 담뱃불로 건물에 불을 냈다는 이야기인데, 신기하지 않아요?

아냐, 사람은 한 달 만에 모두 구에 흡수됐어. 그리고 나머지 50일은 지구에 인류는 없고 검은 구만 있었어. 상식적으로 온 땅을 다 덮을 만큼 구가 많았는데 어떻게 구에 흡수되지 않았겠어? 그건 말이 안 돼.

절망의 구에 흡수되지 않은 사람이 나오는 동영상입니다. 건물 폐쇄회로 카메라에 찍혔는데 절망의 구를 만지면서 돌아다닌대요. 방송에서 공개하려고 했는데 정부에서 막았답니다. 그래서 미국에서 조사단을 파견한답니다. 여러분 꼭 보세요, 구에 흡수되지 않은 사람이 있었습니다. 절대로 조작한 게 아니고 합성도 아닙니다. ○○시의 건물 카메라에 찍힌 동영상입니다.

신기하다. 남자 둘이 절망의 구 사이를 걸어 다니는데 흡수가 안 돼. 거짓말인 줄 알았는데 진짜네. 누군데 구에 흡수되지 않았을까? 어떤 방법을 썼을까? 그런데 절망의 구에 흡수되지 않고 살아 있으면서 왜 밝히지 않았을까?

둘이 왜 손을 잡고 있는 거야? 게이인가?

누군지는 몰라도 저 두 놈을 빨리 잡아서 족쳐야 합니다. 구에 흡수되지 않는 방법을 알았다면 다른 사람들에게도 말해 줬어야 하는 거 아닙니까? 그런데 자기들끼리만 알고 비밀로 했다니 정말 나쁜 놈들입니다. 정부는 빨리 놈들을 찾아내서 조사해야 합니다. 어디 사는 누구인지 아는 분은 게시판에 글을 남겨주시기 바랍니다.

17
고립

그날 저녁, 그가 마트로 들어가자 주인아주머니가 그를 반갑게 맞았다.

"오랜만이네."

옆에서 어리둥절해하는 주인아저씨에게 아주머니는 평소 알고 지내던 부부의 아들이라고 설명했다. 아주머니는 남자에게 말했다.

"부모님은 돌아오셨어요?"

"아직요."

아주머니와 아저씨는 마트를 청소하고 있었다. 가게는 유리창이 깨지고 철문이 일그러져 있었으나 내부는 훼손되지 않았다. 남자는 각목을 휘두르던 사람들이 어떻게 화를 풀고 돌아갔는지 궁금했다.

아주머니는 말했다.

"계속 부모님 집에서 기다리는 거야?"

"안 그래도 오늘 서울에 있는 제 집에 가서 필요한 물건 가지고 오려고요. 이제 직접 병원하고 경찰서 돌아다니면서 부모님을 찾아다닐 건데, 그러려면 아예 여기 집에서 머물러야 하니까, 옷이나 이런 것 좀 가지고 와야죠."

"그래 잘 생각했어. 원래 집은 어디야?"

"○○이요."

"벌써 저녁인데 거기까지 어떻게 갈 거야? 총각은 오토바이 몰고 다니지 않나? 개인 차량은 서울 시내 통행을 금지한다던데."

"버스 타고 가야죠. 어제 인터넷으로 찾아보니까 집까지 버스가 운행하던데요. 오래 걸리겠지만 어떻게든 갔다 와야죠."

"그렇게 해요."

두 사람은 남자에게 좋은 소식이 있을 것이고 너무 힘들어하지 말라며 위로했다.

"그런데 오늘 장사하시나요? 집에 당장 저녁거리도 없거든요. 그래서 뭣 좀 사려는데 물건 파시나요?"

"당연하지. 뭐 살 건데? 말만 해요. 다 내줄 테니까."

"집에 아직 가스가 안 들어와서 조리 안 해도 되는 통조림이나 햇반 사려고요. 지금 돈이 없어서 많이는 못 사고요."

"돈 걱정은 하지 마. 돈이 없으면 외상으로 하면 되지. 필요한 거 있으면 뭐든지 말만 해. 다 담아줄 테니까."

"담배도 있나요?"

"그럼 당연히 있지. 뭐로 줄까?"

남자는 웃음을 터트렸다. 하하하, 이렇게 웃어본 게 얼마 만인가 싶을 만큼 시원하게 웃었다. 그가 눈물이 나도록 웃는 동안 아저씨와 아주머니는 서로의 얼굴만 바라보았다.

"왜 웃어, 총각?"

"두 분이 너무 잘해주셔서요."

남자는 말하고, 다시 웃었다. 아저씨와 아주머니는 마주 보더니 어색하게 웃었다. 두 사람은 남자가 부탁한 물건을 비닐봉지에 잘 챙겨 넣었다. 괜찮다고 사양했는데도 담배 한 보루를 공짜로 더 주기도 했다. 남자는 두 사람에게 허리 숙여 공손하게 인사한 다음 마트를 나왔다.

그리고 태연히 길을 걸었다. 적어도 그렇게 보이려 노력했다. 새로운 담배를 뜯어 한 개비를 입에 물고 느긋하게 걸었다. 조용한 저녁이었다. 가로등 밑을 지날 때 어느 집에선가 아이의 웃음소리가 들렸다. 남자는 담배꽁초를 손가락으로 튕겨 불을 끈 다음 골목에 버렸다.

그리고 그대로 속도를 내 달리기 시작해, 부모님 집을 지나치고, 골목을 꺾어서, 뒷집으로 들어간 다음, 대문을 닫고, 마당을 가로질러, 집으로 들어가, 다시 문을 닫고, 문을 잠갔다.

그가 부모의 사진을 들고 돌아다녔을 때 본 빈집 중 하나였다. 문과 창문이 닫혀 있고 커튼도 내려져 있어서 거실은 컴컴했다. 남자는 가방도 내려놓지 않고 신발도 벗지 않은 채 그대로 창문으로 다가가 커튼을 살짝 젖히고 밖을 내다보았다. 그곳에서는 조금 떨어진 부모님 집, 그 입구, 주변 골목이 보였다.

골목에는 아무도 없었다. 남자는 한 시간 넘게 밖을 주시했고 변화는 없었다.

이곳으로 들어온 걸 누구도 보지 못했다고 확신하자 남자는 가방을 내려놓고 신발을 벗었다. 그리고 지금까지 제대로 쉬지 못한 숨을 몰아쉬었다. 사람들이 그를 쫓고 있었다. 남자는 그 사실을 알아차리고 집에서 도망쳤던 것이다. 그리고 이곳에 숨어서 도시를 떠날 기회를 엿볼 생각이었다.

사람들에게 붙잡혔다가는 죽을 것이라고 그는 확신했다. 세상이 남자를 향해 포위망을 좁혀오고 있었다. 그가 청년과 같이 아이의 시신을 매장하는 순간이 건물에 설치된 시시티브이에 고스란히 찍혔을 줄은 꿈에도 몰랐다. 자신과 청년이 검은 구 사이를 걸어가는 모습의 동영상이 인터넷에 유출될 줄도 몰랐다.

동영상에서는 남자의 얼굴이 잘 보이지는 않았지만 남자

를 아는 사람이라면 비슷하다고 생각할 만했다. 여자 친구도 그래서 문자를 보냈던 것이다. 불에 완전히 탄 줄로만 알았던 마트에 어쩌다가 그 자료가 남았는지 불안해서 미칠 것 같았다. 게다가 인터넷에는 왜 올라왔지?

인터넷에서는 그와 청년을 찾아내서 왜 구에 흡수되지 않았는지 확인해야 한다고 입을 모았다. 사람들은 궁금하기 때문이라고 말했지만 남자는 섬뜩한 분노를 분명히 느꼈다. 사람들에게 붙잡혔다가는 죽는다. 남자는 확신했다. 분명 사람들이 지금 가지고 있는 분노를 남자에게 퍼부을 것이다. 그러니 남자는 도망쳐야 했다.

그렇다면 어디로? 어설프게 도망쳤다가는 바로 잡힐 것이다. 서울 집으로 돌아가는 것은 잡아가 달라고 제 발로 기어들어 가는 것과 다를 바 없다. 지금 상황에서는 숨겨달라고 할 사람도 없다. 아무도 믿어서는 안 된다. 차라리 부모님 집 근처에 숨는 편이 현명하다고 판단했다. 집으로 돌아간다고 마트 아주머니에게 말한 것은 그가 나름대로 펼쳐본 연막작전이었다.

공짜 담배까지 주면서 어디 가는지 어떻게 가는지 왜 가는지 캐묻는 것을 보면, 아주머니는 분명 경찰에 신고할 것이다. 남자는 마트 아주머니와 경찰들의 관계가 의심스러웠다. 각목을 든 사람들이 마트 앞에 몰려갔는데도 마트가 털리지 않고 온전히 남은 것을 보면 특히 그랬다.

남자는 부모의 소식을 물으며 다닐 때 봤던 이 뒷집을 숨을 곳으로 점찍었다. 집 바로 뒤에 남자가 숨어 있으리라고는 경찰도 생각 못 할 것이다. 옳은 판단인지 확신이 가지는 않았지만 더 이상 고민할 시간이 없었다.

그저 행운을 바라는 수밖에 없었다.

남자는 밤새도록 밖의 동향을 엿보았다. 밤늦게 남자 둘이 골목에 나타나 부모님 집 근처를 배회했을 때, 남자는 덜컥 겁을 먹었다. 그들은 부모의 집을 보면서 한참을 골목에 서 있다가 사라졌다. 경찰일까? 이전부터 남자 집을 감시하고 있었을까? 잠시 후 가게 아주머니가 경찰 몇 명을 데리고 부모 집으로 왔다. 아주머니가 신고할 것이라는 남자의 예상이 맞았다. 그들은 집 문을 두들겼고, 아무도 나오지 않자 문을 따고 안으로 들어갔다.

그들은 20분 후에 집에서 나왔고 아주머니도 돌아갔다. 남자는 경찰이 들이닥칠 경우를 대비해 집에 쪽지를 남기고 왔다. 서울의 집에 갈 테니 그새 집에 도착하면 핸드폰으로 연락하라는 내용의 메모를 부모에게 남긴 것이다. 경찰이 보면 일단 서울 집을 수색할 것이다. 그곳에도 남자가 없는 것을 알면, 서울에서 다른 곳으로 도망친 줄로 알지 아직 부모 집 근처에 있는 줄은 모를 것 같았다. 그것이 남자의 계획이었다.

새벽이 되자 경찰은 보이지 않았다. 긴장이 풀린 남자는 길게 한숨을 쉬었다.

거실의 텔레비전 위에는 커다란 가족사진이 걸려 있었다. 아버지, 어머니, 딸 둘의 단란한 모습이 있었다. 순박해 보이는, 그리고 꽤나 뚱뚱한 가족이었다. 혈색 좋은 네 사람이 사진 속에서 환히 웃었지만 지금 그들은 집에 없었다.

왜 돌아오지 않았을까. 죽었나? 이들에게는 무슨 사연이 있을까. 다른 사람의 집에 숨어서 도망칠 기회를 찾는 남자만큼이나 다급한 사연이 그들에게도 있었을지 남자는 상상해 보았다.

집에는 냉장고에서 썩은 음식의 악취가 진동했지만 환기를 시킬 수 없었다. 그리고 냄새 따위에 불평할 때가 아니었다. 집을 죽 둘러본 다음 1층에 있는 방에 자리 잡았다. 집의 가운데에 있어서 조금 소리를 내더라도 집 밖으로는 들리지 않을 것 같았다. 화장실도 따로 붙어 있었다.

남자는 만약 전기나 수도를 사용한다면 이곳에 자신이 있다는 걸 들키게 될지 걱정되었다. 수도와 전기 계량기를 고장낼 방법은 없을까.

책상에는 노트북 컴퓨터가 있었다. 켜봤더니 속도가 느려서 꽤 시간이 걸려 부팅된 끝에야 인터넷이 연결되었다. 인터넷 익스플로러의 즐겨찾기 페이지에는 수십 개의 취업 사이트와 다이어트 카페 주소가 저장되어 있었다.

남자는 절망의 구 재난에 대한 소식이 한창 업데이트 중인 사이트로 접속해, 새롭게 등록된 게시물을 읽었다. 그리고 가끔 거실로 내려가 창문으로 골목을 내다보았다. 아침이 올 때까지 골목에는 달리 변화가 없었다.

*

다음 날 오전 남자는 이상한 소리에 잠에서 깼다. 부스럭 소리와 조용히 대화하는 목소리가 밖에서 들렸다. 발소리를 내지 않고 조용히 걸어 현관문의 구멍으로 밖을 내다보았다. 웬 나이 어린 학생 둘이 문을 열려고 애쓰며 대화하고 있었다. 게다가 문을 거의 다 연 상태였기 때문에 남자는 얼른 방으로 돌아왔다. 한동안 망설이다가 가방을 가지고 방문 뒤에 숨었다. 그리고 가방에 넣어뒀던 칼을 꺼내 손에 꽉 쥐었다.

문 열리는 소리가 들리고, 목소리가 이어졌다.

"내 말이 맞지? 주인 없다고 그랬잖아."

도둑이었다. 빈집을 털려고 들어온 것이다. 하지만 그들은 다른 침입자가 먼저 와 있다는 것은 모르고 있었다.

"이게 이 집 가족이야? 딸 둘이 진짜 뚱뚱하고 못생겼다. 저래서 시집이나 가겠냐."

"돈 많으니까 가겠지. 안 돌아오는 걸로 봐선 다 죽었을지도 몰라. 이 집 진짜 부자야. 근방에서 둘도 없는 알부자래. 나도 이런 집에서 태어났으면 얼마나 좋을까. 돈 펑펑 쓰면서 인생 신나게 살 텐데."

"이 앞집이 더 부자 같던데?"

"거기 들어갔다간 큰일 나. 이유는 모르는데 요즘 경찰이 거기서 잠복하고 있어. 이 동네에서 무슨 일이 있나 봐."

"그러면 이 집도 위험한 거 아냐? 정말 괜찮을까?"

"내가 몇 번을 말해. 동네에 빈집이 많아서 이 집 하나 털어도 아무도 신경 안 쓴다니까."

도둑은 방마다 돌아다니며 가져갈 물건을 골라 거실에 모았다. 그들이 수다스럽게 떠들면서 물건을 모으는 동안, 남자는 그가 있는 방으로 도둑이 들어오면 어떻게 할지를 고민했다. 이윽고 도둑은 남자가 있는 방으로 들어왔다.

칼을 쥔 남자의 손이 조금씩 떨렸다.

"이게 큰딸 방인가 보다."

도둑이 말했다. 그들은 방 정리정돈 상태를 평가하면서 노닥거리더니 서랍을 뒤지고 옷장을 열면서 금품을 찾기 시작했다. 그동안 남자는 계속 문 뒤에 숨어 있었는데도 그들은 눈치를 채지 못했다.

어이없는 일이었다. 도둑들은 남자가 숨은 문 바로 옆에 놓인 책상도 뒤졌는데, 그때 도둑들과 남자의 거리는 채 1미터도 되지 않았지만 그들은 남자의 존재를 전혀 알아차리지 못했다.

가까이에서 보니 열여덟 살이나 됐을까, 아마도 고등학생들 같았다. 저들이 만약 남자를 발견하면 어떻게 할까? 해치워야 할까? 손에 들고 있는 칼로 찔러서 그들을 죽일 수 있을까? 죽인다고 해도 두 녀석이 비명이라도 지르면 오히려 위험해진다. 남자는 몇 년 동안 해온 유도와 군대에서 배운 특공 무술을 떠올렸지만 정말 사람 둘을 조용히 죽일 수 있을지 자신이 없었다.

"이 방에는 가져갈 게 없네."

도둑들은 투덜댔다. 그때 남자에게 갑자기 의심이 들었다. 이들은 남자를 봤으면서도 모르는 척 연기하는 건 아닐까? 조용히 집을 빠져나간 다음 경찰에 신고하려는 것 아닐까? 문 뒤에 숨어 있는 그를 전혀 못 보다니 아무리 생각해도 말이 안 되는 일이었다. 초조했다.

이렇게 고민만 할 것이 아니라 당장 해치우자. 두 녀석의 목을 찔러서 찍소리 못 하게 만든 다음 끝내는 거야. 남자는 생각했다. 도둑들이 등을 돌려 빈틈을 보이기를 기다렸다.

그때 누군가 문을 쾅쾅 두들기기 시작했다. 동시에 두 도둑의 얼굴이 새하얘졌다. 문밖에서 목소리가 들렸다.

"계십니까? 경찰서에서 나왔습니다. 잠시만 나와주십시오."

두 도둑은 울상이 되어 어쩌면 좋으냐고 쩔쩔맸다. 밖에서 더 거칠게 문을 두들기자, 결국 한 녀석이 현관으로 다가갔다. 다른 녀석은 울상이 된 얼굴로 침대에 앉아 손톱을 물어뜯었다. 도둑은 떨리는 목소리로 경찰에게 인사했다.

누구세요……. 안녕하세요, 경찰입니다. 잠시 실례하겠습니다. 이 사진을 보시죠, 이렇게 생긴 남자 못 봤습니까? 30대 초반에, 키는 180 정도 됩니다. 최근 며칠 사이에 본 적 없습니까……. 못 봤는데요……. 집으로 찾아오지도 않았습니까? 집집마다 돌아다니면서 부모의 행방을 물었을 텐데요……. 저는 몰라요……. 아버지는 언제 집에 오십니까……. 글쎄, 늦게 오는데, 저는 잘 몰라요, 아빠 마음이라서……. 잘 알겠습니다. 남자를 보면 이쪽으로 연락주십시오…….

경찰은 돌아갔다. 도둑의 더듬대는 말투와 횡설수설을 의심하지 않는 것 같았다. 남자를 찾는 데만 정신이 팔려 정작 눈앞의 도둑을 못 알아본 것이다. 도둑들이 도둑질에 넋이 나가서, 같은 방에 있는 다른 사람을 모르는 것처럼 말이다. 황당한 일이었지만 살아남기만 한다면 얼마나 황당한 일이 일어나든 남자는 상관없었다.

두 도둑은 십년감수했느니 정말 연기를 잘했다느니 어쩌느니 서로를 칭찬하면서 거실에서 낄낄댔다. 남자는 그들이 떠나기를 기다렸다. 조용히 떠나준다면 집은 다시 비는 것이고, 경찰은 집에 주인이 있다고 생각하고 다시 찾아오지 않을 것이다. 적어도 한두 주는 안전하다.

잠시 후 두 도둑은 훔친 물건을 한 아름 안고 집을 떠났다. 친절하게 문도 잠그고 떠나서 남자가 잠글 필요도 없었다. 그는 어수선하게 어질러진 집에 혼자 남았다. 방에서 나와 거실 창문으로 길을 살펴보고, 밖에 아무도 없는 것도 확인했다. 그리고 방으로 돌아왔다.

책상을 보았을 때, 남자는 심장이 내려앉는 것 같았다. 도둑이 노트북을 가져갔던 것이다. 이럴 수가, 언제 가져갔지? 컴퓨터가 없다면 소식은 어떻게 알지? 집을 다 뒤졌지만 그들은 다른 방에 있던 데스크톱 컴퓨터도 가져갔고, 라디오까지 가져갔다.

뉴스를 볼 수 있는 건 거실의 텔레비전뿐이었다. 빛이 새지 않도록 텔레비전 위에 이불을 씌우고 그 안에서 텔레비전을 켰다. 그러나 텔레비전이 고장 났는지 연결된 케이블 문제인지 방송이 잡히지 않고 회색 노이즈만 화면에 나왔다. 이제 밖에서 무슨 일이 일어나는지 알아낼 방법이 없었다. 남자는 집에 갇힌 것이다.

*

　위험을 무릅쓰더라도 집을 나가자고 그는 결심했다. 그러
나 방법이 없었다. 부모의 집 주변에서 경찰이 감시를 시작했
다. 처음 경찰은 집에서 남자가 돌아오기를 기다리다가, 다시
며칠이 지나자 집에서 나와 밖에서 잠복하면서 감시했다.

　두 명씩 조를 짠 경찰이 24시간 동안 번갈아 집 근처를 순
찰하면서 감시하는 모습을 남자는 창문으로 보았다. 어떤 때
는 골목에서 물건을 파는 행상 행세를 하고, 옆집 옥상이나
창문으로 집을 쳐다보기도 하고, 또는 경찰차가 수시로 집 주
변을 빙빙 돌았다. 남자는 모든 광경을 겁에 질려 지켜보았
다. 그런 감시를 뚫고 어떻게 동네를 빠져나간단 말인가? 골
목을 채 벗어나기도 전에 잡힐 것이다.

　빈집에서 가장 힘든 건 소리를 내지 않는 것이었다. 골목으
로 지나다니는 사람들이 혹시 소음을 들을까 봐 남자는 조용
히 움직였다. 요리는 꿈도 못 꿀 일이어서 가방에 가져온 음
식을 날것으로 씹어 먹고 물도 수돗물을 조금씩 받아 마셨다.
물은 아주 조금씩 방울방울 떨어지도록 수도꼭지를 조절해
욕조에 모았다. 소음 때문이기도 했지만 조금씩 쓰면 계량기
에 기록이 안 될까 하는 생각도 있었다. 아마 계량기를 속이
지는 못할 것이다. 그저 확인하는 사람이 없기만을 바랄 뿐이

었다. 밤에는 불을 켤 수 없으니 어둠 속에서 돌아다녔다.

처음 며칠 밤은 넘어질까 봐 바닥을 기어다녔고 집 구조에 익숙해진 다음부터는 불빛 없이도 걸어 다니게 되었다. 냉장고의 악취도 남자를 괴롭혔다. 고민한 끝에 썩은 음식을 빈방 장롱에 넣은 다음 방문을 잠갔다. 효과가 있었다. 창문이 거의 닫혀 있던 탓에 아주 느렸지만 그래도 확실히 악취가 집에서 빠져나갔다.

시간이 흘렀다. 정말 아꼈건만 음식은 빠르게 떨어졌다. 가방에 최대한 많이 넣었고 가게 아주머니가 주는 음식도 다 받았는데도 생각보다 많은 양이 아니었다. 라면과 쌀을 생으로 씹어 먹는 것에도, 소독약 냄새가 나는 수돗물에도 익숙해졌다. 그래도 끝없이 배가 고팠다.

밤이면 혹시 담뱃불이 보일까 손으로 가리면서 화장실에서 담배를 피웠다. 화장실 창문을 아주 살짝 열어놓았는데, 그 틈으로 하늘을 보았다. 달이 보이고 별도 보였다. 구름이 낀 날도 있었다. 거실 창문의 커튼과 창 사이의 작은 틈, 다른 창문들의 작은 틈, 문에 난 작은 구멍, 집 안의 그런 틈이 남자가 세상을 바라보는 유일한 숨통이었다.

동네에 변화가 있었다. 갑자기 어수선해진 것이다. 부모의 집 앞 골목에는 어느 날부터 기자들이 모여 사진을 찍기 시작했다. 나중에는 마을 사람들까지 집 앞에 모여들어 구경을 시작하자, 경찰이 행인의 신분을 확인하고 길을 통제했다.

도대체 무슨 일일까, 그는 생각하다가 그를 찾는 경찰의 수사가 공개수사로 전환한 것인가 추측했다. 그는 오직 사람들의 관심이 줄어들고 수사 규모가 축소되기만을 바랐다. 그러려면 집에서 아주 오랫동안 버텨야 했다. 그리고 남자는 정말 오랜 기간을 버텼다.

갈수록 은닉이 어려웠다. 처음 전기가 끊긴 사실을 알았을 때 남자는 낙담했다. 뉴스를 보게 되지 않을까 희망을 가지고 가끔 텔레비전을 켜보았는데, 아예 전원이 들어오지 않았다. 언제 누가 전기를 끊었는지는 몰랐다. 전기는 어차피 쓰지 않았으니 문제가 아니었지만 수도까지 끊어지면 어쩌나 덜컥 겁이 났다. 그리고 결국 수도도 끊겼을 때, 남자는 두려움에 몸이 덜덜 떨렸다.

물 없이 얼마나 더 버틸 수 있을까? 욕조에 받아놓은 물을 컵으로 떠 마실 때마다 남자는 정말 많은 것이 그리웠다. 자유가 그리웠고 사람이 그리웠다. 안락한 그의 집이 그립고 평범한 식사와 깨끗한 물이 그리웠다.

그때마다 남자는 해피엔딩을 상상했다. 경찰의 눈을 피해 집을 몰래 빠져나가 아무도 없는 곳으로 숨는 상상을 했다. 그리고 세월이 지나 세상이 조용해지면 밖으로 나와 평범하게 사는 상상을 했다. 아니면 사람들이 모두 정신을 차려서 더 이상 남자를 괴롭히지 않고 경찰도 남자를 추적하지 않는 상상도 했다. 또는 친구들이 몰래 그를 찾아와 경찰의 눈을 피해 안전한 곳으로 데려가는 상상도 했다. 부모가 그를 구하러 오는 상상도 했다.

그러나 행복한 상상보다는 두려운 것을 더 많이 했다. 집으로 다가오는 발소리가 들릴 때마다, 음식과 물이 줄어갈 때마다, 창밖을 내다봐도 여전히 경찰이 서 있을 때마다, 남자는 차라리 세상이 모두 망했으면 하고 생각했다.

사람들이 폭동을 일으켜 나라가 혼란에 빠진다면 집에서 나갈 수 있지 않을까? 북한이나 일본과 전쟁을 한다면 나갈 수 있지 않을까? 아니면 차라리 다시 검은 구가 나타난다면 그는 살 수 있을 것이다. 그는 구에 흡수되지 않으니까. 설령 흡수되더라도, 구에 쫓기는 생활이 집에 갇혀 천천히 말라 죽는 것보다는 훨씬 나을 것이다.

어떤 때는 너무나 견디기 힘들어서 차라리 자수할까도 생각했다. 그러나 다음 순간 마음을 고쳐먹었다. 그에게는 아무 잘못이 없었다. 그도 왜 구가 자신의 앞에 나타났는지 모른다. 왜 흡수되지 않는지도 모른다. 왜 구가 다시 사라졌는지도 모른다. 왜 사람들이 다시 돌아왔는지도 모른다.

죄가 없는데 어째서 자수를 한단 말인가? 정말로 구가 처음 나타나자마자 신고했다면 피해가 적었을까? 남자가 구에 흡수되지 않는 사람임을 빨리 알아냈다면 피해가 적었을까? 설령 그렇다고 해도, 그렇게 될 줄 몰랐던 게 내 잘못인가? 그는 끝없이 자신에게 되물었고 그때마다 잘못이 없다고 결론 내렸다.

그런데 왜 아무 죄도 없는 나를 끝없이 쫓아오는가?

"다 죽어도 싸, 개새끼들."

남자는 중얼거렸다.

*

더 이상 먹을 것이 없는 날이 왔다. 유일하게 남은 건 부엌 찬장에서 찾은 설탕이었다. 고춧가루, 말라붙은 참기름병, 그리고 후추와 맛소금 사이에 설탕통이 있었다. 남자는 유리통 안에서 덩어리진 채 굳은 설탕을 부순 다음, 욕조에 받아놓은 수돗물을 컵에 담아 설탕을 탔다.

늦은 밤이었다. 남자는 설탕물이 든 컵을 손에 쥐고 창문으로 밖을 조심스럽게 내다보았다. 그는 최근 조금씩 희망을 키워가고 있었다. 잠복 경찰이 한 명으로 줄어들었던 것이다. 자동차 운전석에 앉은 경찰이 졸린 눈을 비비며 부모 집을 바라보는 모습을, 남자는 지켜보았다.

며칠 더 기다리면 저 한 명도 없어지고 잠복이 순찰로 바뀔

지도 모른다. 더 시간이 지나면 감시하는 사람이 없어질지도 모른다. 그러면 집을 나가 동네를 벗어날 수 있을 것이다. 그는 조금만 더 버텨보자고 다짐하며 방으로 돌아왔다.

땀으로 찌든 더러운 침대 시트 위에 누웠다. 미지근하고 먼지 냄새가 나는 설탕물을 천천히 마셨다. 정말 맛있어서 자신도 모르게 한숨을 내쉬었다. 오랜만에 음식이 들어간 위장이 꾸르륵 소리를 냈다. 설탕물을 홀짝홀짝 마시면서 남자는 배고픔과 목마름을 참았다.

공포를 참았다. 좌절과 절망을 참았다. 자유로워질 날을 상상하고, 그가 그때 다시 만날 사람들을 생각했다. 부모님을 생각했다. 친구들과 동료들과 그에게 문자를 보낸 옛날 여자 친구를 생각했다. 그는 자유로워지면 아는 사람 모두에게 전화를 걸 생각이었다.

핸드폰도 여전히 가지고 있었다. 위치가 추적될까 봐 켜지는 않았지만 그래도 버리지 않았다. 남자는 다음 날 일어나서 나머지 설탕물을 마시기로 하고, 반쯤 마신 컵을 침대 옆에 놓았다. 그리고 잠이 들었다.

*

……불에 탄 마트에서 시시티브이가 촬영한 새로운 영상

이 발견됐대. 거기에는 두 사람의 얼굴이 선명하게 찍혀 있어서 경찰이 곧 신원을 확인해서 잡을 거래. 그러면 그 사람들에게 책임을 물을 수 있겠지…… 둘 다 죽은 것 같아. 아니면 이렇게 소식이 없을 수 없어. 마트가 불에 탔잖아. 그때 불에 타 죽은 거 아니야? 시체도 못 찾을 만큼 완전히 탄 거 아닐까…….

마트 동영상에 있는 두 사람이 무슨 죄가 있다고 잡으려는 겁니까? 구에 흡수되지 않은 게 죄입니까? 죄가 없는데 수사를 하는 이유가 뭡니까? 지금 정부에 맞서 싸워야지, 옳지 않은 일을 하는 정부를 사람들이 옹호하는 이유가 뭡니까…….

아이를 암매장했잖아요. 아이를 죽이지 않았더라도 누가 죽였는지 왜 땅에 묻었는지 두 남자를 붙잡아야 조사를 할 수 있잖아요. 그리고 우리가 꼭 정부를 편드는 건 아니잖습니까? 할 수 있는 건 하자는 거죠…….

둘 중 한 명이 붙잡혔답니다. 동영상에 나오는 머리 삭발한 남자가 붙잡혀서 조사받고 있대요. 하지만 덩치 큰 남자는 못 찾고 있답니다. 어디에 숨었을까요? 혹시 외국으로 도망간 건 아닌지 일본이나 미국에 구에 대한 정보를 넘긴 건 아닌지 걱정입니다…….

정말 걱정된다. 다른 건 몰라도 외국 놈들에게 정보를 넘기면 어쩌지? 미국에서 구를 군사 무기로라도 개발하면 어떡해. 우리나라 군사력에 피해가 가는 거잖아. 그런 일은 없어야 하니까 그 새끼를 꼭 잡아야 돼…….

반드시 잡아야 해. 왜 혼자만 살고 다른 사람에게 구에 흡수되지 않는 방법을 알려주지 않았는지 이유를 들어야 해. 정부에서 못 알아낸다면 개인적으로라도 알고 싶어. 정말 분통 터져. 죽은 사람이 얼마나 많은데 자기 혼자 살고 정말 나쁜 자식이야. 꼭 찾아내서 사과를 받아내야 해. 개인적으로라도 사과를 받고 싶어…….

맞아, 정말 나쁜 놈이야. 생각하면 할수록 두 놈 다 개새끼야. 천하에 둘도 없는 개새끼야. 꼭 잡아서 죽여야 해…….

*

남자는 꿈을 꿨다.
더운 여름날이었다. 일요일 밤이었다. 그는 골목을 산책하며 담배를 피웠다. 곧 집으로 돌아가 잠을 잘 시간이었다. 자고 일어나면 월요일이고, 출근해서 할 일이 많을 테지만 그렇다고 싫지는 않았다. 그는 집으로 돌아왔다. 텅 빈 집은 어딘가 쓸쓸했다.

핸드폰을 확인했다가 부모에게서 전화가 두 번 왔다는 것을 알고 전화를 되걸었다. 아버지가 전화를 받았다. 두 사람은 지난주 있었던 일을 말하면서 안부를 전했고, 잠시 어머니와도 통화를 했고, 남자는 이번 주에 집에 못 가서 죄송하다고 말했고, 전화를 못 받아서 미안하다는 말도 했다. 그리고 마지막으로 왜 두 번이나 전화했는지 아버지에게 물었다.

아버지는 그에게 상담할 일이 있었는데 이제 다 해결했으며 별일 아니라고 대답했다. 그러냐고 남자는 대답했다. 그런데 그게 무슨 일이었어요? 무슨 일이었는데 두 번이나 전화하셨어요? 남자의 물음에 아버지가 막 대답하려는 순간, 남자는 잠에서 깼다.

자동차가 골목을 지나가는 부우웅 소리에 잠을 깼다. 어휴 시끄러워, 남자는 몸을 뒤척이며 중얼거렸다. 이윽고 자동차가 멈추고 엔진이 공회전하는 소리가 들렸다. 새가 지저귀는 소리도 들려왔다. 햇볕이 참 좋은 날이었다. 원래 있던 블라인드 위를 남자가 두꺼운 이불로 막았는데도 방이 환했다. 그는 눈을 감은 채 침대 옆에 둔 담배를 찾다가 어젯밤에 놓아둔 설탕물 컵을 엎질렀다.

아, 이런, 조금씩 마시려고 아껴둔 건데, 다 마시지도 못하고. 바닥에 쏟아진 설탕물을 보니 허탈했다. 담배를 꺼내 입에 물고 불을 붙인 후, 이제 담배도 얼마 안 남았다는 생각에 두려움을 느끼면서, 한 모금 한 모금을 아껴가며 피웠다. 사람들의 목소리가 들렸다.

문득, 골목으로 차가 다닌 게 오랜만의 일임을 깨달았다. 경찰이 길을 통제했으니까. 남자는 거실로 내려갔다. 창문을 열었을 때, 남자는 부모 집으로 들어가는 차와 차가 제대로 들어가고 있는지 지켜보는 중년 여성을 발견했다. 누구인데 남의 집에 주차를 하고 있지?

남자는 한참이나 그 여성을 바라보았다. 얼굴은 보이지 않았는데 뒷모습이 익숙했다.

"엄마."

남자는 중얼거렸다. 어머니였다. 정장을 단정하게 차려입고 손에는 양산까지 들고 있어서 꼭 가을을 맞아 단풍 구경이라도 가는 것 같았다. 자동차가 들어가고, 엔진 소리가 멈췄다.

그리고 아버지가 골목으로 나왔다. 남자는 자신도 모르게 아, 하고 감탄사를 내뱉었다. 부모님이 집으로 돌아온 것이다. 지금 내가 꿈을 꾸나? 아니다. 방금 피운 담배의 쓴맛이 아직도 혀에 남아 있었다. 손에 묻은 끈끈한 설탕물도 느껴졌다. 남자는 다시 골목을 위아래로 훑어보았다.

길에 잠복하는 경찰도, 이웃집에서 창문으로 내다보는 경찰도, 차를 타고 순찰하는 경찰도 없었다. 감시하는 사람 없는 평화로운 골목이었다.

그리고 남자의 부모님이 그곳에서 이야기를 나눴다. 아버지, 어머니, 남자는 중얼거렸다.

그는 일어났다. 거실을 가로질러 문으로 다가갔다. 누가 열고 들어올까 무서워 식탁과 소파로 문을 막았는데, 그것을 치우고 문을 열었다. 서두르느라 신발도 신지 않은 채로 나와 마당을 가로질렀고, 오래전부터 망가져 있던 그러나 누구도 들어올 생각 하지 않았던 대문을 지나, 골목으로 나왔다.

밖이었다. 공기가 정말로 신선했다. 이 시원한 바람이라니. 쨍한 가을 햇볕이 그의 눈을 찔렀다. 남자는 큰 소리로 외쳤다.

아버지, 어머니, 저 정수예요, 저 여기 있어요.

그런데 목소리가 잘 나오지 않았다. 오랫동안 성대를 쓰지 않은 탓이었다. 거칠게 웅얼거리는 소리만 입에서 나왔다. 그리고 크게 소리칠 기운도 없었다. 오랫동안 제대로 못 먹어서 현기증이 났다. 맨발도 아팠다. 그러나 마음만은 정말로 기뻤다. 이런 날이 올 줄 알았어, 모든 오해가 풀리고 평화가 찾아올 날이 올 줄 알았어, 내가 자유로워질 날이 올 줄 알았어, 경찰이 철수하고 골목이 조용해질 날이 올 줄 알았어, 더는 감시받지 않을 날이 올 줄 알았어, 나는 믿었어. 남자는 중얼거렸다. 이날이 올 거라 믿고 끝까지 버텼어. 눈에서는 눈물이 흘렀다. 정말 기뻐서, 부모님이 반가워서, 남자는 울었다. 그리고 다시 소리쳤다.

아버지, 어머니, 저 정수예요, 저 여기 있어요. 부모님은 그제야 남자를 돌아보았다. 얼굴이 보였다. 맞았다. 부모님이었다. 전혀 변하지 않았구나. 아니 오히려 더 좋아 보였다. 나는 정말 고생 많이 했는데, 부모님은 그러지 않아서 다행이었다.

그런데 등 뒤에서 우당탕 소리가 다가왔다. 남자는 뒤를 돌아보았다. 수십 명의 사람이 그를 향해 뛰어왔다. 우르르, 수십 개의 발이 골목을 구르는 그 소리와, 다른 집에 숨어 있다가 뛰어나오는 사람들의 소리가 그의 뒤를 따라왔다.

새 지저귀는 소리가 사라졌다. 그들은 어찌나 빠르던지 남자를 순식간에 따라잡아 붙들었다. 사람들의 손이 남자의 팔을, 다리를, 목을, 허리를, 잡아 끌어당겼다.

안 돼요, 안 돼, 안 된다니까요, 남자는 소리쳤다. 아버지, 어머니, 살려주세요, 도와주세요. 그러나 부모님은 고개를 돌리고 다른 곳을 바라보았다. 그들의 시선이 향한 곳에서 경찰이 걸어왔다.

부모는 경찰을 향해 인사했고, 경찰은 팔을 뻗어 두 사람을 안내했다. 그리고 부모를 데리고 골목 너머로 사라졌다. 남자는 다리에 힘이 풀려 주저앉았으나, 제대로 주저앉지도 못했다. 모두가 그의 팔다리를 잡고 있어서 마음대로 움직일 수 없었다.

안 돼, 안 돼요. 남자는 소리쳤으나 이제 누군가의 손이 입까지 틀어막았다. 남자는 골목 너머로 사라지던 부모의 마지막 눈빛을 기억했다.

흘낏 곁눈질하는 아버지와 어머니는 혐오스러운 것을 보는 표정이었다. 짜증이 가득한 얼굴로 눈을 찌푸렸다. 저건 또 뭐야, 어휴 기분 나빠, 빨리 좀 사라지지, 그런 표정으로 남자를 보았다. 그것이 마지막이었다.

남자는 정신을 잃었다.

18
절망

소리가 너무나 컸다. 웃음과 함성이 뒤섞인 소리였다.

하하하하하하하하하하하하하하하하하하하하하하하하하하 하하하하하하하하하하하하하하하하하하 하하하하하하하하하하 하하하하하하하하하하하하하하하하하하하하하하하하하하하 하하하하하하하하 하하하하하하하하하.

남자는 눈을 떴다. 그는 넓은 공간에 누워 있었다. 벌판인 가? 아니다, 야외가 아니다. 천장이 막혀 있고 소리도 울리는 실내였다. 그런데 바닥은 흙이고 군데군데 바싹 마른 잡초도 있었다. 이상했다. 주변이 잘 보이지 않았다. 사방이 완전히 어두운데 연극 무대처럼 강한 스포트라이트가 남자에게만 내 려와 있어 조명 너머가 전혀 보이지 않았다. 조명 때문에 눈 이 아팠다. 몸이 쑤셨다. 많은 사람이 그의 몸을 잡아당겼고,

그래서 정신을 잃었다가, 이제야 깨어났다.

어지러웠다. 속이 메스껍고 동시에 배가 고팠다. 그리고 함성은 너무나 컸다. 누가 소리를 지르는 건가? 여기는 어디인가?

"똑바로 앉아."

스피커에서 나온 목소리가 그에게 명령했다. 공간을 쩌렁쩌렁 울리는 큰 목소리였다. 함성이 스피커 목소리에 뒤덮여 사라졌다가 다시 돌아왔다. 남자가 멍하니 있자 목소리가 명령했다.

"무릎 꿇고 똑바로 앉으라니까!"

스피커의 목소리는 가까이에서 들렸다. 함성은 그보다 멀었다. 그러나 바로 앞에서 들리는 것처럼 함성이 커질 때도 있었다. 그는 무릎을 꿇었고, 스피커가 소리쳤다.

"고개 들고 내가 하는 말에 또박또박 대답해. 안 그러면 죽는다, 알았어?"

함성이 커졌다. 죽여, 죽여버려, 죽어도 싼 놈이야, 죽여라. 수천 명이 내는 함성이었다. 우리가 죽일 테니 우리에게 넘겨, 찢어 죽여버릴 테니까, 밟아서 으깨버릴 테니까, 우리에게 넘겨, 죽여, 죽이라고. 그들은 어둠 저편에 있고, 남자는 어둠을 둘러싼 그들에게 갇혀 있었다.

스피커가 말했다.

"이름은 김정수, 맞나?"

"네."

"똑바로 더 크게 대답해!"

"네, 맞, 맞습니다."

"서른두 살이지?"

"네."

"서울 ○○에서 살지?"

"네."

"그리고 ○월 ○일 ○시경 집 앞에서 구를 목격했지? 집 근처 골목에서."

"아뇨, 아닙니다."

"아니긴 뭐가 아니야? 골목에 절망의 구가 있는 걸 봤잖아. 네가 절망의 구 최초 목격자지?"

"아닙니다. 제가 아니라, 다른 사람이 먼저 있었습니다."

"누가 있었는데?"

"여러 사람이요. 사람들이 모여서 웅성거리는 걸 보고 다가갔는데……."

"거짓말하지 마, 이 새끼야! 경찰이 증언을 확보했어. 네가 절망의 구 최초 목격자야. 동네 사람들은 네 비명을 듣고 밖으로 나왔어. 그다음 네가 자동차를 타고 도망치는 걸 봤고. 그날 밤 친구와 직장 사람들에게 전화를 걸었잖아. 아침에는 부모와도 통화했고. 아니야? 통화 기록도 다 남아 있어. 너는 절망의 구를 봤고 그게 사람을 흡수한다는 걸 알았는데도 신고하지 않고 도망쳤지? 너부터 살겠다고 도망간 거잖아. 그렇지? 그래, 안 그래? 똑바로 대답해!"

죽여, 죽이라니까. 함성이 커졌다. 이번에는 수만 명이 내는 함성처럼 컸다. 그리고 남자를 향해 다가오는 것 같았다. 당장 다가와서 남자를 붙잡을 듯이 거센 함성이었다. 남자는 겁에 질렸다.

스피커가 말했다.

"대답해, 위험해지기 전에."

"제가……."

"더듬지 말고 똑바로 말해!"

"제가 최초의 목격자입니다."

"목격하고는 도망쳤지?"

"도망쳤습니다. 잘못했습니다. 정말 죽을죄를 지었습니다. 용서해 주십시오. 일이 이렇게 될 줄은 정말 몰랐습니다. 제발 용서해 주세요."

"너는 차를 타고 도망쳤지?"

"네."

"서울을 나와서 ○○시로 들어갈 생각이었지? 부모 만나려고. 그런데 중간에 길이 막혀서 차는 도로에 버리고 걸어서 이동했지? 우리는 그 차도 찾아냈다. 그러니 거짓말할 생각 마. 도시에 도착해 보니 부모님은 이미 구에 흡수돼서 못 만났지?"

"네⋯⋯."

그건 남자도 몰랐던 일이었다. 하지만 스피커가 그렇게 말해서 남자도 그렇다고 대답했다.

"그다음 너는 도시에서 다른 사람들을 만났다. 그들이 너를 ○○초등학교로 안내했고 너는 순순히 따라가 그들과 며칠 동안 같이 있었다. 그렇지?"

"네."

"그 새끼 불러와."

스피커가 말했다. 남자를 향해 한 말은 아니었다. 스피커의 명령이 떨어지자, 누군가 남자의 앞으로 다가왔다. 덩치 큰 사람들에게 양팔을 붙잡힌 노인이었다. 노인은 어둠과 조명 사이, 그러니까 그가 보이는 공간과 보이지 않는 공간의 경계에 멈췄다. 덩치 큰 사람들은 노인을 놓고 어둠으로 물러났다. 남자는 놀랐다.

정 형제였다. 그사이 정 형제는 살이 찌고 얼굴은 부었고 나이 들어 보였다. 정 형제는 남자를 내려다보았는데, 그의 얼굴에는 학교에서 남자에게 맥주와 담배를 건네던 친절한 표정이 아닌, 증오로 일그러진 표정이 있었다.

스피커가 정 형제에게 말했다.

"너 저놈 알지?"

"압니다."

정 형제는 차갑게 대답했다.

"너는 ○월 ○일부터 ○일까지 ○○초등학교에서 저 새끼를 데리고 있었지?"

"맞습니다."

"저 새끼를 어떻게 했어?"

"그때 도시에는 거주민은 모두 도시 밖으로 나가라는 정부의 명령이 떨어져 있었습니다. 저희 교회 사람들은 미처 떠나지 못하고 다른 사람들과 함께 학교에서 머물렀습니다. 그리고 음식을 구하고 오는 길에서 만난 남자를 학교로 데리고 왔습니다. 남자에게 먹을 것과 잠자리를 줬습니다. 남자는 고맙다면서 은혜를 꼭 갚겠다고 말했지만 막상 위험한 상황이 되자 도망쳤습니다. 구가 학교를 습격할 때 남자는 다른 사람을 돕지 않고 혼자 도망쳤습니다."

"그러니까, 저 남자가 자신을 도와준 사람들을 배신했다는 거지?"

"네."

"이기적인 행동이야, 그렇지?"

"그렇습니다."

함성이 커졌다. 죽여, 죽이라니까, 찢어 죽여, 쌍놈의 새끼.
남자는 함성이 다가왔다가 다시 멀어지는 것 같다고 느꼈다.
그러니까 사람들이 분노에 차서 남자에게 다가왔다가, 무엇
엔가 막혀 다시 밀려나는 것 같았다.

누가 막고 있을까? 노인을 데려온 덩치 큰 남자들 같은 사
람들이 함성을 내는 사람들을 막고 있을까? 만약 막지 못하
면 어떻게 되나? 사람들이 나를 붙잡으면 나는 어떻게 될까?

"들여보내."

스피커가 말했고, 어둠에 물러나 있던 덩치 큰 사람들이 정
형제를 붙잡아 끌고 갔다. 함성이 줄어들었다.

스피커가 남자에게 말했다.

"그리고 학교에서 나와 어디로 갔냐?"

"도시를 떠돌았습니다."

"왜?"

"구를 피해서요."

"구를 왜 피해, 너는 구에 흡수되지 않잖아."

"아닙니다, 구가 계속 따라왔습니다. 끝없이 따라와서 잠도
제대로 못 잤습니다. 정말입니다."

"거짓말하지 마, 너는 구에 흡수되지 않아. 구는 너를 따라
가지도 않잖아. 너는 그냥 도시를 돌아다녔어."

"아닙니다, 정말 아닙니다."

"너는 도시를 돌아다니다가 다른 사람을 만났다. 그렇지?"

"네?"

"또 다른 사람을 만났잖아. 기억 안 나?"

남자가 멍하니 있자, 스피커가 명령했다.

"그 새끼 데려와."

덩치 큰 사람들이 누군가를 끌고 왔다. 이번 사람은 정 형제처럼 걸어오는 것이 아니라 사람들에게 끌려왔다. 그는 죄수복을 입고 손에는 수갑을, 발에는 족쇄를 차고 있었다. 덩치큰 사람들이 그를 조명과 어둠의 경계선에 무릎 꿇렸다. 남자는 그를 알아보았다. 붉은악마, 마른 얼굴, 흉터와 함께 남자를 죽이려 했던 그 강도 중 한 명, 안경이었다.

스피커가 안경에게 말했다.

"너 저놈 알지?"

"네."

안경의 목소리에는 전혀 힘이 없었다. 말이라기보다는 신음에 가까웠다.

"언제 만났어?"

"구에 흡수될 때 같이 있었습니다."

"더 자세히 말해봐."

"그때 저는 다른 사람들과 함께 도시에서 강도 짓을 하고 있었습니다."

갑자기 함성이 어마어마하게 커졌다. 분노의 함성이 메아리쳤다. 죽여, 죽여, 저 살인마를 죽여, 죽어도 싸, 개새끼, 당장 죽여버려, 죽여, 죽여라, 죽여. 남자는 몸을 웅크렸다. 그리고 안경이 울기 시작했다. 완전히 겁에 질린 사람의 울음이었다. 안경은 말을 잇지 못하다가, 스피커가 빨리 말하지 않으면 가만 안 두겠다고 으름장을 놓자 말을 시작했다.

"저희는 일본으로 들어갈 돈을 마련하려고 도시를 돌아다니며 강도 짓을 벌였습니다. 본거지로 삼은 집이 있었는데, 그곳에 저 남자가 와 있었습니다. 태연하게 샤워하고 있는 걸 그냥 붙잡았습니다. 그런데 저 녀석은 구를 두려워하지 않았습니다. 그때 저희는 구에 습격을 당해 모두 흡수되었는데, 그동안에도 저 녀석은 태연하게 우리가 흡수되는 모습을 바라보았습니다."

스피커가 남자에게 소리쳤다.

"이것 봐, 증인이 있는데도 잡아뗄 거야? 구에 흡수되지 않는 걸 알았으니까 태연했던 거 아니야? 그런데도 거짓말할 거야?"

"아닙니다. 저 녀석이 칼로 목을 잘라 죽이겠다고 저를 협박했습니다. 저 녀석들이 구에 흡수돼야 제가 사니까 그래서 태연한 척한 겁니다. 정말입니다. 저자들이 구에 흡수되고 나서 저도 흡수될 뻔했습니다."

"거짓말하지 마, 이 새끼야!"

"그러지 말고 부모에 대해서 물어봐. 부모를 찾아다닌 일을 먼저 물어보라고."

갑자기 스피커 뒤에서 스피커를 재촉하는 목소리가 들렸다. 그리고 사람들이 와하하 웃음을 터트렸다. 커다란 웃음이었다. 왜 웃는 거지, 남자는 어리둥절해서 돌아보았다. 웃음소리 사이로 사람들이 서로에게 말했다. 방금 대통령 목소리 아니었어? 맞지? 대통령이 명령한 거지? 남자는 놀랐다. 대통령이라니? 스피커로 명령하는 남자 옆에 대통령이 있다는 건가? 그러면 스피커는 누구지? 함성을 지르는 사람들은 도대체 누구인가? 이들은 모두 왜 이곳에 있나? 왜 나를 앉혀놓고 협박하나?

남자는 목이 터져라 소리쳤다.

"당신들 누구예요? 누군데 이러는 거야? 당신들 나에게 이럴 권리 없어! 나는 아무 죄 없어! 설령 죄가 있다고 해도 이럴 권리는 없다고! 당신들 누군데 이런 짓을 하는 거야?"

"이 새끼가 어디서 건방지게 굴어? 지금 뭐가 무서운 건지 모르는구나?"

스피커가 꽥 소리쳤는데, 그의 과장된 말투가 우스웠는지 사람들은 하하하 웃음을 터트렸다. 그러자 스피커는 말했다.

"장내 정숙하세요."

하지만 사람들은 더 크게 웃을 뿐이었다. 웃음이 진정되고 스피커가 다시 말을 꺼내기까지는 시간이 걸렸다.

스피커는 안경에게 말했다.

"너는 도시에서 사람을 살해했지?"

"네."

"몇 명 죽였어?"

"마, 마흔 명 정도……."

"마흔 명 정도? 몇 명 죽였는지도 몰라? 51명이야, 51명! 너랑 네 일당이 돈 몇 푼 모으겠다고 50명을 넘게 죽였어. 너는 인간도 아니야. 너는 악마야. 너 같은 악마는 백번 죽어도 모자라. 알아? 네 죄를 아느냐고!"

함성이 커졌다. 죽여, 저 살인마를 죽여, 개새끼를 죽여. 함성은 지금까지의 어떤 때보다도 빠르게 커졌다. 그것은 함성을 지르는 사람들이 남자에게 다가오는 속도가 이전보다 훨씬 빠르다는 뜻이었다. 그리고 이번에는 어둠 너머로 사람들이 몰려오는 광경이 남자에게 보였다.

남자는 무서워서 뒤로 물러났지만, 뒤에서도 함성이 들리면서 사람들이 몰려오는 것은 마찬가지였다. 남자는 몸을 웅크렸다. 성난 사람들은 안경을 붙잡았다. 사람들은 안경의 몸을 잡아당겼다. 조명의 가장자리에서, 안경은 어둠 속의 사람들에게 끌려가지 않으려 발버둥 쳤다. 하지만 사람들의 힘이 훨씬 셌다. 죽여, 죽여, 이 개새끼 죽여야 해, 살려두면 안 돼, 이 살인마 새끼, 살 가치도 없어, 죽여야 해, 이 개새끼. 사람들이 그를 잡아 뜯었다.

안 돼, 아아악, 살려줘, 살려줘, 잘못했어요, 살려줘요, 안경은 말했지만 사람들은 그의 온몸을 사정없이 잡아 뜯었다. 살점이 찢겨 나가고 팔다리가 찢어졌다. 머리카락이 뽑히고 얼굴이 벗겨졌다. 귀와 안구가, 혀와 이가 몸에서 떨어져 나갔다. 내장과 뼈가 파헤쳐졌다. 피비린내가 남자에게까지 풍겼다.

남자는 무릎에 머리를 올린 채 손으로 머리를 감싸고 그 시간이 지나가기를 기다렸다. 살려주세요, 제발 살려주세요, 나는 저렇게 죽기 싫어요, 저렇게 죽으려고 태어나지 않았어요, 나는 아무 죄도 없는데 왜 내가 죽어야 해요, 제발 살려줘요, 나는 아무 잘못 없어요, 남자는 빌고 또 빌었다.

더 이상 안경의 비명이 들리지 않고, 함성이 줄어들고, 사람들은 멀어져 갔다. 그래도 남자는 계속 머리를 무릎에 댄 채 몸을 웅크리고 있었다.

"고개 들어."

남자는 공포에 질려 고개를 들지 못했다. 스피커가 계속 그를 야단쳤고 남자는 결국 얼굴을 들어 올렸다. 갈기갈기 찢긴 안경의 시체가 어둠 너머로 흘낏 보여, 남자는 눈을 감았다.

스피커가 말했다.

"무섭냐? 이제야 정신이 드나 보지? 묻는 말에 똑바로 대답해. 안 그러면 너도 저렇게 된다. 알았어?"

스피커의 말에 동의하는 뜻의 웃음소리가 함성 속에 흘렀다. 남자는 온몸이 덜덜 떨려서 말이 제대로 나오지 않았다.

"고개 똑바로 들고 대답하라고!"

스피커가 말했고, 남자는 간신히 입을 열었다.

"네, 알겠습니다."

스피커는 질문했다.

"그다음 너는 마트에 도착했지? 그곳에서 다른 사람을 만났고."

"네."

"그 새끼 불러와."

스피커가 명령했다. 사람들의 함성이 사라졌다. 그리고 긴장 가득한 침묵이 흘렀다. 남자는 눈을 떴다.

청년이 다가왔다. 덩치 큰 사람들이 조명 속으로 청년을 끌고 왔다. 청년은 여전히 빡빡 깎은 머리였으나 안경은 쓰고 있지 않았다. 그리고 낡은 군복을 입고 있었다. 이름도 계급장도 부대 마크도 다 떼어낸 이상한 군복이었다. 덩치 큰 사람들은 청년을 남자 옆에 나란히 앉히고는 어둠 속으로 사라졌다. 남자는 힐끗 청년의 얼굴을 돌아보았는데, 얼마나 얻어

맞았는지 퉁퉁 붓고 멍들고 피로 얼룩져서 엉망이었다.

스피커는 말했다.

"너희 둘이 최후로 살아남은 사람이지?"

남자도 청년도 그 질문에 대답하지 못했다. 뭐라고 대답해야 좋을지 몰랐다.

"너희 둘은 ○○마트에서 만났다. 그곳에서 아이를 죽이고 인근에 암매장했다. 그렇지?"

"아닙니다. 아니에요."

두 사람은 부인했다.

"저희가 죽인 게 아닙니다. 아이는 원래 죽어 있었어요. 시체를 우리가 묻은 것뿐이지 죽인 건 아닙니다."

"그럼 아이는 왜 죽어 있었는데?"

청년이 대답했다.

"그건 저도 몰라요. 말씀드렸잖아요, 수백 번도 더 말씀드렸잖아요. 제가 안 죽였어요. 마트에 갔는데 시체가 있었어요. 그래서 불쌍해서 묻어줬어요, 그것뿐입니다. 정말이에요. 저는 정말 결백합니다."

청년은 필사적으로 외치더니 울음을 터트렸다. 남자는 겁에 질려 아무 말도 나오지 않았다.

스피커가 말했다.

"너희는 마트에서 한 달 반 넘는 시간 동안 절망의 구에 흡수되지 않았어. 둘 중 누가 절망의 구에 흡수되지 않고 살아남은 최후의 사람이지?"

남자와 청년은 손가락으로 상대방을 가리키며, 바로 저 사람이에요, 라고 소리쳤다.

스피커가 두 사람의 말을 막았다.

"우리가 아는 건, 너희 둘 중 한 명이 구에 흡수되지 않는 사람이고 그래서 끝까지 살아남았다는 것뿐이야. 둘 중 어느 쪽인지는 몰라. 마트도 전소돼서 이 이상의 증거가 남아 있지 않아. 그러니 증언을 바탕으로 알아내는 수밖에 없어. 거짓말할 생각 마라. 그랬다간 목숨이 위험할 거야."

스피커는 청년에게 말했다.

"네 이름은 이종철이지?"

"네."

알고 있던 이름과 달랐기 때문에, 남자는 놀랐다.

"나이는 스물셋이고."

"네."

"군복무 중이지?"

"네."

"계급은 일병이야. 절망의 구가 나타났을 때 ○○시 외곽을 통제하라는 명령이 떨어져서 부대 전체가 그쪽으로 이동했는데, 너는 중간에 탈영했어. 총도 버리고. 그리고 ○○○으로 가서 민간인 행세를 하면서 돌아다녔어. 그렇지?"

"네."

남자는 충격을 받았다. 이름도, 나이도, 직업도 달랐다. 청년이 털어놓은 이야기가 모두 거짓이었다. 뭔가를 감춘다는 인상은 받았지만 청년이 탈영병일 줄은 상상도 못 했다.

스피커가 말했다.

"탈영한 이유는 뭐야?"

"무서워서 그랬습니다. 구를 직접 보니까 너무 무서워서 저도 모르게 도망쳤습니다. 그리고 가족이 걱정돼서요, 서울 시내에 있는 사람은 다 죽었다고 해서, 서울에 있는 가족이 걱정돼서 그랬습니다."

"거짓말하지 마. 가족이 걱정돼서 도망친 놈이 서울로 안 가고 왜 다른 도시에서 떠돌아? 말이 안 되잖아. 너는 부대에서 관심 사병이었어. 안 그래도 군 생활에 적응을 못 했는데 잘됐다 싶어서 도망친 거잖아, 그것도 총까지 버리고. 너는 총살감이다. 전쟁 중에 군인이 총을 버리고 근무지를 이탈하면 사형이야. 너는 죽어도 할 말이 없어. 그런데도 살려둔 건 누가 구에 흡수되지 않은 사람인지 알아내기 위해서야. 그러니까 똑바로 대답해. 알았어?"

"총 버린 죄도 말해."

스피커로 다른 사람의 목소리가 끼어들었다. 사람들이 대통령 아니냐고 서로에게 물었던 그 목소리였다.

"총 버린 죄도 추가해서 엄벌한다고 해. 그게 중요하다고."

"제가 다 말했습니다."

"그래? 그러면…… 알았어."

스피커로 들리는 대화에 사람들은 크게 웃음을 터트렸다. 몇몇은 박수까지 치기 시작했다.

"장내 정숙하세요."

스피커가 말하자 사람들은 더 크게 웃었고, 환호성이 이어졌다. 스피커는 환호성을 뚫고 소리쳤다.

"이종철, 너는 마트에서 김정수를 만났어. 두 사람은 마트에 있던 아이의 시체를 주차장 옆 공터에 유기하고, 그 후에도 같이 마트에서 지냈다. 맞지? 마트에서 발견된 시시티브이를 보면 너희 둘은 소녀의 시체를 묻는 동안에는 서로의 발목을 묶고 있고, 마트로 돌아오는 동안은 손을 잡고 있어. 이종철은 서로 접촉해 있는 동안은 두 사람 모두 구에 흡수되지 않아서 그랬다고 증언했어. 그리고 김정수 네가 구에 흡수되지 않는 사람이었기 때문에 접촉해 있는 동안 자신도 살아남았다고 말했어. 김정수, 이종철의 증언이 사실인가?"

남자는 외쳤다.

"아닙니다. 아니에요, 저는 구에 흡수됐습니다. 제가 흡수되지 않는 사람이라면 구를 처음 목격했을 때 왜 도망쳤겠습니까? 왜 학교에서도 구를 피해 도망쳤겠어요? 왜 도시를 헤매는 동안 잠도 못 자고 밥도 제대로 못 먹었겠습니까?"

청년이 소리쳤다.

"전부 거짓말이에요. 저는 구에 흡수됐어요. 저 사람과 발목을 묶은 붕대가 풀어지자마자 흡수됐어요. 저 사람은 구에 흡수되지 않았습니다. 저 사람이 마지막까지 남은 사람이에요."

"증거가 없어."

스피커는 말했다.

"결정적인 물증이 없어. 그리고 있는 증거도 앞뒤가 맞지 않아. 김정수는 분명 구를 피해 도망친 사실이 있어. 구에 흡수되지 않는 사람이라면 도망치지 않았겠지. 이종철의 증언도 논리가 정확하고 모순이 없어. 이종철의 자백에 의하면 구에 흡수되지 않은 사람은 한 명이야. 그리고 다른 한 사람은 그와 신체를 접촉하고 있었을 때만 구에 흡수되지 않았던 거고. 하지만 이종철은 김정수가 구에 흡수되지 않는 사람이라고 계속 주장하는데 그 주장을 뒷받침할 증거는 없어. 오히려 이종철이 구에 흡수되지 않는 사람인데 그걸 김정수에게 덮어씌운 걸 수도 있지. 그러니, 두 사람에게 묻겠다. 구에 흡수됐을 때의 느낌을 설명해. 구에 흡수되지 않은 사람이라면 그 느낌을 모르겠지. 두 사람의 대답 차이로 둘 중 누가 구에 흡수되지 않은 사람인지 알 수 있어."

사방이 조용해졌다. 사람들은 함성 지르는 것마저 잊고 두 사람의 대답을 기다리고 있었다.

청년은 더듬더듬 말했다.

"저는 자다가 갑자기 흡수돼서…… 기억이 구체적인 게 아니에요……. 설명하자면…… 악몽 같았습니다……. 길게 가위에 눌리는 느낌이었어요……. 몸이 없어지는 느낌이었습니다……. 구의 표면을 통과한 몸이 바로 조각조각 분해되어 사라지는 느낌이었어요……. 만약 죽음을 겪는다면 그런 느낌일 겁니다……. 몸도 영혼도 파괴되고…… 영원히 고통 속에서 살아야 하는…… 끝없는 악몽 같은……."

"절망입니다!"

남자는 외쳤다.

"구에 흡수될 때 느낀 건 절망입니다. 그 끔찍한 절망을 확실히 기억합니다. 그건 안 겪어본 사람은 모릅니다. 몸으로 느낀 감각이야 남에게서 들은 걸 말할 수 있겠지만, 그 끔찍한 절망은 절대 이해 못 합니다."

잠시 침묵하던 스피커는 이윽고 말했다.

"지금 봐서는 김정수의 증언이 더 믿을 만한데, 그것만으로는 확신할 수 없어."

그러자 청년이 외쳤다.

"아닙니다, 저는 정말 아니에요. 수백 번도 더 말했잖아요.

제 말은 모두 사실입니다. 제발 믿어주세요. 전부 다 말했어요. 사실대로 말하면 살려주신다고 했잖아요, 제발 용서해 주세요. 잘못했습니다. 자백하라면 모두 하겠습니다. 사죄하라면 하겠습니다. 하지만 저는 정말 구에 흡수되지 않은 사람이 아닙니다. 제발 살려주세요, 제발요."

청년은 필사적으로 외쳤으나, 스피커는 냉정하게 대답했다.

"잘못이 중요한 게 아니라 진실만 말하면 돼. 누가 구에 흡수되지 않은 사람인지 그것만 확실히 알아내면 돼. 그리고 그 사람에게 모든 죄를 물으면 되고. 이제 두 사람에게 마지막으로 묻겠다. 김정수 너부터 대답해, 너는 마트에서 흡수됐다고 했지? 그다음에는 어떻게 됐나?"

남자는 떨리는 목소리로 대답했다.

"정신을 차려보니 마트가 타고 남은 잿더미 위에 있었습니다. 그래서 그곳을 도망쳤습니다. 길에 있던 오토바이를 훔쳐 타고 부모님 집으로 갔습니다. 부모님이 걱정돼서 부모님 집으로 갔습니다."

청년이 소리쳤다.

"아닙니다, 저 사람은 마트에 없었어요. 제가 있었습니다. 일어나니 마트가 모두 불탄 후였어요. 아무도 없는 곳에 혼자 있는 것이 무서워서……"

그러자 스피커가 말했다.

"이종철 너는 대답하지 않아도 알아. 다 자백했잖아. 네 자백에 따르면 너는 마트에서 깨어나 남쪽으로 도망쳤어. 네 가족한테도 원래 부대로도 복귀하지 않고 떠돌아다니다가 헌병대에 붙잡혔잖아. 하지만 네가 마트에서 깨어난 걸 증명할 증인이 없어. 단지 붙잡히기 전 며칠의 행적만 있지. 마트에서 출발했다는 증거는 없어."

스피커의 말에 청년이 대답했다.

"바로 그겁니다. 이 남자가 구에 흡수됐다면 마트에서 깨어났다는 증거가 있어야 하는데 이 남자에게도 증거가 없잖아요. 구에 흡수되지 않았다면 사람들이 모두 깨어났을 때 마트가 아닌 다른 곳에 있었을 거예요."

스피커가 말했다.

"그렇지 않아. 저 새끼는 부모 집에 있었다. 목격자도 있어. 마트에서 깨어나자마자 바로 부모 집으로 간 거지. 시간상 그렇게 했다고 볼 수밖에 없어."

아니다, 남자는 집으로 돌아갔다. 그곳에서 마지막 구를 목격했다. 그리고 사람들이 돌아왔고, 그는 오토바이를 타고 부모의 집으로 갔다. 스피커는 그 사실을 모르고 있었다.

만약 알아내면 어쩌지? 증인을 찾아내면 어떻게 될까? 남자는 그가 골목에서 마주쳤던 사람을 떠올렸다. 쓰레기를 버리러 나왔던 이웃 아저씨, 가게의 할머니와 할아버지, 그들이 돌아오자 어떻게 된 거냐고 말을 걸었다. 그 사실을 알아내면 어쩌지? 오토바이를 걷어차던 아이가 나를 알아보면 어쩌지? 위험하다. 구가 사라지고 사람들이 세상에 돌아온 순간 남자가 마트가 아닌 자신의 집 앞에 있었다는 것을 사람들이 알아내면, 남자가 구에 흡수되지 않은 사람이었다는 사실이 밝혀지는 것이다.

스피커가 말했다.

"아니, 아닌가? 그 점은 조사 안 했나? 확실하지 않은데. 사람들이 돌아왔을 때 저 새끼가 어디 있었지?"

청년이 말했다.

"그걸 캐보세요. 중요합니다. 저 남자가 어디에 있었는지 조사하세요. 저는 마트에 있었습니다. 저 남자가 다른 곳에 있었다면 구에 흡수되지 않은 사람이었던 겁니다. 남자가 어디에 있었는지 증인을 찾으세요."

그리고 남자는 외쳤다.

"이자가 저를 성추행했습니다."

함성이 사라지고, 스피커도 조용해졌다. 남자는 고개를 돌려 청년을 노려보았다. 겁에 질리고 망가진 얼굴을, 공포에 넋이 나간 눈을, 벌벌 떨고 있는 작은 몸을 노려보았다. 여기서 죽을 수 없다, 남자는 생각했다. 그가 구에 흡수되지 않았다는 사실이 밝혀졌다가는 저기 갈가리 찢긴 안경처럼 개죽음을 당할 것이다. 그렇게 죽을 수는 없다, 절대로.

스피커가 말했다.

"그게 무슨 소리야? 똑바로 설명해."

남자는 외쳤다.

"처음 마트에서 만났을 때 이자가 자신은 구에 흡수되지 않는 사람이라고 말했습니다. 자신과 신체를 접촉하고 있으면 그 사람도 구에 흡수되지 않는다고 했습니다. 그래서 손을 잡았는데, 정말 구에 흡수되지 않았습니다."

"사실이 아니에요, 아닙니다. 그렇지 않아요."

청년이 일어나서 항변했지만 남자는 그를 밀쳤다.

"하지만 어느 남자가 다른 남자 손을 계속 잡고 싶겠습니까? 누가 다른 사람과 하루 종일 몸을 맞대고 있고 싶겠습니까? 싫었지만 살기 위해서 어쩔 수 없이 저 사람의 손을 잡고 다녔습니다. 그런데 갈수록 이상한 것을 요구했습니다. 궂은 일은 모두 저를 시키면서 하인처럼 부렸습니다. 기분 내키는 대로 욕하고 때리고 죽고 싶지 않으면 말을 들으라고 협박했습니다."

"아니에요, 정말 아니에요, 저는 그런 적 없어요."

"저는 죽고 싶지 않아서 참았습니다. 참을 수밖에 없었습니다. 이자가 제 몸에서 손을 떼면 죽으니까 끝까지 참았습니다. 그런데 밤마다 제 몸을 더듬기 시작했습니다. 여자와 섹

367

스한 이야기를 들려달라면서 제 몸을 만졌습니다. 제가 샤워하는 걸 지켜보고 비웃고, 그리고 자기가 보는 앞에서……
자위를 하라고…… 했습니다…….”

청년이 항변했다.

“아니에요, 아니에요. 그런 적 없습니다.”

“그리고 성기를 입으로 애무하라고 했습니다…….”

남자는 눈물을 흘리며 말했다. 그건 슬픔의 눈물이 아니라 공포의 눈물이었다. 단지 청년을 몰아붙이지 않으면 사람들에게 찢겨 죽는다는 공포 때문에 흘린 눈물이었다. 그런데 사람들의 함성이 점점 커졌다. 함성은 남자를 지지하고 청년을 비난했다. 남자가 성추행당한 기억 때문에 슬퍼서 눈물을 흘린다고 믿기 시작했다. 청년은 공포에 질렸고, 일어나 사람들에게 외쳤다.

“그런 적 없어요. 없습니다. 나는 그런 적 없어, 왜 그런 말을 하는 거야, 정말 그런 적 없다고!”

“밤마다 날 성추행했잖아, 죽고 싶지 않으면 하라고 했잖아. 이 개새끼야, 네가 그랬잖아, 네가 나한테 네 성기를 입으로 빨라고 시켰잖아, 이 호모 새끼야!”

남자는 청년에게 덤벼 주먹질했다. 개새끼야, 네가 하라고 했잖아, 죽여버릴 테다, 개새끼야. 청년은 약했다. 남자가 팔로 목을 졸랐던 때보다도 더 약해져 있었다. 죽어, 죽어버려.

남자는 청년을 때리면서 중얼거렸다. 네가 죽어야 내가 살아, 네가 모든 죄를 뒤집어쓰고 죽어야 내가 살아, 그래야 내가 산다고, 빨리 죽어.

어둠 속에서 덩치 큰 사람들이 달려와 남자를 청년에게서 떼어냈다. 남자는 거칠게 숨을 몰아쉬며 눈물 흘렸고, 청년은 바닥에 엎드려 웅크린 채로 울었다.

스피커가 말했다.

"이종철, 너는 부대 내에서 후임 병사를 성희롱한 적이 있지?"

청년은 고개를 들고 대답했다.

"없습니다. 절대 아닙니다. 그런 적 없습니다."

"없긴 왜 없어, 있잖아. 다른 부대원들이 증언했어. 너는 자는 후임의 몸을 가끔 더듬어서 고참들이 너를 따돌렸어. 그래서 부대에서도 관심 사병이었어. 맞잖아? 그리고 네가 김정수도 성추행한 거잖아."

"아니에요, 저는 그런 적 없습니다. 정말 없습니다. 저는 결백합니다."

청년이 말하자, 남자는 스피커를 향해 소리쳤다.

"저 새끼는 저에게 이름도 나이도 속였습니다. 군인이라는 말도 안 했어요. 그리고 저를 매일 성추행했습니다. 저는 매일매일을 그 지옥 속에서 살았습니다."

사람들의 함성이 커졌다. 그들의 분노가 다가오는 것을 남자는 느꼈다. 남자는 청년에게 소리쳤다.

"이 개만도 못한 새끼야, 나는 너 때문에 그렇게 살았다고. 네가 나를 그렇게 만들었어. 네가 나를 그런 인간이 되도록 만들었어, 알아? 다 네 잘못이야. 너 같은 사람들 때문이야. 너 같은 개새끼들 때문이야! 다 네 잘못이야! 네 죄야, 이 개새끼야!"

스피커가 소리쳐서 남자의 말을 가로막았다.

"김정수, 조용히 해. 그리고 이종철, 너는 네 죄를 아는가?"

"네?"

"네가 구에 흡수되지 않은 사람이잖아."

"아닙니다, 아니에요."

"구에 흡수되지 않은 사람에게 절망의 구 재난의 모든 책임이 있어. 너와 접촉해 있으면 구에 흡수되지 않으니까, 사실을 미리 알렸다면 피해가 훨씬 줄었을 거야. 한국만 해도 희생자가 4만 명이야. 아니, 3천 명이야. 그게 모두 너 때문에 일어난 일이다. 네가 너 자신만 생각했기 때문이야."

"그렇지 않습니다. 나는 아니에요."

"우리는 왜 절망의 구가 나타나서 사람들을 흡수하고 다시 사라졌는지 몰라. 하지만 너라면 이유를 알 거야. 그렇지? 이종철, 대답해, 너는 왜 구에 흡수되지 않았나? 왜 구가 나타났지? 왜 사람을 흡수했나? 왜 다시 사라졌나? 이유를 말해."

"모릅니다, 저는 아무것도 몰라요, 저는 그냥 평범한 사람이에요. 제발 살려주세요. 저는 잘못이 없어요."

죽여, 죽여, 죽여, 죽여, 죽여, 사람들이 외쳤다. 저놈 때문이야, 저놈 때문이야, 저놈 때문이야, 저놈 때문이야. 함성이 커졌다. 함성이 청년을 향해 모여들었다.

정숙하세요, 스피커가 외쳤다. 사람들을 조용히 시켜, 스피커 뒤의 다른 목소리가 말했다. 이러다가 폭동이라도 일어나겠어, 그 목소리는 말했다.

폭동이 일어날 것 같다니. 폭동은 이미 일어났다. 함성은 안경을 죽일 때보다도 훨씬 컸다. 사람들이 뛰어나왔다. 어둠 속에서 몰려오는 군중이 남자의 눈에도 보였다. 그들의 함성은 스피커의 외침도 묻어버렸다.

수많은 팔이 그리고 눈과 손이 그리고 다리가 조명 안으로 다가왔다. 청년은 살려달라고 울부짖었다. 남자는 청년에게서 물러나며 소리쳤다, 저 녀석이야, 저 사람이라고, 나는 아니야, 나는 죄인이 아니야, 저 녀석이야.

사람들이 청년을 덮쳤다. 청년은 비명을 질렀다. 남자는 사람들 틈을 뚫고 빠져나왔다. 어떤 때는 기고, 어떤 때는 밑에 깔린 사람을 밟고, 어떤 때는 뛰고, 어떤 때는 다른 사람을 밀치면서, 남자는 도망쳤다. 내가 아니야, 나는 아무 잘못 없어,

저 녀석을 죽여, 저 새끼를 죽이라고 외치면서, 사람들 틈을 뚫고 도망쳤다. 어둠 속을 뛰었다.

*

어둠 사이로 빛이 보였다. 벽이 보였다. 문이 있었다. 문에서 나오는 빛이었다. 문을 당겼다. 열렸다. 나와서, 문을 닫았다. 복도였다. 뛰었다. 문이 많았다. 문을 모두 잡아당겼고 열리는 문이 있었다. 그곳으로 나왔다. 계속 뛰었다. 사람들의 함성이 점점 작게 들렸다. 다시 문이 있었다. 문이 열리고, 길이 아니었다. 공터였다. 건물을 나온 것이다.

밖이었다. 이제 함성은 거의 들리지 않았다. 남자는 필사적으로 뛰었다. 주변에는 아무도 없었다. 따라오는 사람도 없었다. 남자는 뛰고 또 뛰었다. 길을 지나고 모퉁이를 돌았다. 모퉁이를 돌아오던 누군가와 부딪혔다.

"……을 조심하게 젊은이."

그는 말하고 남자를 지나쳤다. 남자는 돌아보았으나, 그는 모퉁이 너머로 사라져서 보이지 않았다. 도망치는 것이 중요해서, 앞으로 가는 것이 중요해서, 남자는 앞으로 움직였다. 뒤를 생각할 겨를이 없었다.

그런데 다시 생각하니, 그와 부딪친 사람은 노인이었다. 이

전에도 비슷한 일이 있지 않았나? 절망의 구가 나타나던 날이었다. 그때도 누군가와 부딪쳤다. 맞아, 할아버지였다. 비슷한 옷차림이었다. 단정하게 차려입은 할아버지였다. 할아버지도 뭐라고 했었다. 그랬지, 맞아, 조심하라고 했다. 뭘 조심하라고 그랬지? 뭔가를 조심하게 젊은이, 그렇게 말했는데, 그게 뭐였지? 남자는 그것이 뭐였는지 담배를 피우며 골똘히 생각했던 일까지도 상세하게 떠올랐다. 그게 도대체 뭐였을까? 궁금하다. 이번의 할아버지는 뭘 조심하라고 한 거지? 그것도 궁금하다. 되돌아가서 물어볼까? 아, 하지만 위험하다. 언제 함성이 남자를 잡으러 올지 모른다.

그는 도망쳐야 했다. 도망치고 도망쳐야 했다. 그는 뛰고 또 뛰었다. 멀리, 그리고 더 멀리 도망쳤다. 그는 더 먼 곳으로 도망쳤고, 다시 도망쳤다. 끝없이 도망쳤다. 남자는 도망치고 또 도망쳤다. 절망을 피해 도망쳤다. 남자는 도망쳤다.

《절망의 구》는 2009년에 1회 '멀티문학상'을 수상하면서 세상에 선보였습니다. 이후 꾸준히 독자 여러분들이 읽어주시면서 제 대표작으로 남았습니다. 지금도 《절망의 구》를 쓴 김이환 작가'로 소개되곤 합니다. 사람들이 《절망의 구》라는 작품을 안다는 사실이 여전히 신기합니다.

새롭게 수정한 《절망의 구》를 세상에 다시 내놓으려 합니다. 일부 내용과 문장을 고쳤습니다. 퇴고하는 동안 2025년의 저는 2009년에 《절망의 구》를 쓰던 저와 마주해야 했습니다. 지금의 저와는 많이 다른 사람 같았습니다. 사람은 변화하죠. 그런데 발전은 했을까요? 과거의 글이 가진 좋은 점을 훼손하지 않으면서도 발전된 모습을 보이자는 마음으로 글을 수정했는데, 결과가 좋았으면 합니다.

2009년에 글을 쓸 때 저는 당시 사람들 사이에 존재하던 막연한 불안을 담으려 노력했습니다. 불안이 사라지길 기대했지만, 불안은 다양한 형태로 모습을 바꿔서 계속 사람들을 따라다니는 듯합니다. 우리는 모두 다양한 불안에 시달리고 있습니다. 개인적인 문제에서 오는 불안과 사회적인 문제 때문에 생긴 불안은 언뜻 다른 것 같지만 들여다보면 결국 연결되어 있습니다. 16년 동안 사회는 많이 변화했습니다. 그리고 변화와 발전이 공존하리라 믿고 싶습니다.

좋은 책을 만들어주신 북다 출판사 관계자 여러분께 감사드립니다.

그리고 뜬금없고 부끄럽지만, 절망과 희망을 동시에 선사한 제 인생에 고맙다는 말을 하고 싶습니다.

2025년 4월
김이환

절망의 구

초판 1쇄 발행 2025년 5월 20일

지은이 김이환

펴낸이 허정도

편집장 박윤희

디자인 박지은

마케팅 신대섭 배태욱 김수연 김하은 이영조 제작 조화연

2차저작권 관리 류영호 안희주 문주영

펴낸곳 주식회사 교보문고

등록 제406-2008-000090호(2008년 12월 5일)

주소 경기도 파주시 문발로 249

전화 대표전화 1544-1900 주문 02)3156-3665 팩스 0502)987-5725

ISBN 979-11-7061-252-0 (03810)

책 값은 표지에 있습니다.